# 微风轩书话

一部关于个人读书的那些事

读书、教书、编书、卖书、捐书……

魏 锋 著

倾情推荐

贾平凹
高洪波
白描
周明
李星
杨焕亭

纪 念
ZHEN CANG BAN
珍藏版

陕西新华出版
陕西旅游出版社

**图书在版编目（CIP）数据**

微风轩书话 / 魏锋著. — 西安：陕西旅游出版社，
2016.12（2024.1重印）
　　ISBN 978-7-5418-3427-1

　　Ⅰ．①微… Ⅱ．①魏… Ⅲ．①随笔－作品集－中国－
当代 Ⅳ．①I267.1

中国版本图书馆 CIP 数据核字(2016)第 294782 号

**微风轩书话**　　　　　　　　　　　　　　　　魏锋 著

责任编辑：邓云贤
出版发行：陕西旅游出版社（西安市唐兴路 6 号　邮编：710075）
电　　话：029-85252285
经　　销：全国新华书店
印　　刷：盛大（天津）印刷有限公司
开　　本：880mm×1230mm　　　1/32
印　　张：10.3125
字　　数：218 千字
版　　次：2016 年 12 月　第 1 版
印　　次：2024 年 1 月　第 2 次印刷
书　　号：ISBN 978-7-5418-3427-1
定　　价：68.00 元

　　贾平凹老师语重心长地鼓励魏锋与小花："多读书，读好书，把读书作为生命的需要，养成终身阅读的习惯！"他还亲笔题写了《微风轩书话》的书名。与贾平凹老师日常题写的书名不一样的是，这幅作品还题写了魏锋与小花两个人的名字；作品的落款也不是"平凹题"，除了钤盖闲章、名章外，还留下了防伪标——贾平凹老师不像一般人那样习惯性地使用大拇指的指纹，而是留下了他用来写字作画的右手中指的指纹。另外，贾平凹老师还签写了寄语，鼓励魏锋与妻子张小花坚持把"微风书公益"这个爱心活动持继续下去。

　　——贾平凹，著名作家，中国作家协会副主席，陕西省作家协会主席

# 名家荐读 **F**amous selections

　　阅读是人类的伟大发明，书香是中国人对阅读这一文化行为与生活方式的最美形容。咸阳青年作家魏锋以自己独特的感悟与视角，诠释出一本拥有书香芬芳气味的书，我为魏锋点赞。腹有诗书气自华，而文化自信的底气，又怎能离得开书，所以祝福一切品鉴书香、体味书香的朋友。

——高洪波，著名作家，中国作家协会副主席

以一双敏锐的眼光，发现书籍里的美和诗意；以一颗敏感的心，体味作品里的奥旨和真趣；让感动自己的文字再次感动更多的人，让启迪自己的智慧启迪更多人的心扉——这就是魏锋的努力，也是这本读书随笔的价值所在。青年作家魏锋，以自己独具悟性的阅读体验，引领我们进入一个魅力无穷的书香世界，一如步入众妙之门。

——白描，著名作家、文学评论家、文学教育家，原鲁迅文学院常务副院长

　　魏锋是陕西一位新锐青年作家，他勤奋写作，用心读书，目光四射，敏于思考，在写作中营造自己的文学屋宇，在阅读中广收博取，收获了喜人的文学成就和独到的发现体悟。这本书是魏锋"书香系列"的第一次呈现，也是他多年心血的结晶。开卷有益，面对书海，于魏锋如此，面对这本书，于我们亦如此。

　　——周明，著名作家，中国散文学会名誉会长

　　认识魏锋好几年了，记忆中他是一位从事企业新闻的后生。过去看到过他的一些文字，这几年在不懈努力中他进步并成熟了。特别是他在征得我同意后，花费几年时间对我进行采访。虽然我到了这个年纪，对名已经不那么在乎，对名已很淡，但他能在我这个自以为很平常的人身上发现了许多亮点，并能将我的人生与一个更大的文学背景联系起来，体现了自己的观点和思考，让我都对自己有了新的认识，让我很是感动！

　　这本读书随笔集是魏锋努力的回报，值得一读。

　　——李星，著名文艺评论家，原《小说评论》主编，曾任茅盾文学奖评委

# 名家荐读 **F**amous selections

　　魏锋是一位带着温度的青年作家，他爱读书，爱学习。"微风"品牌系列的播报、专访、读书会、书公益等已经成为具有一定反响的读书品牌，更是一个以书凝聚爱心的公益品牌。他爱文学，爱得执着，爱得辛苦，爱得热烈。

　　生活磨炼了他的意志。近两年，他的笔触开始专注于文学艺术界人物的追踪探访，为作家艺术家存照立传，以激情和深情描绘陕西文学繁荣和发展的画卷。长期从事文字工作的他，有着对生活的文学敏锐，善于透过细节去展示时代的真美；作品可读性强，人性的善美形成了朴实无华的语言风格，大大拓展了他散文的审美空间。

　　衷心祝福魏锋在读书和写作的道路上，找准自己创作的方向和目标，努力创作出更多优秀的文学作品。

　　——杨焕亭，著名作家、文艺评论家，原咸阳市作家协会主席

# 目 录 CONTENTS

▶ 第三辑

## 静闻墨香 体味思想精义

▶ 第四辑

## 潜心阅读 启迪写作人生

▶ **第五辑**

书香相伴 书写温暖文字

► 第六辑

心怀感恩 传递芬芳书香

► 后记

　　"一个作家从一开始喜欢文学，喜欢创作，就开始了寻找。一个时期和一个时期的寻找，意境不一样，这也标志着一个作家阶段性的突破。"回眸往昔，从古到今的作家或文化工作者，他们用自己的人生长度去丈量文化的高度，将自己的一生奉献于文化事业。

　　2016年，对于文坛来说，是遗失的一年。著名作家陈忠实、杨绛，翻译家陆谷孙，中国台湾作家陈映真；享誉国际的意大利作家翁贝托·艾柯，美国作家哈珀·李、著名汉学家孔飞力，意大利剧作家、戏剧导演达里奥·福，匈牙利著名作家凯尔泰斯·伊姆莱，美籍犹太裔作家埃利·威赛尔，匈牙利作家艾斯特哈兹·彼得都于2016年相继去世。这几位巨星的痛失，是世界文坛的巨大损失，但他们留下的文学瑰宝，值得我们珍视，值得我们反复阅读。

　　他们走了，但他们的品质与精神永存。

# 致敬两位逝去的文学巨匠

2016年，对于文坛来说，是遗失的一年。中国著名作家陈忠实、杨绛，翻译家陆谷孙，中国台湾作家陈映真；享誉国际的意大利作家翁贝托·艾柯，美国作家哈珀·李、著名汉学家孔飞力，意大利剧作家、戏剧导演达里奥·福，匈牙利著名作家凯尔泰斯·伊姆莱，美籍犹太裔作家埃利·威赛尔，匈牙利作家艾斯特哈兹·彼得都于本年相继去世。这几位巨星的痛失，是世界文坛的巨大损失，但他们留下的文学瑰宝，值得我们珍视，值得我们反复阅读。

《白鹿原》《我们仨》在陈忠实、杨绛去世后，引发了阅读热潮。据了解，在西安市内的多家书店，《白鹿原》一书销量暴增，有的书店一天的售出量几乎是之前一周的总和，还有书店出现了断货的情况。在今年各大畅销书榜单上，《白鹿原》《我们仨》均位列其中，可见人们都在用阅读的方式缅怀这两位名家。

2016年12月30日，本文在《中国出版传媒商报》阅读周刊头版发表

陈忠实（1942—2016年），中国当代著名作家，曾任中国作家协会副主席。代表作有长篇小说《白鹿原》，中篇小说集《初夏》《四妹子》《陈忠实小说自选集》《陈忠实文集》，短篇小说集《乡村》《到老白杨树背后去》，以及文论集《创作感受谈》，散文集《告别白鸽》等。

## 他用文学描绘人生原态

"做一名纯粹的作家，用自己的人生长度去丈量文学的高度"，中国当代著名作家、中国作家协会副主席陈忠实说到，也做到了。怀揣进城梦想的他从一名农村教师到中国作家协会副主席，从没有上过大学的"落榜生"到名震文坛的当代著名作家，从1965年开始发表作品到长篇小说《白鹿原》问世，多部著作获

自1993年首版至今，著名作家陈忠实的长篇小说《白鹿原》已经面世20多年，总发行量超过500万册

几十项文学大奖，陈忠实在文学的道路上坚守着"文学依然神圣"的信念。他为人朴实、善良、忠厚，将自己的一生奉献于文学事业，帮扶青年作家成长，建设文学队伍，传承发扬文学精神，为文学发展和文化建设做出了巨大贡献。

30年前（1986年），44岁的陈忠实开始着手创作长篇小说，并狠狠地给自己定下一个惊人的目标："我要给我死的时候，做一部垫棺作枕的书。"历时6年，他艰辛地创作出了50万字的长篇小说

《白鹿原》。人民文学出版社主办的《当代》杂志在1992年第6期和1993年第1期分别刊载了全书。1993年6月，人民文学出版社出版了《白鹿原》单行本。1997年，《白鹿原》荣获第四届茅盾文学奖。《白鹿原》描绘了北方农民生存状态中耐人寻味的原生态，小说以"白家"和"鹿家"的争斗为背景，细腻地反映出白姓和鹿姓两大家族祖孙三代的恩怨纷争，反映了当时传统文化的兴衰以及人事、社会历史、文化精神三者之间的相互激荡等。

20多年过去了，《白鹿原》已经成为我们几代人共同的阅读记忆。《白鹿原》的多种版本也一再再版发行，再加上中国香港、中国台湾版以及韩文版、日文版的先后面市，其累计销量500万册以上。文坛老汉陈忠实枕着《白鹿原》走了，这是中国文坛的重大损失。

杨绛（1911—2016年），原名杨季康，著名作家、翻译家。1953年任中国社会科学院外国文学研究所研究员。主要作品有剧本《称心如意》《弄真成假》，长篇小说《洗澡》，散文及随笔集《干校六记》《将饮茶》《杂忆与杂写》《我们仨》《走在人生边上——自问自答》等，译作《唐·吉诃德》《吉尔·布拉斯》《小癞子》《斐多》等。

## 她用风雅精神诠释百岁人生

与辛亥革命同龄的杨绛先生出身名门，天赋文采，不仅在文学上开辟了自己的一方天地，还因与文史大家钱钟书的美好婚姻而备受艳羡。杨先生一生与世无争，淡泊名利，在丈夫和女儿相继离开的孤寂日子里，她潜心整理丈夫遗稿，专心著述，用风雅精神诠释百岁人生。面对艰难困苦，她风度处事，典雅做人，对待学术，认真到了极致。杨先生去世后，有港媒称，她可能是最后一位被称呼为先生的女性了。

大家对于杨先生的西去如此在意，当中一个很重要的原因，恐怕就是对于"风雅"的挽留。杨先生的风雅，显然不是当下伪贵族们的作秀，也不是某些自命知识女性们所青睐的犀利批判，她温婉如玉，是名副其实的女中君子。有评论文章说，她既是模范的贤妻良母，又是一流的学者作家；无愧于学富五

《我们仨》是杨绛93岁时出版的散文随笔，也是一部家庭生活回忆录。出版后风靡海内外，销量100多万册。

车，但温文尔雅；虽是人中龙凤，却谦虚低调。杨先生的代表作《我们仨》也因为她的离开，再度登上了图书的年度销售榜单。

——曾载2016年12月30日《中国出版传媒商报·阅读周刊》头版和多家网络以及新媒体公众平台。

# 记录一个真实的柳青

当代著名作家柳青

　　荣获茅盾文学奖的三位著名陕西作家，其中，路遥称柳青是他的文学教父，陈忠实称柳青是他十分尊敬的作家，贾平凹称柳青是作家的一面旗帜。

　　"父亲用一生来践行自己写作的观点，他不仅仅是为了自己。《创业史》出版后，他将16000多元稿酬全部拿来支持本地建设，并写信给当地政府，特别强调：'我希望除过负责干部知道外，这件事不要在群众中宣传，不要做任何文字的或口头的宣扬。如果有人这样做，我认为是错误的。'有人劝他，给自己留些防备万一，父亲说：'我写书并不是为了自己，农民把收获的粮食交给公家，我也应该把自己的劳动所得交给国家。'"采访中，年过七旬的老人刘可风，尽可能掩饰着自己的情绪。她告诉我，她父亲生前出版的作品与他的思想差别实在太大了，在来不及完成整个作品就去世了。"我的书是写不完了！"父亲生前绝望时说的这句话深深地刺疼了她的内心。从父亲离开她的那一刻起，她就坚定不移地认定她的未来必须完成一件事——要把父亲的遗憾落在纸上。这部《柳青传》是替父亲续写的，这样后人就不会一直误解他。

刘可风所著《柳青传》一书，2016年1月由人民文学出版社出版发行

2016年6月13日是柳青去世38周年纪念日，7月2日是柳青诞辰100周诞生年纪念日。柳青女儿刘可风，从1970年到1978年陪父亲走完人生最后九年的她，在父亲去世前后，走访了许多当事人，并做了大量的记录。自2000年起，退休后的刘可风耗时十几年全力撰写《柳青传》，试图呈现一个不同于文学史上经常叙述的柳青。

柳青，本名刘蕴华，他留下的那部未完成的小说《创业史》，是一部反映中国农村合作化进程的作品，被认为是当代现实主义文学经典之作。在当代文学史上，作家柳青有着重要的地位和深远的影响，他与赵树理、周立波、孙犁被誉为中国当代作家描写农村生活的"四杆铁笔"。柳青创作的长篇小说《创业史》是反映那个年代最重要的作品之一，他身体力行地关注民生，关注现实，在落户西安市长安县（今长安区）皇甫村之后的14年里深入生活，与当地农民同吃同住。柳青的创作志向和精神潜移默化地激励着陕西乃至全国一大批作家，他的精神遗产对于中国当代文学尤其陕西作家的影响不可估量，影响着一代又一代陕西作家，虔诚地传承并践行着到人民中去为人民写作的理念。

路遥称柳青是他的文学教父。他说："真的，在我国当代文学中，还没有一部书能像《创业史》那样提供了十几个以至几十个真实的、不和历史和现实中已有的艺术典型相雷同的类型。可以指责这部书中的这一点不足和那一点错误，但从总体上看，它是能够传世的。"

陈忠实称柳青是他十分尊敬的作家。他说："我记得十余年间先后读丢过九本《创业史》。这个书读到后来，就是我有一点时间随便打开这本书，打开到任何一页或者任何一章，我就能读进去，而且就能把一切烦恼排除开，进入蛤蟆滩那个熟悉的天地，这种感觉是我这一生阅读史上绝无仅有的现象。"

贾平凹称柳青是作家的一面旗帜。他说："柳青之所以是柳青，是他深入了生活、扎根了人民，创作出了《创业史》。我们纪念柳青，学习柳青，就是要继承发扬他为人民写作的观念，耐心投入生活的精神。柳青是作家的一面旗帜。他是陕北人，对关中并不熟悉，他是城里人，对农业合作社并不了解，他便在皇甫村一蹲十几年，人到身到心到，同群众打成一片。于是才有了《创业史》。柳青的精神是什么？就是忠于人民、热爱人民、扎根人民，深入生活、深入实际、刻苦写作。他在写作上有大志向、大胸怀、大能量、大踏实，所以他的写作也就大气量、大格局、大成就。"

2014年10月15日，习近平总书记在文艺工作座谈会上发表重要讲话，在谈到文艺需要人民时，他特别提到了柳青，对他"深入到农民群众中去，同农民群众打成一片"的生活实践与创作追求给予高度评价。总书记指出，柳青为了深入农民生活，辞去了他时任的长安县（今长安区）县委副书记职务，仅保留常委职务，并定居在那儿的黄甫村，蹲点14年，集中精力创作《创业史》。正是因为他对陕西关中农民生活有了深入的了解，所以笔下的人物才能那样栩栩如生。柳青熟知乡亲们的喜怒哀乐，中央一出台涉及农村农民的政策，他脑子里立即就能想象出农民群众是高兴还是不高兴。

文学是终生的事业，60年一以贯之，像柳青，就是把写《创业史》当做一辈子的事业，生活工作都围绕这个展开。对于文学的执着，使柳青感动着也永远激励着一代代作家。正如中国作家协会主席

魏锋专访柳青女儿刘可风的文章，刊登于2016年7月15日的《图书馆报》

铁凝所说："纪念和缅怀柳青，将推动我们更加深刻地理解总书记的重要讲话精神。和人民一道前进，这就是柳青的精神和道路，也是新的时代对广大中国作家发出的热切召唤。让我们深入生活、扎根人民，在人民创造历史的伟大实践中迎来中国文学的更大繁荣发展！"让我们一起走进刘可风的《柳青传》，一起领悟柳青文学作品的精髓，用心、用行动深入生活，弘扬中国精神，讲好中国故事。

——曾载"魏锋用笔书写人生"博客，《现代企业文化》《图书馆报》等报刊和多家网络以及新媒体公众平台。

# 鞠躬送别皇甫束玉老师

皇甫束玉（2008年春节）

"2015年11月30日22时55分，97岁的杰出教育出版家、著名文艺活动家、剧作家和诗人皇甫束玉在北京病逝。"2015年12月，从网上传来噩耗。2月，我还通过医院护工的电话，转送了我的祝福和问候；8月，皇甫老师还在病房接受了由中共中央、国务院、中央军委联合颁发的"中国人民抗日战争胜利70周年纪念章"……

2000年9月我入职教育行业后，一次无意的机会，有幸和皇甫老师结识，10多年来一直保持着书信往来。皇甫老师每年都会给我寄送他出版的诗词作品，还题写手札鼓励我："实实在在地工作，实实在在地学习，勤于写作，勇于探索，有志者，自会收到成功的喜悦……"每当想到这些，感动的暖流便会涌上我的心头。

在纪实文学作品集《春天里放飞梦想》一书中，曾首篇收录了我通过电话采访撰写的纪实文学《新中国教育出版的开创者和奠基人》一文。每次从媒体了解到皇甫老师一直传递正能量的报道，我就深有感触，备受鼓舞。
然天有不测风云，正当我急切地
想了解皇甫老师最近的情况时，
得到的消息却是我16年的笔友皇
甫老师走了……

2012年5月20日，在晋中
高等师范专科学校皇甫束玉文
化教育艺术馆开馆仪式上，人
民教育出版社党委书记、副社
长郭戈高度评价了这位"新中

皇甫束玉为魏锋出版的作品题词

国教育出版的开创者和奠基人"——原高等教育出版社党委书
记、副社长、副总编，著名的教育家、教材出版家、文艺活动家
和诗人皇甫束玉。

让我们再次走进在新中国文化教育战线上做出突出贡献的皇
甫老师的世界，感受他的"大爱"教育。

## 峥嵘岁月临危数 矢志不移守信念

1918年5月20日，皇甫老师出生在山西省辽县（今左权
县）的一个地主家庭里。由于从小父亲教他读《诗经》和四书
等古籍，因此，在报考省立高等小学校时，自认为十拿九稳的
他把行李卷都带去了，谁知考试成绩却排名在后。他的算术试
卷被打了零分；作文试卷也是经过一番议论，因为他写的是文
言文。学校经过一番讨论后，认为他是可塑之才，于是"破
格"录取了他。

这是一所省立学校，又不花钱，按现在的说法是重点学校，所以皇甫老师把它作为报考的第一志愿。住校的日子很苦，"40人睡一个大炕，地上放两个大尿罐。伙食很差"。尽管如此，他还是感到学校很好："老师课读很严，师生关系甚好，思想很活跃，心情很愉快。"当时有亲戚问他要不要转学到美国教会办的育贤学校，他回答："洋人办的学校我不上……"

1937年，皇甫老师考上太原成成中学读高中。刚刚交了学费、办好手续，太平洋战争爆发，太原进入战争状态。空袭频繁，其他同学跟随薄一波的牺牲救国同盟会转战吕梁，他因护送病重的哥哥返乡而滞留太行山。他因此未能就读成成中学，同时，也为没能和同学们一起参加革命武装斗争而引为憾事。后来，八路军来到他的家乡，他就地参加了革命。

1937年参加革命的他，算得上是"三八式"干部。他所熟识的"三八式"干部，大都是1938年参加革命，同年或次年入党。而他直到1944年才入党，原因在于他不知怎的上了国民党的名单，背上了国民党党员的嫌疑。在接受党组织审查和考验的5年当中，他"焦虑、苦闷、委屈，失望的心情难以和外人道也"，但他始终感到党组织对自己是关心的、信任的、重用的，也知道党组织在积极调查，一定会认真解决他的问题。这天终于来到了。"1944年7月某日，接到党组织通知，我参加了中共左权县委会议。会上说我的问题已搞清楚。经过5年考验，我终于加入了党的组织。"

皇甫老师说，在"文化大革命"中，他的国民党问题又引起轩然大波，直到那时，他才明白自己是怎样背上这个黑锅的。"组织上为此做了大量调查，终于在山西太原查到原辽县

2015年2月15日魏锋收到97岁皇甫束玉的新作《甲午杂咏》

党部书记长的交代材料。他为了向省党部交差，编造了辽县国民党党员名单，把他们并不认识却很知名的人列入名册。其中提到我，说皇甫瑾（我当时的名字）是辽县有名的小秀才……"由于找到证据，党组织对皇甫老师的国民党问题做了彻底否定。

从1944年7月入党那天起，皇甫老师就参加了左权剧团的党支委工作，以后一直做党的基层组织工作，后任中央人民政府教育部社会教育司处长。1955年3月3日，他被周恩来总理任命为教育部办公厅副主任，继而任研究室主任，直到担任高等教育出版社党委书记兼副社长、副总编辑等职。人们说，他的贡献"有高校学生手中的教材为证，高等教育出版事业应该为他记上浓重的一笔"。1987年，皇甫老师获得中国出版界最高荣誉奖——首届韬奋出版奖，以后又获得国家教育委员会"老有所为精英奖"，2010年他又入选了"新中国60年百名优秀出版人物"……

早在抗日战争时期，皇甫老师就被称为"从太行山走出的文化人""晋冀鲁豫边区新一代青年诗人"。他曾创作了大量新民歌、新戏剧服务全民族的抗战。1942年，八路军副总参谋长左权血洒太行，皇甫老师以对日寇的刻骨仇恨和对我党高级将领的无限缅怀，谱写了一曲融哀思与决心为一体的壮歌《左权将军》。这首风格朴实的歌曲几乎一夜之间唱遍太行，唱遍晋冀鲁豫边区，至今仍为山西和河北人民所传诵。

从1997年的诗集《丁丑杂咏》到2012年的《壬辰杂咏》，皇甫束玉每年都坚持编印一本杂咏，每次都亲笔题词并寄送给魏锋

## 血汗谱写大情怀 尽散余热夕阳红

2005年11月15日，皇甫老师的妻子李淑贞不幸离世。2007年5月，《诗画情缘——束玉淑贞的六十年》出版。作家刘红庆在书中写道："李淑贞在的时候，皇甫束玉用青春、血汗谱写的多是大情怀，是与他的理想一致的情怀。他还写两个人的亲情、家人的亲情，写的是温暖。但是李淑贞走后，真的悲凉才从诗行里突显了出来……"

提起皇甫老师，许多人都敬佩他的精神和毅力。80多岁的雷震一说："他炽热的胸膛经常满装年轻人的火苗，思想前瞻，自信不减。他忘记了自己的年龄，90多岁还是一切依然：依然天天写日记，依然天天锻炼身体，依然天天读书学习，依然天天作诗绘画，依然上老年大学，依然参加社会活动，依然来信必复，依然年年出"杂咏"，依然……"

人老了如何乐观地生活，灵魂怎么安放？皇甫老师用自己的生活作了很好的诠释。雷震一说，有一次，他到北京看望皇甫老

师，刚进门就得知对方赶在他到之前做了三件事：一是作了清明时节寄语李淑贞的散文诗，二是给一本书写了100处近万字的批注，三是为抗战前的山西八中提供回忆材料。讲起第三件事，皇甫老师对他说："当年几百个同学，现在活在世上我知道的只有4人，这件事我不做谁做？我不但要做，而且还要做得非常认真，连校址、校门、校舍、校园都绘了寄去，这是我义不容辞的责任！"一席话让雷震一感动得几乎掉下眼泪。

"一个人只有恪尽己责，才算一个真正的人。"雷震一感慨道："皇甫老对有助于他人的事情，都尽力为之。这是道德，这是修养！"

作家刘红庆说："用怎样的词最能概括皇甫束玉的人品呢？我选来选去，选出一个'无我'。皇甫束玉对自己只有一个宗旨：有求必应。只要你用得着他，只要他能做到并且不违背他做人的原则，他一定办得叫你一万个放心。单是离休以后的二十几年，他没有清闲过一天，各种各样的书稿堆积在他的案头。他拖着多病之躯兢兢业业地为人作嫁；各种各样的写作任务找上门来，他抱着责任与义务，像年轻人一样投入到紧张的工作中……"

皇甫老师当了大半辈子出版社领导，自己出书时却坚持自费。

皇甫老师最害怕麻烦别人，他分赠亲友的诗作虽然全部是复印以后装订成册的，但是从来没有用过单位的复印机。

雷震一说，皇甫束玉淡化金钱，也淡化生死。他在2008年《戊子杂吟》中说："我有'四个该死'，其中一个是'90多岁的人了，还不该死？'"他说"该死"并不是愿意死，而是为了卸下这个包袱，在今后的道路上走得更轻松一些。

　　皇甫老师还有一件经常要做的事情，那就是撰写唁电和追忆文章。他的同代人一个接一个地走了，面对刺激和悲哀，他的生命意识反而更加强烈。"人家走了，我还活着，为什么不活得更好一些呢？"

　　"日走万步，勿忧勿怒，少荤多素，用脑适度。"这是皇甫老师的"养生座右铭"。他把自己的体会写出来，登出去，以期更多的老年人领悟到"只有时间加健康，生命才是有价值的"。他说："人们常用'莫道桑榆晚，为霞尚满天'这句诗来形容老年人的宽阔心境，这是很有积极意义的。但不能只看傍晚，如果看到清晨光芒四射，朝阳喷薄欲出的景象，不是会更加欢快和鼓舞人心吗？今日中国，新人辈出，事业欣欣向荣，就好像红日东升，我为此深感快慰，喜成两句诗：莫嗟夕阳短，旭日出东方……"

　　"春蚕丝尽何曾死，化作飞蛾育后昆。"皇甫老师认为，春蚕没有死："蚕之为物，很小很小。但春蚕不仅抽尽生命之丝，为人间增添锦绣，还要忍痛化蛾育后昆，其精神很大很大。春蚕精神自古伴随那些甘于奉献、不知老之将至的人们的旅程；今日更激励着我们不仅要活到老，学到老，还要奉献到老，把更多的精神和物质财富留在人间。"这句诗和这段话是对皇甫老师生死哲学的最好解释，也是他岁逾九秩却年轻依然的最好见证……

### 师魂不老道长尊　红烛照人报桑梓

　　2012年5月20日，"皇甫束玉文化教育艺术馆"在晋中高等

师范专科学校开馆。开馆仪式上，晋中高师向皇甫老师颁赠收藏证书。教育部原副部长李卫红发来贺信，教育部离退休干部局局长史丽荣，高等教育出版社社长苏雨恒，人民教育出版社党委书记、副社长郭戈，山西省新闻出版局局长林玉平，晋中市人大常委会主任张文科，晋中市政协主席张春生等领导出席仪式。左权县相关领导、皇甫老师的亲朋好友也到场祝贺。

皇甫老师的老战友、著名语文教材出版家、诗人刘征，挥毫题写了馆名。教育部原副部长杨蕴玉发来贺信："祝束玉同志文化教育艺术方面取得丰硕成果和人教高教两出版社的慷慨捐赠能为晋中的文教事业做出积极贡献。"《人民日报》高级记者段存章认为，皇甫束玉是太行山上的一座金矿，开发好、利用好、保护好、传承好是后人的责任。把皇甫束玉民歌《四季生产》改编成小花戏并在全国大赛中获金奖的晋中舞协主席李明珍感慨地说："从皇甫老的身上，我们能学到各种不同的东西，无论是做人、做事，还是做教育。"

"皇甫束玉文化教育艺术馆"经过5年精细筹备，现藏有皇甫老师所捐图书2404册，以及他与夫人李淑贞的书画作品123幅，历史资料53种103件，实物5件，还有高等教育出版社、人民教育出版社、山西省新闻出版局捐赠的图书4000多册。馆内分为"琴""棋""书""画"四个板块，其中"琴"记载着1935年至1948年间，皇甫老师在太行山上在教育、文化、宣传、戏剧等多方面的工作。这一时期，皇甫老师"用民间艺术来启发他们太行民众投身火热新时代"，创作了大批主旋律作品，《左权将军》之歌，新花戏《住娘家》《四季生产》等就形成于这一阶段。"棋"记载着1949年至1960年间，皇甫老师为新中国教育事业奋斗的足迹，这里保存有时年36岁的他出任教育部办公厅副主任一职时，周恩来总理签发的任命书，以及1959年出任教育部研究室主任之后撰写的大量调查研究和指导性文件、报告，他名副其实地参与和见证了中国教育政策的制定。"书"记载着1961年至1982年间，他为高等教育做出的不可磨灭的贡献。1961年，他出任人民教育出版社副社长、副总编，当时的社长是叶圣陶。1965年元旦，国家重建高等教育出版社，他出任党委书记兼副社长、副总编，不久后，因政治运动接踵而来，他没有能够把全部精力投放到教材建设上。直到1977年邓小平复出亲自抓教育，才由时任安徽省委书记的万里把他从安徽放行，回京参加人民教育出版社的筹备工作，主抓高校教材建设。因此，他是高等教育出版社两次重获新生的见证人。"画"记录了1983年5月，65岁的皇甫老师退休后，"用传统文化感化晚辈学子接受红色价值观"的足迹。据教育业内专家评价，该馆体现了皇甫老师立足民间、立足工农、立足专家、立足传统的教育艺术理念，可以引领后人在新形势下研究好教育自身的规律，创造性地开辟教育新天地。

——曾载《中国职工教育》《中国人物》杂志和多家网络以及新媒体公众平台。

# 约定专访成了永久的思念

　　"著名作家陈忠实今晨7:40在西京医院去世，享年73岁。"
2016年4月29日刚到单位，几十个微信朋友圈同时在转发着。从去年
7月得知陈老师病情到听到他去世，这如五雷轰顶的消息，怎么会走得
这么突然和匆忙？我心中无比悲痛，泪水模糊了双眼，怎么也不敢相
信这是真的。

　　"流泪、流泪、流泪，中国文坛又一棵大树倒下，一位真正的
大家。陈忠实不朽，《白鹿原》不朽！但愿天堂没有病痛，陈老师
一路走好……"发短信与邢小利老师确认消息后，8点20分我选取
2014年5月给陈老师制作的带框照片
并配以文字在微信朋友圈发布了这一
消息，白描老师第一时间留言："魏
锋，消息是否属实？"……留言、短
信、电话瞬间如潮冲垮了我悲痛的
心，噩耗几乎将官方新媒体和自媒体
刷爆！

　　"陈老师走了，真的走了……"
内心恍惚的我告诉自己，老人家真的
走了。内心悲痛的我，在电脑上端详

陈忠实为魏锋纪实文学《春天
里放飞梦想》一书题词

着陈老师的照片，还有陈老师为拙作《春天里放飞梦想》的题词"美丽梦想成就美丽人生"……与陈老师素昧平生，但在我心里，他是一位真正的名作家，也是一位真正的好作家，正直、热情、大气。2014年3月通过张艳茜老师获取联系方式后我开始联系陈老师，虽没有一次真正面对面地交流过，但在电话、短信的时空中，我们维持了已经有两年间的交往。

最初阅读陈老师的作品是在1998年的高中三年级。作为全校人数最多、成绩最差的"蜗牛班"，面临严峻的高考，课外书依旧成为我们聊以打发时间的最好工具，一部50多万字的长篇小说《白鹿原》，似乎触发了我写作的冲动。几天时间中，我连续写了几篇所谓的文章，找到语文老师请他帮忙推荐到陕西师范大学刘路主编的《写作导报》。老师却说我不务正业，认为读闲书是工作以后的事情。他的歧视、挖苦和个人学习上的落差让我断了写作的念想。萌动的文学梦想变作心结就此湮灭。参加工作后有了读书的机会，也有了写文章的机会。在现实生活这座围城中，我做起了行业新闻报道、内刊编辑的工作。繁忙的工作之余，我在10多年间曾两次一字不漏地重读了《白鹿原》。"好好活着！活着就要记住，人生最痛苦最绝望的那一刻是最难熬的一刻，但不是生命结束的最后一刻；熬过去挣过去就会开始一个重要的转折开始一个新的辉煌历程；心软一下熬不过去就死了，死了一切就都完了。好好活着，活着就有希望。""读书原为修身，正己才能正人正事；不修身不正己而去正人正世者是盗名欺世；你（黑娃）把念过的书能用上十之一二，就是很了不得的人了。读多了反而累人。"我特意将书中这两句很经典的话录在了读书笔记上，经常告诫自己，要学会多读书，要好好活着。

10多年了，我如饥似渴地坚持读书，也坚持尽己所能购买一些图书，送给需要读书的人，同时还呼吁发起了爱心图书捐赠公益项目，在读书中传递书香。

魏锋自编自印的《文学依然神圣——著名作家陈忠实与咸阳文朋诗友》，封面插图由著名钢笔画家盛万鸿绘

2013年我又开始重拾文学梦想，寻找写作突破口，写诗歌没有激情，写散文底蕴不够，写小说驾驭不了，最后就选择写人物专访，这恰好能和我日常从事的行业新闻宣传工作结合起来。于是，在周末闲暇我开始了专访之旅，无论酷暑寒冬，我都背起照相机，拿上录音笔和采访本，挤上公交或搭乘出租车，走进这些为生活和梦想奔波的人们。一次偶然的机会，我在网上认识了原《中国职工教育》杂志主编孙磊老师，孙老师语重心长地告诉我："小魏，在你们陕西有一位响当当的作家陈忠实，人品、文品都值得你去学习，杂志从这期给你开专访专栏，有机会争取去采访下陈老师。"一直以来，我就有专访陈老师的迫切愿望，读了许多陈老师的书，也多次到陈老师的家乡白鹿原感受、走访。此外，我原本也就计划利用一到两年的时间，约访陕西作家群，写一本《文学陕西梦》的纪实作品，但作为一名无名小卒，约访难度不言而喻……到现在，这个系列还在继续中。约访最多的还是身边偶尔发现，那些感动我的平凡追梦人。

2014年1月，身边好友建议出本集子，把追梦人的故事分享给更多的人。为了持续这份约访梦想，我就有了出版纪实文学作品

《春天里放飞梦想》的想法。作为一名文学爱好者和约访中的追梦人，我当时第一时间就想到了请陈老师为拙作题词。我先后得到了李炳银、贾平凹、方英文、陈长吟等老师的题词，却唯独没有办法联系上陈老师。出版社一再催促，我想到了和陈老师一起共过事的张艳茜老师，告知她我的想法。张艳茜老师说："陈老师人特别好，特别关心基层业余作者，你自己联系没有问题！"得到号码后，我怕打电话陈老师不接，在忐忑不安中发短信给陈老师，没想到陈老师立即回复电话过来："小魏，我抽空把字写好给作协杨毅，你到他那里去取。"为感谢陈老师，我给他又发短信："陈老师好，小魏想来看望您，题词您写好后，方便的话我过来一趟！"电话突然又响了："小魏，好好工作，有时间多去写点专访，不用来了，直接找杨毅！"

《春天里放飞梦想》一书终于出版了，但约访陈老师始终是我心中最迫切的一个愿望。快到年底，我再次发短信给陈老师，告诉他我的想法。陈老师打电话过来："小魏，多采访一线，过段时间吧！"在2015年1月到4月，我两次又提出采访的想法，陈老师说，他最近身体不适，医生让他不要参加活动，等身体好了，一定和我一起聊聊。再到后来，得知陈老师患病住院，我再没有提过专访的事。"陈老师您好，我是魏锋，我们内刊《泾渭情》，采用了您的稿件，稿费是200元，我们已通过给您交付手机话费的方式支付了稿费，谢谢您的支持！中国移动已将交费情况发您手机了，谢谢您！祝您早日康复！"2015年6月，我给陈老师发了稿费发放的短信。陈老师在接到短信后，电话又直接打过来："小魏，我的文章若对你们单位职工有帮助就去用吧，你们单位重视职工文化，办内刊很了不起，就不用发稿费了。"在陈老师患疾住院期间，每隔一段时间，我都会发短信送去我的祝福和问候，且注明不用回复。

2015年11月22日，由西安工业大学与陕西省作家协会联合举办的"陈忠实当代文学研究

2016年3月4日，魏锋与李翰迪通过著名作家邢小利转送画作《白鹿原神骏》

中心成立十周年庆典暨陈忠实文学创作研讨会"在西安工业大学图书馆隆重召开，陈老师出席了活动。我从《华商报》读到记者采访陈老师的话："刚好集中读了些书。比如，今年获茅盾文学奖的五部作品，在这期间，我已经读完了四部，王蒙、格非、李佩甫、苏童，目前，就是上海那位作家的作品还没来得及看。"我又再次给陈老师发去一条问候短信。我没有提出专访，只想让陈老师安静地养好身体。两天前，《名人传记》杂志社王松峰老师约我专访陈忠实，此时我已没有专访陈老师的想法，心中最大的愿望是陈老师尽快痊愈。其实，在有专访陈老师想法期间，我通过多种途径了解采访，撰写了《陈忠实："白鹿原"是我的根》一文，等待着陈老师身体痊愈后审读……藏书家赵坤老师，几乎收藏了所有陕西知名作家出版图书的签名本，在与我几次聊起陈老师的作品后，赵老师还送了一本藏签本《白鹿原》于我。我们经常在电话中聊起文学，都在不经意间相互询问有关陈老师的近况，都不想去打扰他平静的生活，希望陈老师能快点好起来。

"至今刻骨铭心的是，我还采访了中青年作家陈忠实老师，

写过长篇通讯。至今，还保留着陈老师在我作品上的签名……我最大的心愿就是向陈忠实老师送一幅自己的作品——《白鹿原神骏》。"2016年3月4日，我和自己专访中的主人公咸阳农民画家李翰迪一起前往西安拜访邢小利老师，在他给省外文友签《陈忠实传》时，请他帮忙将画作转送给陈老师，带去我们的问候和祝福。这次没有发短信，也没有打电话，我们不想去打扰陈老师的休息，心里祝福着希望陈老师快快好起来。

4月29日，得到陈老师逝世的消息，如晴天霹雳。陈老师不仅创作了一部伟大的作品，而且他伟大的人格品质，做人的朴实以及对年轻人的提携，感动着每一位与他有所交往的人。几天以来，我几乎彻夜未眠，天天搜集整理一篇篇有关陈老师的思念文章，我唯一能做的，就是让这些思念永久存活在我们心中，以此致以对陈老师深切的悼念和哀思。

"蛰居乡间远离喧嚣燃烧生命耕耘黄土地，胸怀使命肩负责任倾注心血铸就白鹿原。"5月3日，带着花圈和挽联，我与妻子前往陕西省作家协会吊唁陈老师。在低沉悲痛的哀乐中，我在灵前深深地向陈老师遗像三鞠躬，苍天在哭泣，我的内心在流泪。约定的专访虽然没有进行，但是您却让我懂得了文学的本质和做人的道理，唯有潜心创作，才是对您最深切的思念。

愿天堂没有病痛，陈老师一路走好！

——曾载2016年5月7日《呼伦贝尔日报》、5月8日《今日彬县报》、第2期《陕西市政》、第3期《豳风》、第6期《延河》"纪念陈忠实专号"、第7期《泾渭纵横》等报刊和多家网络以及新媒体公众平台。

# 生命的高贵在灵魂

春节收假前一天，全家约定一起去书店淘书，看到书架上陈列着著名作家陈忠实所著的《生命对我足够深情》（时代文艺出版社2016年2月第1版）一书。这本书深深吸引了我，我毫不犹豫地买了下来。

连续一个多月时间，茶余饭后我尽情地陶醉在陈老师的人生笔记中，一遍又一遍地在滚热的文字中感受文学的力量和陈老师的写作风范。

陈忠实《生命对我足够深情》一书，2016年2月由时代文艺出版社出版发行

感动的是，年过七旬的陈老师，在《生命对我足够深情》这本书中，对自己70多年的人生进行了一次回顾。陈老师的这些散文随笔坚守着自己的个性，有事迹、有感想、有所见、有所闻，接近美、接近善、接近真，字里行间依然能体会到他写作的境界和高度。透过这本书的文字，可以看到陈老师的真情实感、生活情态，以及作家本人的气质、修养、性格、学识、情趣和嗜好等，更多的是能真正感受到陈忠实的真挚情感。

陈老师的《白鹿原》一书先后被改编成秦腔、话剧、连环画、雕塑、电影等多种艺术形式，并被收入"百年百种优秀中国图书""中国当代名家长篇小说代表作""茅盾文学奖获奖书系""茅盾文学奖获奖作品全集""中国文库（大学生必读丛书）""人民文学出版社·新中国60年长篇小说典藏"等丛书。一部被誉为"民族的秘史""一轴中国农村斑斓多彩、触目惊心的长幅画卷""当代中国文学的里程碑"的文学作品在中国文坛攀上巅峰。西方学者评价说："由作品的深度和小说的技巧来看，《白鹿原》肯定是中国内地当代最好的小说之一，比之那些获得诺贝尔文学奖的小说并不逊色。"2006年12月15日，"2006年第一届中国作家富豪榜"重磅发布，陈老师以455万元的版税收入，名列作家富豪榜第13位，引发广泛关注。

这部大书，这部历史之书也在不断尝试着不同的艺术形式。2015年5月20日，由著名导演刘进执导，改编自陕西作家陈忠实同名史诗巨作的电视剧《白鹿原》终于正式开机。这部电视剧将力求保持原著的庞大容量和原汁原味，陕籍演员张嘉译更是成为亮点之一。80集的电视剧更将全方位地呈现出一部20世纪初渭河平原50年间变迁的雄奇史诗，第一次以"全景式"的方式与观众见面。

从一名农村中小学教师到中国作家协会副主席，从没有上过大学的"落榜生"到著作等身、名震文坛的当代著名作家，从1965年开始发表作品到长篇小说《白鹿原》问世，多部著作获几十项文学大奖的道路上，陈老师依然坚守着"文学依然神圣"。

"过去以小说创作为主是依着兴趣，近十年来散文写作为主还是依着兴趣。除了少数命题作文的文章，绝大多数都是由兴趣激发的感受和体验，随有随写，原始森林如海涛涌动的绿浪令我的心潮也跟着起伏，荒凉高原上孤立的一株柳树更令我感到了自己的软弱和轻飘。家乡灞河重新归来的鹭鸶让我久久不忍离去，和我的白鸽告别却留下永久的伤情。我和父亲一样喜欢栽树，却不再是为了卖钱添补家需，纯粹是一种心理习性。"陈忠实在自序中如是说："我依赖这根神经发出自己的声音，是无声的文字的声音。"从《生命对我足够深情》一书中，我能真切地感受到陈老师对文学的虔诚，充分体会到陈老师书写《白鹿原》时漫长的坚守和劳作的过程。将所有磨炼坚持了下来，将高贵灵魂延伸，这是《白鹿原》对生命足够深情的一次诠释。

优秀的文学要接地气，自传也好，人生笔记也好，有力量有风范，更要有价值。在走进《生命对我足够深情》这部书中，浓烈的地域文化在文学中转化成一种无形的能量。在陈老师"师表友情亲情""山水树鸟""行程体验言说"的人生笔记中，我能真切地感受到，他是真正用爱和生命投入到文学创作中，正如他的名字一样，忠诚地穿越俗常，持续燃烧、持续喷发。他的作品和人生贯穿了真、善、美的力道，文字质朴而精美，优雅而凝重，展现了高远淡然的境界和历经人世沧桑的宽厚仁义。看似是陈老师的自传，但其实是用他用平实朴素的语言在书写文学的本质和做人的道理。


——曾载2016年3月22日《中国出版传媒商报》、3月27日《惠州日报》、3月31日《天水晚报》、3月31日《西安第九十中学》校报、4月5日《陕西日报》、4月15日《自学考试报》、5月6日《安顺日报》、第3期《画乡文化》、第4期《现代企业文化》《校报撷英》纪念文集等报刊和多家网络以及新媒体公众平台。

# 怀念恩师孙磊

又到一年春来时，在这个充满诗意和生机勃勃的季节，怀揣梦想的人们前进的脚步不会停歇……

时任《中国职工教育》杂志社主编的孙磊

4月19日，中国中铁电气化局集团公司职员张世永通过QQ邮箱，给我发来一篇《职工教育事业的播火人——深切缅怀孙磊先生》的文章。"孙磊老师清明节前一天去世，永远地离开了人世……"接收到邮件的第一时间，我不相信这是真的，连忙和中国劳动关系学院教授乔东老师，《中国职工教育》杂志胡英军老师联系，证实孙老师于4月4日下午1点15分去世。

孙老师去世的消息，我不敢相信，只是翻阅着我和孙老师在QQ、微信等聊天工具上的对话。3月19日晚10点，孙老师在QQ上给我留言："向小魏入围'全国最美青工候选人'表示祝贺！"还留言说："身体不适，从本月2日开始住院治疗，到现在已经19天了，估计还要住院10多天。"3月20日上午11点左右，看到留言，我给孙老师回复："孙老师静心休养，祝您早日康复！"孙老师没有回复消息，我怕影响治疗就没有去打扰他。

连续几天，我无法接受这个事实。翻着一本本散发着油墨香气的《中国职工教育》杂志，整理着孙老师3月份给我快递来的一箱文学书籍，我无法控制自己的情绪，陷入一种非常沉重的悲痛之中。

此时此刻，我艰难地坐在电脑前，心在流泪，想着一桩桩往事，孙老师和蔼可亲的面容浮现在眼前。4月，由于工作忙加之去山东参加了一周的学习培训，本打算20日上班，和孙老师叙旧，同时汇报一下最近的学习、工作和生活情况……

"好好干，小魏，不要辜负孙主编对你的期望！"乔东老师关切地给我发来信息。一个星期过去了四天，回忆起孙老师与我这个来自基层的普通员工之间的往事，历历在目，言犹在耳。

第一次结识孙老师，是在2013年2月。我在单位主要负责新闻宣传工作，一次偶然的机会，认识了《中国职工教育》杂志社的副主编王明政老师，通过他，我认识了《中国职工教育》杂志，认识了孙老师。我还清楚地记得当时跟孙老师通电话的情景。当时我与孙老师通过电话取得联系，告诉他我作为一名基层通讯员的新梦想，并毛遂自荐了几篇自己写的人物专访。没想到过了几天，孙老师电话回复我："小魏，几篇文章我都认真拜读了，你的专访文章接地气，正是广大职工需要的精神食粮，若你努力的话，杂志社给你开专栏，吸收你为特约编辑……"一阵惊喜骤然掠过我的心头，幸福来得太突然了，于是，我忐忑不安地答复他："孙老师，您放心，我一定会努力去做好。"2013年第4期《中国职工教育》杂志刊登了我写的人物专访《为陕西文学做更多的事》一文。接下来，我如饥似渴地在业余开始了我的专访之旅，每当采访遇到"拦路虎"时，我都会及时向孙老师请教，他也不厌其烦地给我指导。2013年8月，经《中国职工教育》杂志社委员会研究决定，正式聘请我成为《中国职工教育》杂志的特约编辑。在专栏刊发的文章后，作者的署名前，我又有了一个新的身份："特约编辑"。

第一次见到孙老师，是在2013年10月30日。我作为杂志社唯一在基层的特约编辑、专栏撰稿人，被特邀参加"共筑中国梦·劳动最光荣——用知识和技能托起中国梦"研讨会。

金秋时分，满城桂花在淅沥的秋雨里绽放，一簇簇金桂银桂，点缀在绿叶之间，芳香扑鼻。在这充满金色梦想的季节、成熟的季节、丰收的季节，我参加了在杭州钱塘举办的这次研讨会。终于见到了孙老师，他站在大厅等待着每一位代表。全国劳动模范、党的十八大代表、五一劳动奖章获得者、国家科技进步奖获得者、高级技师、自学成才的杰出青年代表等60多名来自基层的职工齐聚杭州。会议期间，我作为一名基层的"特约编辑"受到了杂志社每位老师的关爱。研讨会期间，孙老师就"深刻领会实现'中国梦'的现实基础和重要遵循"等方面做了题为《用知识和技能托起"中国梦"》专题演讲。他呼吁生活在这个梦想绽放的时代，每一位劳动者都要紧紧抓住属于自己的机会，迸发和升华成自己美好的未来，努力创造无愧于历史，无愧于时代的辉煌业绩，用知识和技能的双翼助力"中国梦"，用智慧和创新的激情托起"中国梦"，全面建成小康社会的美好前景就在眼前，国家富强、民族复兴、人民幸福的中国梦终将实现！这次研讨会，通过演讲、专题讲座等形式，传达了中国工会第十六次全国代表大会的会议精神，畅谈了对"中国梦"内涵、价值与意义的理解

《中国职工教育》杂志是1993年经国家新闻出版总署正式批准创刊的全国职工教育综合性期刊，是中华全国总工会主管、中国工人报刊协会主办的全国职工教育类核心期刊。孙磊于2009年8月至2015年4月在中国职工教育杂志社工作，任杂志社主编

和体会；交流了奋斗成就梦想，劳动创造辉煌的感悟和心得，拓展了思维。大家摩拳擦掌，纷纷表示要立足岗位，努力踏实工作，为谱写"中国梦"贡献自己的力量。

第一次与孙老师畅谈，是会议进行到第二天的晚上。"我非常热爱职工教育事业，办杂志就跟教书先生一样，同样是为广大职工服务。"在言谈中，我得知孙老师1970年在中央广播电视大学当老师，后来调到中华全国总工会宣教部从事职工教育工作，从1993年《中国职工教育》杂志创刊，他就一直参与其中。时光流逝，白驹过隙。掐指而算，这本全国亿万职工教育类的核心期刊已走过了20个春秋，迎来了20岁生日。

20载寒暑相易，作为全国职工素质建设工程的核心期刊，《中国职工教育》杂志在奋斗中拼搏，通过7000个日日夜夜的艰难跋涉，从16开到国际流行版本，从转制企业到独立法人，从单一色调到全彩色印刷，从月刊到半月刊，从单一模式到综合加理论，从自然来稿到基层采访，从电话互动到官网开通……在一批又一批新老编辑的精心浇灌下，在广大作者和读者一如既往的支持下，《中国职工教育》杂志发行量从创刊初期的几千份到现在的5万份，这是最大的认可和肯定。我们欣喜，亦感责任重大。

20载春华秋实，《中国职工教育》杂志坚持将思想性、实践性、理论性融为一体，成为政策传播的号角，工会宣传的喉舌，职工学习的课堂。它累计圆满完成258期的出刊任务，叠垒起来的杂志高可等身；集纳了2300多万言的职工思想道德和职业道德建设、职工教育和培训、职业生涯与发展及展示工会宣教干部风采和成果的文字。在这个过程中，全体采编人员和通讯员一起体会过通宵达旦赶稿的辛劳，也享受过稿件得到读者认可后带来的喜悦……

会议第三天，我整理了一份名为《唱响主旋律，传播正能量》类似卷首语的材料递给了孙老师。他语重心长地告诉我："20年又是一个新的开始，我的目标就是要让杂志真正成为指导全面提升职工素质的精锐读本，成为素质建设工程名副其实的指导性刊物。"同时交给我一项新的任务——让我找机会专访这次前来参会的楷模，把他们追求梦想的故事告诉广大职工，为大家传递正能量。参加这次会议，我像回到"娘家"一样，积极参与会务，全程会议摄影、记录。同时，受孙老师叮咛，我相继采写了《凝心聚力共筑"中国梦" 风劲扬帆唱响劳动美——"共筑'中国梦'·劳动最光荣——用知识和技能托起中国梦"研讨会侧记》，卷首语《汇聚正能量 再创新辉煌》《为"中国梦"传播正能量——专访哈佛大学首位企业职工文化访问学者、中国劳动关系学院企业文化建设研究所副所长乔东博士》《激情追梦在中铁电气——专访"第四届全国职工优秀技术创新成果奖"获得者张世永》，还和中国共产党第十八次全国代表大会代表、全国劳动模范、五一劳动奖章获得者、农民工楷模陕西乡党巨晓林，被称为工运战线上的时代楷模邵敬春进分别进行了交谈……

2013年10月30日，魏锋作为《中国职工教育》杂志社唯一在基层的特约编辑、专栏撰稿人，受邀参加了"共筑'中国梦'·劳动最光荣——用知识和技能托起'中国梦'"研讨会。图为魏锋与杂志社主编孙磊（右）合影

杭州会议结束后，杂志社确定2013年第12期的主题为将来自全国一线优秀职工的发言全文刊登。由于版面有限，所以我向周圆圆老师主动请示，撤掉我的稿件——《劳动创造未来 知识托起梦想》。本来是一件微不足道的事情，没想到孙老师亲自打电话向我道歉，希望我能理解。当听了孙老师的话后，我感动得热泪盈眶，一个德高望重的全国大刊的主编居然给一个名不见经传的基层年轻人道歉，孙老师的品行天地可鉴啊！其实我已经很满足了，作为一名喜爱文字的青工，能得到杂志社的认可还有什么可挑剔的，这也是一名"特约编辑"职责之内的事。那段时间，在孙老师的支持和鼓励下，我写的专访文章累计百万字以上，有发表的，有获奖的，时时收获着丰收的喜悦。在孙老师的谆谆教诲下，我打算约访"文学陕军"代表作家，写一部有关文学陕西梦的纪实作品。这是一项较为庞大和繁复的文字工程，为文学重镇的作家们描眉画像、呐喊鼓劲，不但需要有扎实的文字功底，而且需要有超凡的胆量和勇气。作为一个无名小

卒，我最怕和人打交道，尤其还是和名人打交道，但为了心目中的这项工程，我诚惶诚恐地进行着工作，约访难度不言而喻，直到现在，这个工程还在进行当中。本打算等这项工程结束后呈请孙老师斧正，然而，专访还没有结束，孙老师却孑然而去。孙老师，你的身后，留下的，是一位懵懂无助的小学生，老师啊……

2013年岁末年初，诸多朋友通过QQ或博客留言，建议我出本集子，把追梦人的故事分享给更多的人。于是，我利用闲暇时间遴选了部分故事，决定整理出版一本为梦想启程的作品。于是我将去年发表的作品剪贴成合订本，以"春天里放飞梦想"作为书名，也算是自己奔向梦想的一种寄托。此时，我想到了孙老师长期以来的殷切希望和关爱，便打电话向他汇报了我的想法，并希望他能给我的书作序。古道热肠的孙老师欣然答应，看完书稿用了还不到两个星期的时间，便给我发来了《我们一起实现"中国梦"》一文，并积极向中国工人出版社、中国言实出版社推荐我的作品。因为是个人作品集，为了方便中途接洽，最后我选择了在陕西出版。这本书从不同的视角来解读集体或个人实现梦想的根本力量和动力源泉，记录了追梦人怀揣梦想，寻梦、追梦、圆梦的真实故事。该书一经出版便收到了良好的社会反响，被国、省、市级图书馆及多家大专院校收藏，"职工书屋"和"农家书屋"同时将该书作为重点备选书目之一，出版社还把本书作为社选精品图书之一在第二十四届全国书博会上展出……

"春天里放飞梦想，梦想在春天里放飞"，这是我非常喜欢的一句话。从记事起，我就拥有美好的梦想，但生活是现实的，我要养家糊口，梦想就搁浅了。是2013年这一次偶然的机缘，因为孙老师的厚爱和扶持，重新燃烧起了我内心深藏的梦想。追梦

的路上，我不敢懈怠，每当前进一步，我都要与孙老师分享，每有一个小小的想法，我都会向孙老师倾诉，是不同的阅历和相同的梦想促使我们成了无所不谈的师生和挚友。

魏锋与农民工楷模、全国劳模、现任全国总工会副主席巨晓林（左）合影

2014年12月23日13点左右，孙老师给我发来来年杂志的定位设想和几份封面设计方案，我直言不讳地和他探讨。12月26日，孙老师又在QQ上和我聊起工作，告诉我："杂志封面定位采用了你的建议，春节过后就不打算上班了！特别感谢你这几年来对我工作的支持，特别是对我生活的关心和照顾，为你们做得太少，可是你们对我的付出太多，每每想起来心中十分不安和内疚。什么时候再到北京来一定要提前通知我，让我好好接待一下，尽地主之谊。"这是一位花甲老人对年轻人说的话，每次看到孙老师曾经对我说的这些话，我都忍不住眼眶的泪水……今年2月13日，我给孙老师发短信："孙老师，魏锋提前给您拜年了，衷心地祝福您春节愉快，阖家欢乐，万事如意，幸福安康！"孙老师回复："今天是阴历二十五了，孙磊也提前给您和您的全家拜年了，衷心地祝福您春节愉快，阖家欢乐，幸福安康！"除去这些普通的问候，我和孙老师在聊天中，谈得最多的就是工作，"春节长假邮路不畅，单位放假，杂志到了之后搞不好会丢失，最近就给你寄发……"他告诉我，看到我做公益事业，很是欣慰，最近整理了一些图书准备寄给我，让我把爱心传递下去。收到图书后，我第一时间向孙老师做了汇报。没想到，

魏锋与《中国职工教育》杂志编辑部老师在杭州的合影

3月20日，我和孙老师分享我入围中国共产主义青年团中央委员会"最美青工"候选人的喜讯竟成了诀别……

生命无常，友谊永存，恩师已去，泪洒两行。还记得2014年11月12日，孙老师受邀来陕西给采油炼油的企业讲课。期间，孙老师怕给我添麻烦，就没有告诉我他来陕西的事情。讲完课后孙老师在QQ上给我留言，并发来他课件《"五型"班组为目标开创班组建设新局面》的要点，让我有时间好好揣摩下。我看到信息后第一时间打电话过去，孙老师说他已经回到北京，正在杂志社开会，我们相互约定，他再来陕讲课的时候一定见面，我去北京的时候一定去看望他……一定见面，一定……当我期待孙老师再次来陕，再次聆听他对中国职工教育事业的独到见解时，他却走了……

孙老师走了，在我不知情的情况下。孙老师是一部知识丰富的人生大书，令我百读不厌，受益无穷。我真诚地怀念他，怀念他崇高的师风师德，怀念他和蔼谦逊的品质，怀念他渊博深厚的学养，怀念他忠于职守、求实创新的工作精神，爱岗敬业、无私奉献的工作态度……怀念他曾为中国职工教育事业做出的贡献！

泪如涟漪，愿孙老师安息，一路走好……

——曾载2015年第2期《陕西市政》、第3期《渭水》杂志和多家网络以及新媒体公众平台。

# 励志故事经典永恒

《路遥全集》书影

　　"我几十年在饥寒、失误、挫折和自我折磨的漫长历程中，苦苦追寻一种目标，任何有限度的成功对我都至关重要。"这是路遥在随笔《早晨从中午开始》中写的话，他将写作看成是完成自己的英雄梦。在他英年早逝后，人们将他视作是一位出身寒微却不屈服命运的人民作家。

　　路遥以坚韧、乐观、永不停息的奋斗姿态面对苦难，这恐怕是读者喜爱他的原因。这样的精神，从某种程度上来说，也是我们的民族精神。尤其是他的代表作《平凡的世界》反映了从"文化大革命"后期到改革开放初期中国的社会面貌，展示了中国农民尤其是年轻人不屈服于命运，自强、自信的精神。书中90%的人物都有原型，贴近现实生活。读者通过路遥的作品可以多角度解读社会、剖析现实，这显然这已经超越了文学本身的意义。

每一位作家都渴求通过作品得到永生，路遥做到了。在路遥去世20多年后，他的小说《平凡的世界》仍是最受中国读者欢迎的经典作品之一。大多数读者仍然谈论着他的作品，说到"路遥"这个名字时，更生起无限的敬意。

路遥的文学创作之路并非一帆风顺。从1976年大学毕业到1985年，路遥都一直利用业余时间一直在进行文学创作，却接二连三地遭遇退稿，直到1978年的冬天，他的中篇小说处女作《惊心动魄的一幕》得到了《当代》杂志主编秦兆阳的大力肯定，发表在《当代》1980年第3期。这部小说是路遥的作品首次在中国大型文学刊物上的亮相，并于1981年荣获"全国首届优秀中篇小说奖"。

路遥无论是在顺境或逆境，都能保持一份淡然的心态，坚持不懈地追求自己的理想。他在写《平凡的世界》的时候，并没有盲目追赶当时的文学潮流，譬如伤痕文学，而是更多地在思考文学的价值和生命力。与新潮的文学流派相比，他更喜爱俄罗斯文学，既喜欢托尔斯泰作品中所体现的宏大，也喜欢艾特玛托夫忧伤的抒情。同时，路遥对转型期中国社会的思考非常深远。

当代著名作家路遥

1982年，路遥发表作品《人生》，作品深刻地触及了"三农"问题，时至今日，依然不过时。《人生》在出版后，路遥本可以带着荣誉，安逸地生活，不

路遥在铜川燕家和煤矿体验生活

必过劳、拼命地继续写作，但他却没有止步，他害怕无法超越自己，觉得"痛苦极了"，直到创作出《平凡的世界》。他的一生，也因此具有了永恒的生命价值。

　　"路遥的人生就是一部不断奋斗的传奇人生，他是众多草根阶层通过个人奋斗改变自身命运的典范。"2015年1月，路遥在延川县中学的校友，陕西省作家协会副主席厚夫撰写的《路遥传》由人民文学出版社出版发行。厚夫说，完成《路遥传》是他的使命，因为路遥的作品提供了鼓舞读者向上与向善的正能量，而路遥长期主动沉潜到生活中书写人民大众情感的担当精神，正是当下的作家们应该学习的。2014年3月，路遥的清涧老乡、青年作家王刚编著的《路遥纪事》由北京时代华文书局出版。王刚试图通过解读路遥与陕北文化的关系、路遥作品中的陕北方言等，发现一个更丰满、更人性化的路遥，他希望为读者理解这位陕北"大百科全书"式作家路遥提供全新的角度。2013年3月，路遥在陕西省作家协会的同事，作家张艳茜也著有《平凡世界里的路遥》一书为路遥作传。她记得路遥告诫她的话："要努力建设自己，一个人活在世上就是要追求崇高的东西。"读《平凡的世界》，仿

佛能看到一个重新回到黄土地却不甘失败的路遥；一个不敢享受成功的喜悦，不断地艰难跋涉和远行中孤独的路遥；一个从早晨开始，陕西省作家协会院子里左手一根大葱或是黄瓜，右手一个馒头当一餐的路遥；一个为实现20岁时的梦想——完成一部"规模很大的书要在40岁之前"的路遥。他像牛一样劳动，像土地一样奉献，他的作品以正能量激励无数年轻人从底层不懈奋斗，用时髦的话来说，这就是路遥作为"励志哥"的价值。

**链接：**

路遥的同事张艳茜所著的《平凡世界里的路遥》一书，由陕西人民出版社于2013年3月出版。张艳茜曾经与路遥共事，是路遥的学生，也是路遥的朋友。作者曾经挂职陕北，对路遥生活过的黄土地有着真切而丰满的体验与感受。作者踏遍了路遥生前足迹所及的山山水水与角角落落，获取了鲜为人知的第一手私密信息。"掀开神秘的面纱，拂去时间的封尘，调查真相并甄别真相，还原路遥并审视路遥，使一位出身寒微却不屈服命运的人民作家复活于娓娓道来的生动文字

之中。"其笔下《平凡世界里的路遥》，向读者展示的是一个不平凡的路遥。

路遥的老乡王刚编著的《路遥纪事》，由北京时代华文书局有限公司于2014年3月出版。2010年至今，王刚在重读路遥事迹的过程中，对路遥的心路历程有了更多的了解，并历时3年多时间完成了该书的创作。该书涵盖了路遥的

生平经历、创作历程，写出了路遥成长、求学和走上文学之路经历的艰辛奋斗过程。同时，作者通过对时代信息、故乡风貌和陕西文学作家群像的刻画，将路遥放置在一个文化大背景中剖析，使读者全面、立体地了解作家路遥的人生、创作等。

路遥校友厚夫所著的《路遥传》，由人民文学出版社在2015年1月出版。路遥在短暂的人生中迸发出强大的生命光焰，其作品《人生》《平凡的世界》影响了千千万万的普通读者。然而，英年早逝的路遥的人生状态始终像谜一样困扰着读者。《路遥传》的作者是路遥生前的忘年交、路遥文学馆馆长以及研究路遥的权威人士之一，掌握了丰富的第一手资料。在书中，他披露了大量路遥不为人知的往事，还原了路遥的写作时代，展现了路遥的写作精神。

——曾载2015年4月13日《中国出版传媒商报》头版、4月30日《企业家日报》、第3期《西北文学》等报刊和多家网络以及新媒体公众平台。

# 路遥精神生生不息

　　《路遥传》是作家厚夫历经10年时间创作完成的一部长达26万字的传记文学作品。本书以时间为顺序，对路遥的一生进行了叙述，披露了大量路遥不为人知的往事，还原了路遥的写作时代，展现了路遥的写作精神。全书共分13章，"苦难的童年生活""我要上学""青春过山

魏锋与著名作家厚夫（左）合影

车""山花时代""延大啊，这个温暖的摇篮""抒写诗与史（上、中、下）""轻舟虽过万重山""平凡的世界新里程""生命的最后时光"等，这条清晰的脉络展现了路遥的人生经历。同样受《平凡的世界》影响的我，有幸拜访了厚夫老师，获得了一本珍贵的签名本。厚夫老师说："历时十年准备撰写《路遥传》的过程，也是我深入学习与研究路遥的过程。作家的生命长度是其作品来决定的，作为深受路遥影响的作者，我有责任也有义务做好路遥人生与精神的解读工作，给社会提供更多'向上与向善的正能量'。唯其如此，我才能对得起自己的不懈追求！"

读路遥的作品《人生》《平凡的世界》《早晨从中午开始》已20多年了，尤其在人生低潮的时候，在人生命运重大转折或遇到严峻考验时，能给人以智慧和力量，反复的阅读点燃了我的梦想。有关研究路遥的作品，我也不止一次地关注和阅读。读《路遥传》，让我更加读懂了路遥，读懂了路遥精神的生生不息。

"路遥的人生就是一部不断奋斗的传奇人生，他是众多草根阶层通过个人奋斗改变自身命运的典范。"路遥在短暂的人生中迸发出强大的生命光焰，其作品《人生》《平凡的世界》影响了千千万万的普通读者。厚夫老师作为路遥生前的忘年交，从小受路遥影响的他，也开始了他的文学梦想。1989年第6期《当代》杂志刊发了他的中篇小说《土地纪事》，自此他成为延川小有名气的文学青年。作为后起之秀的厚夫老师，一边工作，一边不忘创作，并一直长期致力于路遥研究资料的搜集与整理工作，先后推出了多部路遥研究专著，筹建了路遥文学馆。为了还原路遥的写作时代，记叙路遥的人生经历与文学思考，让后人传承路遥自强不息的精神，厚夫老师决心身体力行为殉道者著书立传，走访了多位专家和当事人，写出了这部"具有学术品格"的传记文学——《路遥传》。

路遥的校友厚夫《路遥传》一书，2015年1月由人民文学出版出版发行

励志故事传颂久远，好书不厌百回读。读《路遥传》，更要读路遥的其他作品，因为路遥本身就是一位励志作家，从农村到城市，再到专业作家，他有自己的

创作梦想。路遥为了完成创作，多次深入煤矿、农村体验生活，以文字为百万雄兵，在充满艰辛的写作路上，运筹帷幄，闯关夺隘。路遥始终坚信读者永远是真正的上帝，只要读者不遗弃自己，就证明自己有存在的价值。在文学创作道路上有着自己追求的路遥，终于得到了证明——1991年，《平凡的世界》荣获"第三届茅盾文学奖"。从路遥的作品中，我们都能找到自己的影子，也许你就是那个不甘于平凡的小说主人公。作品折射出来的强大的精神力量，告诉我们平凡的人只要努力，也可以过得不平凡，这是路遥通过作品传递出来的精神。

常言道：千里马常有，而伯乐不常有。在路遥不断的奋斗过程中，一直有"贵人"相扶。在路遥创作初见成果时，著名作家曹谷溪为了让路遥能够出版小说集，偷偷预订了3000册作品；"柳青是我的精神之父"，路遥多次拜谒柳青墓，在墓前痛哭的细节，让读者潸然泪下，失意的路遥、成功的路遥，都会一次次地对柳青倾诉，他在文学上的成功离不开柳青曾经的鼓励；还有弟弟王天乐的帮助和支持……静心阅读《路遥传》，字里行间温情的叙述，仿佛把读者带进了路遥生活和文学创作的世界，一个真实的路遥，在与读者面对面进行心灵上的对话。

厚夫老师的创作是艰辛的，他传承着路遥生生不息的精神，他告诫自己要写出一本能够靠得住的人物"信史"。为了弄清楚某些小问题，他多次查阅各种资料，走访回忆者，了解情况。路遥大起大落的人生状态也经常影响到厚夫老师的写作，他许多次因为陷入无限悲伤的情绪中而停笔不语。

厚夫老师的作品不仅仅是还原了一个从童年到英年早逝却奋斗一生的路遥，更是在传承路遥精神。正如厚夫老师所言，他从

事的是剖析路遥人生与解读其精神的工作，给社会提供更多"向上与向善的正能量"，价值高于为殉道者著书立传。

此外，书中还详细地叙述了路遥在阅读和写作上的细枝末节，披露了大量路遥不为人知的往事，还原了路遥的写作状态和写作精神，把一个作家所肩负的使命和能够延伸的精神传承了下来，这就是《路遥传》的精髓所在。

呼吁更多朋友走进《路遥传》，认识路遥，重温经典，感受路遥的精神——以坚韧的毅力去实现人生目标，助推梦想实现。

——曾载2015年第6期《现代企业文化》，2016年3月7日《新华数目报》等报刊和多家网络以及新媒体公众平台。

# 作家的足迹

最近，随着同名电视剧《平凡的世界》的热播，路遥再次成了人们极为关注的作家之一，而张艳茜创作的《平凡世界里的路遥》，也因这部热播剧而备受读者

魏锋与著名作家张艳茜（右）合影

关注。路遥和张艳茜都是著名作家，但鲜为读者所知的是，他们曾同事7年。

张艳茜曾任陕西省作家协会主办的刊物《延河》的常务副主编、编审，籍贯山东省济南市，随父母辗转落户到西安，并以优异的成绩考取西北大学，学习汉语言文学专业，她怀揣远大的抱负，梦想毕业后做一名教师。阴差阳错，1985年，张艳茜大学毕业后，却从事了编辑工作，在陕西省作家协会主办的刊物《延河》编辑部任编辑，不仅与上大学崇拜的作家路遥成了同事，而且工作的地点与路遥的工作室还在同一个小四合院。

著名作家路遥原名王卫国，1949年12月3日出生于清涧县王家堡的一个农家，7岁时因为家贫，过继给延川县的伯父家。1973年，路遥以"工农兵"的身份被推荐到延安大学中文系学习；1976年毕业后，调任《陕西文艺》（《延河》）杂志社任编辑，从这时他开始了文学创作；1980年发表中篇小说《惊心动魄的一幕》，获"第一届全国优秀中篇小说奖"；1982年，中篇小说《人生》发表，后被改编为同名电影，"路遥"的名字自此家喻户晓。获得成功的路遥，静下心来，远离媒体的采访，逃避一些文学活动，开始寻找新的创作方向，《平凡的世界》进入创作准备阶段。

　　1982年，路遥已经从《延河》杂志社调到创作组从事专业创作。"一手拿根黄瓜或大葱，一手拿着馒头，疲惫不堪"，这就是定格在当时只是一名小编辑的张艳茜心中的路遥形象。张艳茜说："路遥曾向我推荐他喜欢的哥伦比亚作家加西亚·马尔克斯的作品《百年孤独》。那一天，他用深沉而真挚的声音，流利而庄重地背诵出《百年孤独》中的段落，镜片后的眼睛里闪烁着崇敬的光芒。"

　　如今供职于陕西省社会科学院文学所的张艳茜，已成为一名著名的作家，可以说硕果累累，先后著有散文集《远去的时光》《城墙根下》《从左岸到右岸》，长篇小说《貂蝉》，长篇传记作品《平凡世界里的路遥》，是"陕西省政府优秀编辑奖"获得者，陕西省"四个一批"人才。张艳茜说，她的成长离不开路遥的影响。

　　张艳茜与路遥有7年同事情谊。她说，她是路遥的学生，也是路遥的朋友。在陕西省作家协会的院中，有时路遥创作累了，出来透口气时碰到张艳茜，就会逗逗张艳茜的女儿。这是张艳茜和路遥最常有的交流机会。

"那种寂寞是难以想象的，有时候写作到半夜，突然听到远方运煤车的汽笛声，路遥总以为有人来看他，便急忙放下笔冲出房子，奔向货车鸣笛的方向。"张艳茜回忆道，"那时候的路遥，多么渴望有人能来看他。但真的有人来了，他又会觉得占用了他的创作时间。"

也就在那个时期，路遥完成了《平凡的世界》的第一部。1991年，路遥创作完成了120万字的三卷本长篇著作《平凡的世界》，当年该作品荣获"茅盾文学奖"。

张艳茜最后一次看到路遥是1992年的夏天，路遥装修完了他在陕西省作家协会院子里的家，也完成了自己创作《平凡的世界》的感悟札记《早晨从中午开始》。

1992年11月17日上午8时20分，年仅42岁的路遥因患肝癌晚期医治无效在西安逝世。"路遥去世后，有一段日子，我经常恍惚地感觉，他还会再次出现在省作协院子里，依旧沉重而稳步地走着，或坐在院子里那把旧藤椅上晒太阳。"路遥去世后，张艳茜多次到路遥的老家，看望路遥年迈的父母，也写过多篇纪念文章。

路遥同事张艳茜《平凡世界里的路遥》一书，2013年3月由陕西人民出版社出版发行

"我与路遥在陕西省作协共事7年，比起他作家的身份，我更愿意把路遥当作一个普通的生命。如果路遥活到今天，他一定会不断突破自己，给读者带来更加伟

大的现实主义作品。"在张艳茜心中，路遥依然活着。

　　为了写《平凡世界里的路遥》这篇长篇传记作品，张艳茜走访了路遥的亲朋旧友，重读路遥的所有作品及研究资料。在完成第一项准备工作后，张艳茜辗转多地重走了路遥曾经写作和生活的铜川、延川、延安、甘泉、榆林等地，不辞辛劳地挨个走访，在鸭口煤矿和陈家山煤矿下井体验，想方设法阅读了路遥的个人档案，仅仅陕北之行搜集来的素材就有足足两大箱。通过一系列的准备工作，张艳茜真切而丰满地体验了路遥的生活，获取了鲜为人知的第一手资料。半年后，张艳茜完成了22万字的传记作品《平凡世界里的路遥》，真实还原了路遥的生活。

　　——曾载2015年3月13日《宝鸡日报》、3月18日《文化艺术报》、4月17日《西部开发报》、4月第12期《齐鲁风文学报》、5月21日《燕赵晚报》、第3期《仙女湖》、第4期《天涯读书周刊》、第4期《秦风》、第5期《文史精华》等报刊和多家网络以及新媒体公众平台。

　　贾平凹说，文学是一个品种问题，作家就是这个时代生下的品种，作为一个作家，本身就是干这一行的，在写作过程中，付出你所有的心血，有责任、有义务写这个时代，写自己的想法，对这个社会发出声音，用生命去写作，为时代和社会立言。

　　文学创作对贾平凹而言，就像是磁场强大的磁铁，不管是美誉还是批评，他始终关注着平凡人的命运，坚持着自己的文学创作，默默耕耘在秦川大地。在过去不到一年时间内，一路飙红的贾平凹在创作"暴涨期"推出长篇小说《老生》《极花》等，首发杂志很快售罄。推出的各种单行本也一再紧俏再版，早期作品被翻译成多国语言……截至2016年底，贾平凹出版的作品共计600多个版本，是当代中国能够进入世界文学史册的为数不多的著名文学家之一。

　　在文学这条路上，贾平凹做到了深入生活，做到了潜心创作。在"文学马拉松"上，贾平凹奋力疾跑，勇敢、真诚地坚守着对文学的虔诚。

# 与贾平凹老师相聚

贾平凹老师是我非常敬仰的作家，从上学到现在，我阅读最多的文学作品当属贾平凹老师的。

2014年2月10日，我受邀参加胡宗峰老师

魏锋采访当代著名作家贾平凹

组织的宴会，终于如愿见到了贾平凹老师。西北大学外国语学院副院长、教授胡宗峰向贾平凹老师介绍在场人员。亲切随和、平易近人的贾平凹老师没有一点架子，不说普通话，用地道的商州口音与大家交流。当他走到英国罗宾·吉尔班克博士（Dr.RobinGilbank）面前时，风趣幽默地说："胡教授，这位还用介绍？"与罗宾握手后又开玩笑："罗宾，你看你那胡子，这么长时间都不刮？"罗宾做了个鬼脸，手指着胡须说："齐白石，胡子比我这还长！"当时苏州大学的杜争鸣教授回家乡探亲，也来见了贾平凹老师。

贾平凹老师是我非常敬仰的作家，胡宗峰教授、罗宾·吉尔班克博士、杜争鸣教授都是非常著名的翻译家，也都是我拟定约访的人物。

第一次阅读贾平凹老师的作品，是在1995年9月，我读高一。我用每周积攒的伙食费，买齐了雷达主编的《贾平凹文集》8卷本，还有人民文学出版社出版的《中华散文珍藏本：贾平凹卷》，尤其是他的散文作品，更成为我的精神食粮。从那时起，我就默默地喜欢上了贾平凹老师。

高中时，我偏科太严重，无奈下选择了文科。我所在的班是当时学校最有名的"蜗牛班"，差生云集，全班共有104人。在这段灰色的日子中，陪伴在枕边最多的就是贾平凹老师的散文集……三年的高中生涯结束，我失去了方向，没有了梦想，背起行囊步入社会，只是偶尔写会几首小诗抒发自己的心情……

第二次阅读贾平凹老师的书是在1999年3月，我在乡下中学做代理教师，买了吉林人民出版社1998年出版的散文集《我是农民：在乡下五年的记忆》。记忆最深刻的是贾平凹老师所说的一句话："做为人，既要享受快乐，也要享受苦难。"从那时起，我的心里无形中就拥有了一种新的力量，在属于自己的土壤，辛勤耕耘。

第三次是2000年9月，我为所代课的初二（1）班学生买了1999年出版的《贾平凹散文随笔集》和《贾平凹绝妙小品文》。当时，作为一名语文代课老师和校团委书记，了解到学生最头痛的是写作文的问题，于是就创办了全县第一个初级中学文学社——蒲谷文学社，推荐学生读的最多的就是贾平凹老师的散文作品。

多年来，一直铭记着老家文化馆一位张老师的教诲："鲁迅先生穷困潦倒，穷到剩一杯牛奶和一块面包，而现在我连牛奶和面包都吃不上，生活保证了才能文学梦想！"在我心里，文学和摄影都是富人的奢侈生活。此后几年，为了谋生，我辞掉了代理教师工作，办假期学校，开书店，最后到一家企业从事文秘工作至今，而买书，读书，我也记不清有多少回，多少次了。现在想来，最可惜的是，到离家乡不远的城市谋生前，我卖掉了所有积攒的图书。10多年来，我的工作从白忙到晚，为了生活在文字里谋生，脑海里也没有了文学的概念，发表在报刊上的文章最多的也是新闻稿件。对于涉足文学，我始终不敢去想。

在我的书房，堆砌得满满的书中，我收藏最多、阅读最多的是陕西作家、咸阳作家和家乡彬县作家的文学作品……

长时间的阅读和学习，从这些为文学执着梦想的作家身上，我感触很多，收获颇丰。尤其在学习了原陕西省委书记寄语全省作家"为天地立心，为生民立命"的文章后，我再次燃起了希望之光。我计划利用一到两年时间，约访陕西作家群，写一本《文学陕西梦》的纪实作品。下定决定后，我从繁忙的生活中挣扎出来，背起照相机，拿上录音笔和采访本，挤上公交或搭乘出租车，在周末的闲暇时间开始了我的梦想之旅。

作为一名贾平凹迷，我多次寻找机会，准备专访贾平凹老师，甚至常在梦中与贾平凹老师相遇。

春天里放飞梦想，梦想在春天里放飞。

奔入马年，作为一个文字的虔诚者，在梦想的春天，我如愿和贾平凹老师相见。席间，我向贾平凹老师汇报了自己的梦想，然后把自己拟定先出版的纪实作品集《春天里放飞梦想》给他审阅。贾平凹老师翻阅后高兴地说："好好干！"并为我题写了"前途似锦"的祝福语。无奈时间有限，我和贾平凹老师的第一次"会面"就这样匆匆结束。

作为一名贾平凹老师的膜拜者，能够专访贾平凹老师是我长

久以来的愿望。经多方沟通，2015年7月28日一大早，我收到贾平凹老师的复信，确定了采访时间，我的心情随之激动起来。7月29日下午，贾平凹老师冒着酷暑，带病在城南书房接受了我和文彦群的采访，时长一个多小时。采访结束前，我和贾平凹老师谈起了《春天里放飞梦想》的近况，贾平凹老师再次为我这本小册子欣然题词"文运长久"。之前，受山东淄博"贾迷"、藏书友张振桐（求缺斋主人）以及张云龙老师等20多名文学友人的委托，请贾平凹老师给多本"贾著"签名。遗憾的是，我准备请贾平凹老师给藏书《老生》签名的事却忘记了。

魏锋正在创作的作品《问鼎——一位平凹迷的探访笔记》

采访结束后，贾平凹老师把我们送到电梯口，他的谦和、热情令我们难忘又感动……

"写作就是我最重要的生活内容，写作之外的事情我都不喜欢，因为人的一生干不了几件事情时间就过去了。"贾平凹老师在文学创作上的执着，可敬、可叹。或许，这正是多年来我喜爱他的原因。

——曾载2015年9月29日《劳动午报》、10月30日《新商州报》，2016年1月13日《昌吉日报》、12月16日《中国出版传媒商报·阅读周报》头版和中国作家网、陕西作家网等网络以及新媒体公众平台。

# 用中国方式讲述中国故事

有关贾平凹老师"吃烟"的
轶事，颇多传闻。说贾平凹老师
无钱买烟，用土豆叶作烟卷，在
西北大学上学期间，吸的则是藏
在枕芯里的旱烟叶。"那时候，
对于知识的渴求，即使便宜的廉
价香烟都不舍得去买，偶尔在经
济较为宽裕的情况下，买一包九
分钱的'羊群'牌香烟，或一包

沉思中的贾平凹

7分钱的'勤俭'牌香烟过把瘾。"烟雾缭绕中，贾平凹老师与他
的亲密伙伴——烟在心灵空间碰击着写作灵感。

"我是吃烟的，属相上为龙，云要从龙，才吃烟吞吐烟雾要
做云的。"

"我吃烟的原则是吃时不把烟分散给他人，宁肯给他人钱，
钱宜散不宜聚，烟是自焚身亡的忠义之士，却不能让与的。"这
是贾平凹老师1996年11月26日，在参观完宝鸡卷烟厂后，即兴写
的《吃烟》中的一句。吃烟断了"香火"也是贾平凹老师经常遇
到的事。闻听贾平凹老师上学期间，一天一包烟也撑不到晚上

12点，他就规定时间段吃烟过瘾。据悉，当时和他同住一个宿舍的一位同学，每次闻到他吐出的烟气味喷嚏就打个不停，为此他还遭受过别人的白眼。

"吃烟是只吃不尽，属艺术的食品和艺术的行为，应该为少数人享用，如皇宫寝室中的黄色被褥，警察的电棒，失眠者的安定片；现在吃烟的人却太多，所以得禁止。"细细品读贾平凹老师《吃烟》这篇文章，颇具情趣，其中也有他关于禁止吸烟的观点。文章说，禁止哮喘病患者、女人、医生、兔嘴人、长胡须的人吸食，也向读者传达了吸烟与健康的信息。国家出台禁止在公共场合吸烟的禁令后，贾平凹老师也是以身作则，参加文学活动或记者采访时，基本没有吸烟的镜头。

"文章无根，全凭烟熏。"贾平凹老师在写作时要求比较多，房间一定要干净，不允许有人，然后把窗子关得严严实实，再抽烟，"纸是一张一张地揭，烟是一根一根地抽。"贾平凹老师当年创作《废都》时，一个人跑到偏远的山沟里，孤军奋战，以每天近万字的速度创作。"每一部都可以说是烟熏出来的。"贾平凹老师不止一次谈到自己的创作与烟的亲密关系。1993年，北京出版社出版的贾平凹老师长篇小说《废都》，扉页上的图片，就是他左手夹着一根香烟，右手握着钢笔，在深夜里爬格子，他就像一位勤劳的农民，在自己写作的农田上勤恳耕作。《废都》出版后没多久便遭禁，也遭遇了来自社会方方面面的争议。季羡林先生当年说过：

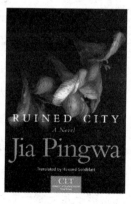

葛浩文翻译的英文版《废都》，2016年1月由俄克拉荷马大学版社出版发行

"《废都》二十年后将大放光芒。"此后，正如所言，正式和半正式出版的《废都》有100多万册，盗版却超过了1200万册。而贾平凹老师自己搜集到的盗版版本，则超过了60个。2009年7月，被禁17年的长篇小说《废都》获准再版，重出江湖。贾平凹老师在接受记者采访的时候，诸多记者关注的是书中他拿着一根烟在抽的照片……17年中，贾平凹老师没有受到外界的干扰，以每两三年写一部长篇小说的节奏，记录着中国和自己。

"我是吃过40的烟啊，加起来可能是烧了个麦草垛。以前的理由，上古人要保存火种，保存火种是部落里最可信赖者，如果吃烟是保存火种的另一种形式，那我就是有责任心的人么。现在我是老了，人老多回忆往事，而往事如行车的路边树，树是闪过去了，但树还在，它需在烟的弥漫中才依稀可见呀。"2014年10月，贾平凹老师第15部25万字的著作《老生》由人民文学出版社出版发行。在后记中，他详细向读者介绍了创作这部长篇小说的过程，开笔就向读者交代："歇着了当然要吃根纸烟，《老生》，就是烟熏出来的。"

贾平凹老师在长篇小说《老生》中说："2013年的冬天完成长篇创作，过去了大半年了，我还是把它锁在抽屉里，没有拿去出版，也没有让任何人读过。烟还是在吃，吃得烟雾腾腾，我不知道这本书写得怎么样，哪些是该写的哪些是不该写的哪些是还没有写到，能记忆的东西都是刻骨铭心的，不敢轻易去触动的，而一旦写出来，是一番释然，同时又是一番痛楚。"

"纸是一张一张地揭，烟是一根一根地抽。"贾平凹老师吃烟成了一种嗜好和生活习惯，也是创作迸发的灵感源泉。我们期待着，期待着贾平凹老师更多用烟熏出来的"中国故事"。

贾平凹15部长篇小说初版本之《商州》《浮躁》《妊娠》《废都》

1987年《商州》由北京十月文艺出版社出版发行。本书承载了贾平凹太多的情感，但他同时也惋惜着："商州虽好，也不是久留之地了。"他对城市和乡村相交织的复杂感情，深入到了《商州》感人肺腑的爱情故事中。

1988年《浮躁》由作家出版社出版发行。本书以农村青年金锁与小水之间的感情经历为主线，描写了改革开放初期暴露出来的问题以及整个社会的浮躁状态和浮躁表面之下的空虚。这是一本关于描述作者故乡商州的书，记述了一条河上的故事。

1989年《妊娠》由作家出版社出版发行。本书通过平凡人的日常生活，充分展示了浓重的时代大背景下渴望拥有恬静生活的理想。故事中的人们自然而然地摆脱了物对心的束缚，他们在自己的小圈子里每天重复着几乎相同的事情，平静而愉快地生活着。

1993年《废都》由北京出版社出版发行。本书以西安当代生活为背景，记叙"闲散文人"作家庄之蝶、书法家龚靖元、画家汪希眠及艺术家阮知非"四大名人"的生活，展现了浓缩的西京城形形色色的"废都"景观。

1995《白夜》由华夏出版社出版发行。本书被称作是"社会闲人"的肖像图。主人公夜郎来自社会底层，他善良又固执。他努力地寻找自己在城市当中的生存空间，却始终不能静下心来。生活如此，爱情亦如此。面对自己仰慕的虞白，他既自尊又自卑。

1996年《土门》由春风文艺出版社出版发行。本书围绕乡村与城市的争斗展开，讲述了一个村庄城市化的过程。它是贾平凹长篇小说中最薄的一本。小说理智地对城市当中腐朽的生存方式和乡村的保守心态进行了双重批判。

1998年《高老庄》由太白文艺出版社出版发行。本书讲述了大学教授高子路回到高老庄，与往昔恋人之间所发生的错综复杂的情感纠纷，体现了封闭守旧的环境导致人的退化和改革开放对人的改良。

2000年《怀念狼》由作家出版社出版发行。本书是部颇具寓意的长篇小说。猎人、记者、烂头在为商州尚存的十五只狼拍照存档的离奇经历。小说尽显作者笔法之不羁与想象之丰富。

贾平凹15部长篇小说初版本之《白夜》《土门》《高老庄》《怀念狼》

贾平凹15部长篇小说初版本之《病相报告》《秦腔》《高兴》

2002年《病相报告》由上海文艺出版社出版发行。本书为什么叫"病相报告"呢？胡方和江岚的爱情之所以是苦难的，那是因为时代病了，社会病了。而数十年的中国，各个时期有着各不相同的病，这就是作者要报告的事。

2005年《秦腔》由作家出版社出版发行。本书以一个陕南村镇为焦点，写到了中国农村生活20年来变化中的种种问题，比如为什么有大量农民离开农村，农民如何一步步从土地上消失等。

2007年《高兴》由作家出版社出版发行。本书描写了刘高兴与儿子刘热闹进城打工的故事。父子俩在城市给人送煤兼收破烂，日子清苦却精神充足，对经济富裕却精神贫穷的准城里人颇有启示意义。

贾平凹15部长篇小说初版本之《古炉》《带灯》《老生》《极花》

2011年《古炉》由人民文学出版社出版发行。本书的故事发生在陕西一个叫古炉的村子里。作者用真实的生活细节和浑然一体的陕西风情，把当时中国基层在"文化大革命"中的历史轨迹展示在我们面前。

2013年《带灯》由人民文学出版社出版发行。本书的主人公是一个名叫带灯的女乡镇干部，她原名叫萤，即萤火虫，像带着一盏灯在黑夜中巡行。这个名字也显示了带灯的命运，拼命地燃烧和发亮，却注定微弱无力，终归尘土。

2014年《老生》由人民文学出版社出版发行。本书的故事发生在陕西南部的山村里，从20世纪初一直写到当下。书中的灵魂人物老生，是一个在葬礼上唱丧歌的职业歌者，他身在两界、长生不死，见证、记录了几代人的命运辗转和时代变迁。

2016年《极花》由人民文学出版社出版发行。本书写了一个被拐卖女孩的遭遇。作品不仅保持了作家的既有水准，而且在写法上有所创新。小说从女孩被拐卖到偏远山区的男性家庭开始，用全息体验的方式叙述女孩的遭遇，展示了她所看到的外部世界和经历的内心煎熬。

——曾载2015年3月11日《黄山日报》、3月28《长江烟草报》、第1期《陕西市政》、第1期《北京晚报·生活北京》、第2期《重庆烟草》、第2期《秦风》、第2期《渭城文化》、2016年第11期《红云红河》等报刊和多家网络以及新媒体公众平台。

# 初入文坛玩命写作却屡遭退稿

　　在文坛素有"独行侠"之称的贾平凹老师，在西北大学中文系读书期间，就已发表纯文学作品20多篇。23岁毕业后，他被分配到陕西人民出版社文艺部工作，任助理编辑。

　　1976年，贾平凹老师已经在全国发表了40多篇文学作品。怀揣文学梦想的贾平凹老师，最大的目标就是发表更多的作品。他每天玩命地写作，不断向全国各大媒体投寄自己创作的文学作品，但手头收到最多的却是报社和杂志社的退稿信。"稿子向全国四面八方投寄，四面八方的退稿又涌回六平方米——退稿信真多，几乎一半是铅印退稿条，有的编辑同志工作太忙了，铅印条子上连我的名字也未填。"贾平凹在这一年将收到的所有退稿信都贴到墙上，"抬头低眉让我看到我自己的耻辱。"

　　正当贾平凹老师创作处于瓶颈期时，陕西人民出版社准备同相关文化部门一起合作出版一部《烽火春秋·续集》的作品，陕西省作家协会的负责人

1976年贾平凹受出版社派遣，到礼泉县烽火大队蹲点，《烽火春秋·续集》就创作于这时

李若冰和陕西人民出版社副总编刘善继请西北大学中文系抽调了40多个工农兵学员和几位教师参加编写。贾平凹老师受出版社派遣到礼泉县烽火大队蹲点参与编写工作。也就是在这一年的6月，中国少年儿童出版社出版了他的儿童题材小说集《兵娃》。

　　贾平凹老师担心到了乡下不可能有条件写他的小说，而搞社史又是很乏人的，调查呀，座谈呀……他的心思都在文学创作上，最大的愿望是创作出优秀的作品。在礼泉县烽火大队蹲点期间，贾平凹老师了解到农民王保京20世纪50年代因科学种田获得高产而成为全国劳动模范，受到毛泽东等中央领导接见，他的事迹享誉全国。因此，贾平凹老师上午参加生产队劳动，晚间便开会调查搞材料。空闲时间他和大队农科所的那帮年轻人厮混得最熟，一起光屁股下河游泳，一起烧野火煨豆子吃，一起用青烟叶卷喇叭筒来吸。"大跃进"运动和"人民公社化运动"，无论是否科学可行，烽火人总是激情澎湃，乐观勇敢，烽火的发展是中国农村前进的典型代表和缩影……在走访编写《烽火春秋·续集》的间隙，贾平凹老师用仔细敏锐的眼光观察感受着生活。正因为创作环境的改变，使他的写作灵感瞬时迸发。

1978年第3期《上海文艺》刊登了贾平凹短篇小说《满月儿》

　　1977年6月7日，贾平凹老师依据在烽火的生活感受，以农科所里一对姊妹为原型，创作完成短篇小说《满月儿》，寄给了《上海文艺》杂志社。随后，完成创作任务的写作班子打道回府，各自回到原来单位。《烽火春秋·续集》先印出少量内部书，在征求各方的意见后，终未正式出版。根据在烽火大队的生活体验，贾平凹老师还创作了小说《岩花》《果林里》等，《果林里》还被改编成连环画，深受读者的喜爱。

1978年第3期《上海文艺》刊登

《山地笔记》是贾平凹公开发行的短篇小说集，收录了他于1977年在礼泉县烽火大队蹲点创作的短篇小说《满月儿》。该篇小说首发于1978年第3期《上海文学》杂志，同年获"首届全国优秀短篇小说奖"

了贾平凹老师的短篇小说《满月儿》，满儿、月儿青春阳光的形象令因"文化大革命"的文坛焕然一新。满儿、月儿的形象，让人想起蒲松龄笔下的婴宁，为千万读者所喜爱。同年，《满月儿》获中国作家协会评选的"首届全国优秀短篇小说奖"，之后的文坛便有了一个叫贾平凹的陕西作家。

邹荻帆以诗人特有的敏感，最早发现了这颗文坛的新星。发表于1978年5月《文艺报》的《生活之路：读贾平凹的短篇小说》是最早一篇研究贾平凹老师小说的评论文章。在纪念陕西文坛泰斗、中国石油文学奠基人李若冰的文集里，贾平凹老师深情回忆了李若冰先生在自己文学之路上的鼓励和栽培，尤其提到了和许多文坛大家在礼泉烽火深入生活以及如何创作出短篇小说《满月儿》。

贾平凹老师在礼泉县烽火村蹲点参与《烽火春秋·续集》的创作经历，使他的写作灵感迸发，文思如泉涌，并从《满月儿》

魏锋探访贾平凹老师的文章被刊发于全国多家纸媒

开始，他步入文坛。20世纪80年代前贾平凹老师以中短篇小说为主，20世纪90年代以中长篇小说为主，21世纪这14年以长篇小说为主。他多次荣获国内外文学大奖，是文坛有名的劳模作家和获奖大户，被誉为"鬼才"，是当代中国最具叛逆性、最富创造精神和影响广泛的作家，也是当代中国可以进入世界文学史册的为数不多的著名文学家之一。

——曾载2015年3月13日《西部开发报》、3月24日《燕赵晚报》、4月18日《绵阳日报》、5月5日《库尔勒晚报》、5月15日《株洲日报》和2016年3月17日《黄河金三角时报》等多家报纸以及人民网、中华网、中国新闻网、文化中国网、凤凰网、腾讯网、网易新闻、新华网、中国作家网、大秦网、作家网、甘肃网、黑龙江新闻网、南报网、中国散文网等近百家网络与新媒体公众平台。

# 时代烙印出首部著作《兵娃》

春天是最好的读书季节，闲暇之余，我又开始为自己寻觅新的精神食粮。

近日，在旧书网有幸淘得贾平凹老师第一本作品集《兵娃》。这部薄薄的短篇小说集，是贾平凹老师从发表在全国各地报

贾平凹第一本作品集《兵娃》，1977年6月由中国少年儿童出版社出版

刊的40多篇作品中，选录了《荷花塘》《小会计》《小电工》《兵娃》《参观之前》和《深山出凤凰》等6个小故事，共53000字，由张礼军、孙建平配图，中国少年儿童出版社于1977年6月出版，定价为0.24元，新华书店北京发行所发行，各地新华书店经销。

这部儿童题材的短篇小说集，是一本反映农村中两条道路斗争的短篇小说集。兵娃和杏娃等红小兵，在无产阶级政治理论的鼓舞下，坚持原则，和农村中资本主义自发势力以及阶级敌人的破坏行为展开了不调和的斗争。作品充满浓郁的生活气息，语言

朴实风趣，生动地展现了特殊背景下农村少年的生活状况，有着深深的时代烙印。

从贾平凹老师的作品中，我们看到，深处农村，年少的他，被一次偶然的上学机会改变了一生。1972年，作为工农兵学员的他被推荐到西北大学中文系深造，三年后的1975年，大学毕业的他理所应当地干起了与文字有关的工作，被分配到陕西人民出版社文艺部当助理编辑。因为喜欢文字，又干的是编辑工作，贾平凹老师有了写作的条件和环境。贾平凹老师在《兵娃》后记里记述道："1973年，贫下中农把我推荐上了大学，我开始拿起了笔参加战斗。在三年的大学期间，我们按照毛主席的教导，开门办学，到农村的几次实习中，我又回到了小伙伴中间，那些红小兵的可爱形象，时时使我感奋，使我激动。于是，我断断续续写下了这一支支对新一代的赞歌！"

《荷花塘》描述了梨花村的红小兵孙保松在暑假期间，晚上义务帮生产队当代理记工员，白天看守荷花塘的故事。荷花塘原来的看守老银伯不仅在工作时间编草鞋去卖，而且还利用工作之便捞取荷花塘里的公物。保松对老银伯进行了严厉地批评和真诚地挽救，最后帮助老银伯改变了自私落后的思想。

《小会计》讲的是杏娃到水库工地的第三天，就被负责人洪庆伯安排当了会计。工地里有一个采购三合叔，不仅利用公款买私货，而且以为大伙改善伙食为名，私自用工地的木材去换黄豆。警惕的杏娃发现并纠正了三合叔的这些错误行为，胜任了会计的工作。

《兵娃》的故事也发生在梨花村。放了暑假，兵娃到生产队的豆腐坊去跟万有老汉卖豆腐。这个万有老汉先是借机搭卖自己

的针线物品，之后为了给生产队多卖点钱，他在豆腐里多兑了水。接着，他又趁邻村急需大量豆腐之机，为集体多争取了三头小猪。兵娃对万有老

贾平凹聆听魏锋汇报个人文学创作情况

汉的小资思想和投机行为进行了严肃地批评和即时地纠正，帮助万有老汉提高了觉悟。

在《兵娃》这本作品集中，无论是兵娃，还是保松、杏娃子、小牛、小海的故事，我们能明显地感受到，那时的贾平凹老师，作品题材主要来源于农村，来源于童年，来源于生活。他对农村生活能从容把握，对矛盾的掌控也是游刃有余，这6个故事也富有鲜明的时代特征。

时代造就的作家，并非都有成熟的创作路子。作为文学新人的贾平凹老师，不可避免地在文学创作中遵循历史。具有时代烙印的第一部著作，虽然在此后不被过多地提及，但是通过《兵娃》，我们能感受到贾平凹老师对组织推荐自己上大学的感恩之情，更多的是能体会到他在向文学投石问路。"在这里，选出了几篇，就算作我向工农兵交的一份毕业考卷吧。"后记的落款时间是1976年6月，出版时间是1977年6月。

"为什么写作？为谁写作，怎样去写作，永远是我们要追问的话。文学艺术是人类精神世界向未知领域突进的先声，它首先有一个底线，就是向上向善！我们常说文风取决于作者的性格，

取决于文字背后的声音和灵魂，如果襟怀鄙陋，作品必然境界逼仄。要产生无愧于时代的好作品、大作品，一定要脚踩坚实的大地，把根扎在人民中，扎在生活中，不被金钱诱惑，不迎合低俗，不受名利驱使。这个大时代为我们提供了丰富的写作素材和巨大的想象空间，也给我们提出了大的担当。"这是贾平凹老师发自内心最深刻的体会。

贾平凹老师用敏锐的眼光观察着生活，正因为创作环境的改变，所以使他的写作灵感迸发。从后期创作可以看出，贾平凹老师《兵娃》这部作品，是带着时代的烙印去完成任务，但更多的是迸发出来的天分和才华让他的创作更加稳固。贾平凹老师创作完成短篇小说《满月儿》，一下子让他在全国文坛崭露头角。在时代的同步发展中，贾平凹老师通过笔下的数百万字，以一位作家的悲悯情怀，关注着社会最底层的农民兄弟姐妹，为一批小人物的命运、生存而呼号呐喊，扛着沉甸甸的责任执着地行走在文坛，用心挖掘中国的土地上生长的中国故事。

——曾载2015年第5期《中国职工教育》杂志和多家网络以及新媒体公众平台。

# 贾平凹不是鲁迅，"刘高兴"也不会是闰土

《我和平凹》一书是贾平凹老师的发小，小说《高兴》主人公刘高兴原型人物——陕西省丹凤县棣花镇农民刘书征经过近10年时间所著的纪实作品，主要介绍了他和贾平凹老师之间的友情。该书序言部分首先选录贾平凹老师长篇小说《高兴》的后记作序。此外，著名文化学者、文艺评论家肖云儒，贾平凹文学艺术馆馆长木

贾平凹为刘书征题写的"哥俩好"

南，著名作家王新民，商洛市老年大学校长崔学民还分别为此书作序。另外，此书还收录了贾平凹老师与刘书征的合影照片以及赠予刘书征的"哥俩好"的书法作品。全书共计18.5万字，分为"童年印记""少年贾平凹""学生时代""凤凰涅槃""患难之交""成就于我""初恋轶事""报载拾零"8章内容。刘书征在后记中也向读者阐述了他执意坚持近10年书写《我和平凹》一书的初衷。书籍装帧设计得很朴素，扉页上的刘书征耳朵夹着一支香烟，高兴中充满自信。严格地说，该书属于内部资料性图书，但恰恰因为贾平凹老师而显得格外高端、大气、上档次。

读《我和平凹》，感触最深的是刘书征与贾平凹老师之间的真挚感情。时光荏苒，两人自初中后各自开始了不同的人生，刘书征光荣入伍，贾平凹老师则继续学业，幸运地进入省城西安念大学。上学期间，贾平凹老师不忘给发小刘书征写信，落户省城成为蜚声文坛的文学巨匠后，贾平凹老师依然一次又一次地看望刘书征。刘书征复员回到家乡，为了生计又跑到省城打工，找不到工作就在西安靠拾破烂、送煤为生……无论命运怎样安排，走得多远，贾平凹老师与刘书征"哥俩"间始终保持着友好交往。"哥俩"没有尊卑之分，没有贫富之分，相互见面总是谈天说地，嘘寒问暖，互拉家常……"朋友一生一起走，那些日子不再有，一句话一辈子……"

"刘高兴，如果三十多年前你上了大学留在西安，你绝对是比我好几倍的作家。如果我去当兵回到农村，我现在即便也进城拾破烂，我拾不过你，也不会有你这样的快活和幽默。"贾平凹老师在创作小说《高兴》时，选定刘书征为人物原型。依我拙见，贾平凹老师一方面是赞美刘书征勤劳、正直、质朴的秉性，一方面是揭示进城农民工在繁华物质化的城市边缘，在城市辅道彷徨以及生存的困惑。更高层次理解，贾平凹老师不仅仅是为了写作而写作，他笔下的《高兴》，隐喻着更多深层次的寓意。

刘书征《我和平凹》书影

《我和平凹》这部书，是刘书征对自己能力的一次挑战。从本书的字里行间，我们能感受到刘书征乐观的心态，也能感受到他因为贾平凹老师所著小说

《高兴》而收获的快乐。"贾平凹是鲁迅的话，我就是闰土。"刘书征在贾平凹老师面前从来不遮掩自己的思想。庆幸的是，贾平凹老师勤奋耕耘，长篇小说《高兴》更是让"刘高兴"走红。从此，刘书征不再是城市里的拾荒者，他回到家乡棣花镇开始经营文化生意，过着忙忙碌碌的生活，每天前来他家里的游客络绎不绝。他还经营着农家乐，卖贾平凹老师的长篇小说《高兴》，写着《我和平凹》的故事，提笔挥毫开始像"平凹"一样写书法卖字……读《我和平凹》，笔者更为感动的是贾平凹文学艺术馆馆长木南、著名作家王新民、商洛市老年大学校长崔学民等对刘书征的帮衬和扶持，才得以让《我和平凹》面世。虽然初中没有毕业的刘书征文字功底不够扎实，但是"哥俩好"的这段友谊值得推崇，这段故事值得留下来。正如著名文化学者、文艺评论家肖云儒点评所言："'刘高兴'是地道的农民，至今还在家乡的土地上。一度在西安城打过工，那时被称为农民工，当然还是农民。他当了别人长篇小说主人公原型之后，自己又拿起笔写了一部长篇，这样的事还是第一次遇见。他的故事，他的视角，他的笔法，以及给予你的感受都与众不同，有一股草根的清新气息……"

"人到世上来交往，就是为了索要或清还前世的账债，今辈子不管谁心眼多，谁心眼少，你该舍该得，吃亏占便宜都是有定数的。从小，刘高兴和贾平凹

贾平凹和乡亲在大堂叙旧

同在一个院子里住，要尿泥、割草、背柴、上学、挣工分是一帮子娃，俩人关系好归好，以他们的性情来看，一个总爱占便宜，一个总能守住摊子，你想俩娃还是不会好到穿一条裤子的。这么说，不是否定俩人的友谊，贾平凹这辈子注定就是要还刘高兴个声名债的。"这是木南读了《我和平凹》后所言，你会从字里行间感受到刘书征对贾平凹老师的真挚情感。《高兴》出版后可以说是硕果累累，拍成电影被搬上银幕，喜讯连连，不断再版……瑞典翻译家、汉学家陈安娜女士还将该长篇小说翻译后在瑞典出版。诺贝尔文学奖评委马悦然认为，《高兴》是中国第一部真正的存在主义小说，其富有戏剧性的人物，来自于这个社会的最底层，很多方面足可称为中国的《老鼠与人》。贾平凹老师关注的不仅仅是发小刘书征一人，他关注更多的是千千万万在城市游走的农村人。

　　《我和平凹》足以证明贾平凹老师和刘书征是一生的朋友。据媒体报道，在棣花旅游景区，刘书征家成了最抢眼的景点之一，几乎每天都要接待四五十名游客，到周末最多时要接待二三百人，最多时刘书征一天卖出十几幅字。景区也因刘书征的存在使其文化内涵更丰富，更吸引游客。

贾平凹为魏锋和妻子签赠个人私藏台湾版长篇小说《极花》

　　贾平凹不是鲁迅，他还是那个刘书征眼中的贾平凹，《高兴》的热销只是贾平凹老师文学道路上的一个小片段；刘书征也不会是闰土，只不过他的生活因为《高兴》而改变，生活的方式变成写书、写字。生活归属现实，刘书征奉献给读者的是浓浓的爱，也是自己生活奔小康的目标。愿刘书征在《我和平凹》之后，继续坚持写作，书写更多关于棣花镇的好故事。

链接: ----------------------------------------------------------------

贾平凹长篇小说《高兴》的不同版本

　　贾平凹老师长篇小说《高兴》，是一部揭示底层人真实生活的作品，堪称贾平凹老师近年来最好读的小说。农民刘高兴先是将自己的一颗肾卖给了城里人，随后带着同乡五富来到城里谋生——拾破烂……妓女孟夷纯的出现不但引来了城市万象之态，还带给了他们支离分崩、始料不及的命运。小说以第一人称自述的方式，讲述了一个进城拾荒的农民刘高兴在都市里的生存故事。

《高兴》是对城市底层人群的生活记录，贾平凹老师揭开了城市灯红酒绿的面纱，直视他们的生活状态。这些人生命的唯一价值就是活着，竟然还无比艰难。他们被生活的艰辛压得无暇反思自己命运的悲剧本质，甚至会为微不足道的所得而高兴，这样快乐和高兴的内心却隐藏着深深的悲凉。贾平凹老师在创作上达到了"含泪的笑"的高度和深度，对底层人群的关注显示了一位职业作家的社会责任感。他用心体验写作对象的生活和精神世界，认真思索这种社会的存在，为人们关注社会提供艺术的参照。尤其是用第一人称写一群和自己的生存境遇完全不同的人，极为真实地再现了他们的生活和精神世界。《高兴》这部作品显示了作者在写作上的深厚功力，也让读者看到了作者关注社会、关注民生的胸怀。

　　——曾载2015年第6期《陕西文学界》杂志和多家网络以及新媒体公众平台。

# 百年中国，精神不老

在文学创作的道路上，贾平凹老师不断地独辟蹊径，挑战自己，已过60岁的他推出了第15部长篇小说《老生》。这部作品题材独特，贾平凹老师首次尝试以"民间写史"的方式来讲述故事。故事发生在陕西南部的山村中，以一个在葬礼上唱丧歌的唱师为主线。他身在阴阳两界，长生不死，超越了现世人生的局限，见证、记录了几代人的命运辗转与时代变迁。

著名作家贾平凹的第15部长篇小说《老生》

"老生"这个书中的主人公，是一个不可或缺的精神主线，他把四个不同时间、不同地点发生的故事连缀了起来。虽然四个故事都有不同的主人公，但是"老生"是灵魂人物，他是葬礼上唱丧歌的人，也是民间所谓能通阴阳之人，因为不死，所以成为一段历史和国家命运的见证人。《老生》是在中国的土地上生长的中国故事，用中国的方式来记录百年的中国史。从2014年第5期《当代》杂志首刊《老生》到9月人民文学出版社出版单行本，《老生》广受读者追捧，关注度一路飙升，先后获得人民文学出版社《当代》杂志"年度最佳小说""2014年度新浪中国好书榜·年度十大好书""第六届中国图书势力榜年度十大好书"等荣誉，贾平凹老师也挑选《老生》作为参评茅盾文学奖的作品。

"此书之所以起名《老生》，或是指一个人的一生活得太长了，或是仅仅借用了戏曲中的一个角色，或是赞美，或是诅咒。老而不死是为贼，这是说时光讨厌着某个人长久地占据在这个世上；另一方面，老生常谈，这又说的是人老了就不要去妄言诳语吧。"超越并非脱离了生活或者情感，贾平凹老师创作的《老生》，将目光聚焦在历史进程的大选题中，用解读《山海经》的方式来推进历史，具有很强的空间感。作者的写作贴近生活，选择以穿越阴阳两界的唱师为故事的灵魂人物。他见证了百年历史中各类人物的悲欢离合，各自的命运之路，以及他们的爱恨情仇。作者将这些故事都用一个"唱师"的身份，以第一人称的叙述方式，把生活中离人们心灵最近最真实的故事和情感讲了出来，令读者感同身受，引起情感上的共鸣，让故事具有生命力。

贾平凹老师在《老生》的后记中详细向读者阐释了创作《老生》受到的启发及写作过程等。正如他所说："《老生》中，人和社会的关系，人和物的关系，人和人的关系，是那样紧张而错综复杂，它有着清白和温暖，有着混乱和凄苦，更有着残酷，血腥，丑恶，荒唐。这一切似乎远了或渐渐远去，人的秉性是好光景过上了就容易忘却以前的穷日子，发了财便不再提当年的偷鸡摸狗，但百年来，我们就是这样过来的，我们就是如此的出身和履历，我们已经在苦味的土壤上长成了苦菜。《老生》就得老老实实地去呈现过去的国情、世情、民情。"依我拙见，贾平凹老师在小说创作上不仅根植于陕西厚重的历史，也根植于普通百姓的故事。《老生》所涉及的事件、时代和人物，实质就是整个中国、整个中国人的命运，因此，具有独特的意义和价值，可以使读者在阅读中品味独具味道的中国故事。贾平凹老师把本人的生

贾平凹老师长篇小说《老生》日文版

活与整个时代紧密结合在一起，这也许就是他倾注心血创作《老生》的初衷。"能想的能讲的已差不多写在了我以往的书里，而不愿想不愿讲的，到我年龄花甲了，却怎能不想不讲啊？！"从《老生》后记的字里行间中，我们能感知到其中呈现出的贾平凹老师在文学创作上的深度追求和一个作家的责任和使命。

我不止一次地阅读《老生》，走进贾平凹老师的心灵世界，感受他深入生活、创作《老生》的意义，抑或情感。

——曾载2015年8月14日《淄博日报》和多家网络以及新媒体公众平台。

# 《空白》让创作不再"空白"

"我最初踏上文学路，就是写诗。但老写不出去，成不了名，写不成我后来就不写了，到20世纪80年代正式停笔。这一段诗意文字，记录了我开花长叶子的那些青葱岁月。"每位作家都有一颗诗心，贾平凹老师也不例外。采

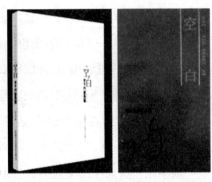

贾平凹唯一的一本诗集《空白》再版

访著名作家贾平凹老师，有幸获2013年由陕西师范大学出版总社再版诗集《空白》签名本1册，这是贾平凹老师迄今唯一的一本诗集再版，内容未曾删减。

1968年，初中毕业只有16岁的贾平凹老师回到家乡在生产队劳作，他不甘心一辈子碌碌无为，常常帮工换书秉烛夜读，等待机会跳出"农门"。几经周折，1970年，贾平凹老师成为修建丹凤县苗沟水库劳动大军中的一员。他在农村人中算是肚子里有墨水的文化人，会刷标语，被留下喊广播，在指挥部办了战报《工地战报》，他的工作就相当于现在好些单位内刊的编辑角色。

确切地说，《工地战报》是一份简报，一张16开双道林纸两面

油印文章的内部刊物。在办报期间，贾平凹老师兼记、编、美、刻、校、印、发等工作于一身。当时为了充实报纸版面，贾平凹老师主动出击，开始从写诗学起，他的第一首诗就刊登在了他主编的《工地战报》上。就这样，体面的脑力劳动让喜欢文字的贾平凹老师有了新的舞台——创作诗歌做文字梦，他开始了自己的文学创作生涯。

第一首小诗发表后，生产队一片叫好，贾平凹老师靠自己内在的创作欲望，在文学舞台上如鱼得水。"有一首诗反应不错，有人鼓励我寄到省报去，我心动了，跟娘借了8分钱买邮票，并答应过10天得了稿费，还5毛，如此半月过去，诗稿如泥牛入海。欠娘的邮票钱，娘忘了，我也假装忘了。"1971年，贾平凹老师把一首反响不错且发表在《工地战报》的诗作，尝试着向《陕西日报》投去。

等待着，等待着，一个多月过去，没有任何音讯……

1972年4月，会刷标语，能喊广播，会写诗歌的贾平凹老师经工地推荐到人民公社再推荐到县招生办公室，被西北大学中文系录取。

在大学校园里，贾平凹老师始终没有忘记自己的文学。入学后，便写了一首描述自己从棣花镇到西北大学的长诗《相片》，并第一时间投送到校刊编辑部。

成功了，成功了，校刊如愿刊登，贾平凹老师的诗也是当时唯一刊登的学生作品。此时的贾平凹老师文思如泉涌，他的诗歌作品连续在校刊发表，还被贴在了墙报，摘登在板报等。大学期间，贾平凹老师整天写诗，整个暑假一门心思钻研诗歌创作，开始追寻着他的诗人梦想。著名评论家李星老师曾接受媒体采访时说："70年代初，陕西恢复了一个综合性的文学杂志，叫《陕西文艺》。经常见贾平凹投稿，字写得很好看。当时他在西大中文系上学，经常一投两三篇，投稿信里还总有这句：'这是我的又一篇稿子……如蒙采用，感激不尽'。"

1975年，贾平凹老师大学毕业后从事文字编辑工作。他在诗歌创作上也一直没有放弃，但诗歌广种薄收，于是誓言从事文学创作的他转变思路开始涉猎小说、散文等。1977年贾平凹老师出版了第一本作品集《兵娃》；1978年出版小说集《姊妹本纪》，小说《满月儿》发表在《上海文学》杂志并荣获首届"全国优秀短篇小说奖"；1979年在《十月》《人民文学》《收获》《延河》等全国重要文学期刊上发表小说13篇，发表散文2篇。勤奋的贾平凹老师对诗歌创作热情开始慢慢淡化。

到20世纪80年代，贾平凹老师的精力全部放在了小说和散文创作上，收获颇丰，佳作频出。1986年12月，在最早关注贾平凹老师的诗人邹荻帆的建议下，贾平凹老师选编诗集《空白》，由花城出版社首次出版，当时被列入诗刊社和花城出版社合编的"诗人丛书"第5辑。这本厚度不到5毫米的诗集，收录了贾平凹老师1976年至1986年创作的30多首诗歌，有短诗、有情诗，还有叙事长诗，是贾平凹老师唯一的一本诗集作品。当时仅仅印刷了4000余册，《空白》更是"凹迷"难得的一本藏品。

依我拙见，诗是作者或作家在特定场景、特定事物中一种特定的情感宣泄，是真切感受而获得的感受。细细品味《空白》的每一篇诗作，可以体会到贾平凹老师正是在生命体验与美学追求创作中延承了诗歌的精粹，他的文学创作才会闪闪发光。

——曾载多家网络以及新媒体公众平台。

# 茅盾文学奖是文学路上的呐喊和加油

2015年7月29日，魏锋采访著名作家贾平凹

贾平凹老师第14部25万字的长篇小说《老生》出版发行了。作为被关注的焦点人物，贾平凹老师再一次成为广大读者的话题之一。可以说，作为获奖最多、被批评最多的当代作家，《老生》的出版，同样在赞誉和批评中向读者走来。作为获奖专业户的贾平凹老师，《老生》出版不到1年时间，就在"2014年度新浪中国好书榜·年度十大好书"中拔得头筹，被评为"当代2014年度最佳长篇小说""第六届中国图书势力榜年度十大好书"……

在文坛，作为国家最高、最权威的文学奖项之一的茅盾文学奖，是85岁的现代著名作家、文学评论家、文化活动家以及社会活动家茅盾先生，于1981年3月14在病榻上明确自己病情的情况下设立的。他以口授的方式，让儿子韦韬记下了他留给中国作家协

茅盾文学奖是1981年根据茅盾先生遗愿设立，是中国具有最高荣誉的四大文学奖项之一。自1982年开评至今，评选出一批体现时代精神和民族精神的力作，为激励优秀长篇小说创作、推动中国社会主义文学繁荣发挥了重要作用。

会书记处的遗嘱："亲爱的同志们，为了繁荣长篇小说的创作，我将我的稿费二十五万元捐献给作协，作为设立一个长篇小说文艺奖的基金，以奖励每年最优秀的长篇小说。致最崇高的敬礼。"中国作家协会以此设立了以茅盾名字命名的全国优秀长篇小说奖，并成立了茅盾文学奖委员会，由巴金担任评委会主任。从1982年第一届茅盾文学奖评选至今，屈指算来它已走过33个年头。作为权威的文学奖项之一，历数首届至第九届获得茅盾文学奖的作品，我们能清晰地看到，评选出来的作品映射的是一个时代的变化，由于权威性及官方性，评选标准每年都会有新的变化。奖金也由最初的万元飙升到现在的50万元，逐步逼近诺贝尔文学奖的奖金。

任何一个职业作家或业余作家，都会用毕生精力去攀登文坛高峰，书写时代精品佳作，将摘取文坛桂冠作为一种远大的抱负，贾平凹老师也不例外。从1978年《满月儿》获"首届全国优秀短篇小说奖"起，不服输的贾平凹老师就开始给自己确立了创作的目标。据说1979年的时候，贾平凹老师将电视剧《排球女将》中人物小鹿纯子的一句话"我的目标是奥林匹克"写好贴在书房，还在镜子上画了两只大眼睛，提醒自己，鼓励自己。贾平凹老师开始在文学创作上不停地试探角度，不断地变换方式，两到三年就有一部长篇小说问世，写乡村，写城市，写土地改革，写"文化大革命"，写百年的中国史，直到《老生》的出版，而另外一部长篇小说也即将收尾。

摘取茅盾文学奖是贾平凹老师的夙愿。从1984年创作第一部长篇小说《商州》开始，这位喜欢书法，喜欢画画，喜欢收藏古董，还喜欢研究《周易》的"怪才""鬼才"，无论是面对《废都》从出版到禁止再到解禁，还是面对接踵而来的褒奖抑或是如雪花般的批评，他始终都没有受到外界的影响，继续着他的"奥林匹克"梦。虽然，贾平凹老师在几十年的文学创作中，个人先后获"华语文学传媒大奖杰出作家""法兰西文学艺术最高荣誉"，作品先后获"美国美孚飞马文学奖""法国费米娜文学奖"和"红楼梦文学奖"等文学大奖百余次，但是他还是执着于茅盾文学奖。从《高老庄》开始，到《怀念狼》《病相报告》，贾平凹老师的作品在这个国内长篇小说的最高奖

著名作家贾平凹的《秦腔》获第七届茅盾文学奖

项——茅盾文学奖评选中屡屡被提名，却屡屡擦肩而过。

"能获奖当然好，可以给你信心和加油，获不上奖也就更能踏实下来做自己的事。"虽然贾平凹老师把国内文学界所有重要奖项拿遍了，但是对于茅盾文学奖他还是执着地在追求着。

"贾平凹的写作，既传统又现代，既写实又高远，语言朴拙、憨厚，内心却波澜万丈。他的《秦腔》，以精微的叙事，绵密的细节，成功地仿写了一种日常生活的本真状态，并对变化中的乡土中国所面临的矛盾、迷茫，作了充满赤子情怀的记述和解

读。他笔下的喧嚣，藏着哀伤，热闹的背后，是一片寂寥。或许坚固的东西都烟消云散之后，我们所面对的只能是巨大的沉默。《秦腔》

魏锋与《废都后院：贾平凹的"后院"生活》作者鲁风（左一）以及贾平凹合影

的这声喟叹，是当代小说写作的一记重音，也是这个大时代的生动写照。"2008年，56岁的贾平凹老师凭借长篇小说《秦腔》以全票通过评选，摘取第七届"茅盾文学奖"的桂冠，评委会也对这部作品给予了高度评价。

获奖后的贾平凹老师对此并不意外，在接受媒体采访时，他说："既感到意外，也不感到意外。"获奖之后，贾平凹老师在父母像前上了一炷香，感觉"天空晴朗"，然后跑出去吃羊肉泡馍。"作为一个作家，我会更加努力，再写出满意的作品。"贾平凹老师在获奖感言中表达了作为一名职业作家的责任。2011年，《古炉》由人民文学出版社出版发行；2013年，《带灯》由人民文学出版社出版发行；2014年，《老生》由人民文学出版社出版发行……贾平凹老师每一部作品的上市，几乎都是热销和获奖。贾平凹老师用实际行动兑现了自己的承诺，仍然以饱满的热情持续着他的文学梦。

又是一年文学盛宴，在第九届茅盾文学奖评奖中，贾平凹老师的《古炉》《带灯》和《老生》等3部长篇小说都在备选范围内。贾平凹老师最终选择了《老生》参与角逐。从报送作品参赛到茅奖出炉，各种猜疑、批评和褒奖接踵而来。对于贾平凹老师参与茅盾文学奖评选的作品，褒贬不一，众说纷纭。个人拙见，在贾平凹老师心里，报送《老生》参与评奖，重要的已不再是茅盾文学奖给予的奖金和荣誉，而是想告诉读者，作为一名作家，他能够静下心来潜心创作，正如他在"第十三届华语文学传媒大奖颁奖典礼"上所言："既然从事了写作，既然生活于这个大时代，这已经形成了我们不同于洋人也不同于前人的文学品种，我们就得在大时代里伸展枝叶，扩张根系，汲取阳光，摄取水分，获取一切营养，让我们的树长粗长高。"

"文学这事有公道，对于获得过茅奖的作家，我们会有更高的评奖要求。"中国作家协会副主席李敬泽在接受采访时如是说。

作为中国文坛常青树的贾平凹老师，还不断地选择自己的作品参评茅盾文学奖，是在履行一个作家的责任和使命。正如文学评论家李星所言，贾平凹老师长篇小说艺术的创新具有独特的意义和价值，凝聚着已过60岁的贾平凹老师的思想、智慧，于混沌、琐细中饱含社会历史感悟和人生命运……贾平凹老师在创作中一直追求深度上的突破，用生命在写作，用中国方式讲述着中国故事。

——曾载多家网络以及新媒体公众平台。

# 给"极花"插上"金冠"

贾平凹第16部长篇小说《极花》出版

2016年《人民文学》第一期全文刊载了贾平凹老师的第16部长篇小说《极花》，小说单行本也将由人民文学出版社出版并发行。在得知消息的那一刻，我突然想起，2015年7月我在西安永松路采访贾平凹老师时，看到他挂在书房的一幅书法作品，上面写着："神说：给你个极花去插上金冠吧！"就像他以"丑石"为名创作小说一样，我想，从字面上理解"极花"，它就是一种草本植物，贾平凹老师是以"极花"这种植物在书写故乡。

《极花》是一部关于底层农村妇女生存问题的新作。贾平凹老师曾自述，其创作灵感来源于发生在一个老乡身上的真实故事。老乡的女儿在十几岁时遭人拐卖，好不容易才解救出来，但女儿的孩子却留在了被拐卖的地方。由于媒体宣传公安解救成功的新闻，家乡人人都知道她遭人拐卖。她不再出门，不再说话，半年后，竟又跑回了被拐卖地。如此丰富的情节和离奇的结局，让贾平凹老师心情起伏很大，他曾经是那样激愤，曾经又是那样悲哀。

贾平凹长篇小说《极花》的主人公——蝴蝶

"虽然事情已经过去10年了，我一直没给任何人说过，但这件事像刀子一样刻在我心里。每每想起这件事，就觉得那刀子还在往深处刻。"细心的读者可以发现，早在10年前贾平凹老师长篇小说《高兴》的后记中就已经有了这个故事的雏形。而在小说《极花》中，作家笔下的故事是这样的：一位年轻漂亮的女孩子蝴蝶被人贩子拐卖到贫穷落后的乡村，起先拼死抵抗，渐渐被潜移默化，后来在日子的流逝中，不知不觉爱上了这个偏远、闭塞、穷困的山村，依赖上了这个山村里愚昧、自私、粗野但不乏憨厚、朴实的邻里乡亲，包括把她买来，给她带来屈辱和痛苦的丈夫，也越来越放不下她被强暴的产物——儿子兔子。当警察及父母想方设法将蝴蝶解救回去后，她又经不住社会舆论的压力，最后，重新回到被拐卖的地方……贾平凹老师笔下的蝴蝶，经过受害的噩梦，在社会流言中被裹挟，像"极花"这种植物一样，在自然万物、枝枝蔓蔓中生存着。

一谈及贾平凹老师，便想到"贾氏乡土小说"这一标签。贾平凹老师在文学创作的40多年间，一直热衷于农村题材的写作，讲述

贾平凹第16部长篇小说《极花》由人民文学出版社出版发行

着中国的农村故事，可以说，近年来他一直在写20世纪中国的"悲怆奏鸣曲"。贾平凹老师作品的价值不在于其文学价值，而在于其撼动整个社会的现实价值。譬如《高兴》讲述了刘高兴等来自农村、流落都市的拾荒者的故事；《带灯》以樱镇综治办公室女主任为主角，写了中国农村当下基层的现状；《老生》描写了发生在陕西南部山村的民间故事……贾平凹老师说过："我习惯了写它（农村），我只能写它，写它成了我一种宿命的呼唤。我是乡村的幽灵在城市里哀号。"

当前国家高度重视农村工作，大力推动农村发展，缩小城乡差距，让农民平等参与现代化进程，共同分享现代化成果。在《极花》中，贾平凹老师并没有站在鲜明的立场上进行社会批判，而是在纠结矛盾中表达了一种复杂的情感。或许读者能从小说中的"蝴蝶""兔子"……这些寓意着生命的美好、对未来充满期待与希望的小说人物身上，寻找到失去的故乡。而《极花》期待的"金冠"，也是农村及亿万农民和农民工期待的"金冠"。

——曾载2016年第1期《人物报道》、1月19日《中国阅读周报》头版"一周观察"、1月26日《中国劳动保障报》、1月29日《北碚报》、4月1日《榆林日报》、第4期《现代企业文化》、第5期《天涯读书周刊》等报刊，中国出版传媒集团网、中国作家网等数家网络以及新媒体公众平台。本文钢笔画插画由著名画家盛万鸿绘制。

# 用生命越过高峰创作经典

"写作已经成了我的日常生活中的一部分，好像作家也没有退休这一说。如果有一天不写东西了，我会感到手足无措，要是不允许我写作了，我就会特别痛苦。"贾平凹老师说，文学是一个品种问题，作家就是这个时代生下的品种，作为一个作

当代著名作家贾平凹

家，本身就是干这一行的，在写作过程中，付出你所有的心血，有责任、有义务写这个时代，写自己的想法，对这个社会发出声音，用生命去写作，为时代和社会立言。

64年前，即1952年阳历二月二十一日，贾平凹老师出生于陕西省南部的丹凤县棣花村。他的父亲是乡村教师，母亲是农民。"文化大革命"中，家庭遭受毁灭性摧残，他沦为"可教子女"。44年前也就是1972年，偶然的机遇，"天上掉馅饼"，峰回路转，贾平凹老师作为一个农民的儿子，从商州农村进入西北

大学汉语言文学专业学习。此后，贾平凹老师一直生活在西安，从事编辑工作兼写作。1973年，他的处女作小说《一双袜子》在《群众文艺》杂志上发表，1977年，带着时代烙印的第一部小说集《兵娃》出版，1978年，小说《满月儿》走红，并获首届"全国优秀短篇小说奖"。更重要的是，文学评论界开始关注起了这位叫"贾平凹"的陕西作家，1978年第5期《文艺报》刊发了诗人邹荻帆最早研究贾平凹老师的评论《生活之路——读贾平凹短篇小说》。处于创作旺盛期、只有20多岁的他开始被关注，胡采、阎纲、费秉勋等作家、评论家从不同角度所写的评论文章如雪花般频见全国各大文学报刊。

"对于我来说，人生的台阶就是文学的台阶，文学的台阶就是人生的台阶了。"贾平凹老师曾在《我的台阶和台阶上的我》一文中这样写道。独具个性的他用敏锐的眼光观察、感受着生活，至今创作了百余部著作，共计千万字。他几乎每年都有新的图书上市，作品版本600多种。部分作品被翻译成英、法、德、俄、日、韩、越等外文出版，外文版本30余种，在10多个国家和地区发行；部分作品入选大中小学教材，被改编成戏剧、电视、电影等20多种艺术门类，还有作品获全国优秀短篇小说奖和茅盾文学奖等诸多国内大奖以及"美国飞马文学奖""法

据贾平凹版本收藏研究会会长赵坤介绍，截至2016年底，贾平凹的文学作品共600多个版本

国费米娜文学奖"等世界性大奖。

据贾平凹版本收藏研究会会长赵坤介绍，截至2015年底，仅贾平凹长篇小说《废都》就有32个版本，盗版不计其数

文学创作对贾平凹老师来说，就像是磁场强大的磁铁，不管是美誉还是批评，贾平凹老师从来都不过问，也不去关心；他始终关注着平凡人的命运，坚持着自己的文学创作，默默根植于秦川大地。尤其是近年来，花甲之年的他几乎每两年创作一部长篇小说。在距离过去不到一年时间内，一路飙红的贾平凹老师在创作"暴涨期"又推出了长篇小说《老生》。这部小说的首发地《当代》杂志在多个地方售罄，单行本推出后由于市场紧俏接连再版，还获得了"2014年度当代长篇小说""新浪年度十大好书""第六届中国图书势力榜年度十大好书"等多项荣誉。《老生》后记也获得了"华语散文民间第一大奖"单篇奖……这部跨度百年历史的著作瞬间走红亿万网页。贾平凹老师每部长篇小说都畅销海内外，发行量基本保持在百万册以上，是当代中国能够进入世界文学史册的为数不多的著名文学家之一。

作为中国文坛的一张名片和风向标，贾平凹老师的作品始终如一地保持着对中国整体社会状况的一种思考。第16部长篇小说《极花》在第1期《人民文学》杂志推出后，就被《长篇小说选刊》《中华文学选刊》《当代长篇小说选刊》《西安晚报》等报刊转载和连载，3月份，又由人民文学出版社推出单行本。2016年

4月14日，新书发布会将在北京市中国现代文学馆举行……

对于贾平凹老师来说，2016年是一个收获之年，他也越来越受到关注。在40多年的文学征途上，自称"乡村的幽灵在城市里哀号"的贾平凹老师有着"无论未来我能走到哪一步，我现在觉得我还有写作的饥饿感和强烈的冲动"的执拗，始终保持着旺盛的创作热情，坚持自己的创作方向，在文学殿堂里汲取着属于自己的文学资源，一步一个脚印，笔耕不辍，雄心勃勃地追寻着文学梦想，问鼎创作的高地。正如采访中贾平凹老师所言："现在60岁了，生活节奏和我30、40岁是一样的，除逢年过节和外事活动外，每天早晨老婆把我送到书房，一直到晚上十二点以后才回去……"

这就是贾平凹老师，用责任和生命越过一个个高峰，在文学的马拉松上奋力疾跑，勇敢、真诚地坚守着，创作了一部部经典，为时代和社会立言。

——曾载2016年4月20日《安顺日报》，中国出版传媒集团网、中国作家网等多家网络以及新媒体公众平台。

# 追寻"丘比特"

著名作家贾平凹

长期以来，贾平凹老师始终保持着旺盛的创作热情，坚持着自己的创作方向，在文学的殿堂里汲取着属于自己的文学资源，一步一个脚印，笔耕不辍，雄心勃勃地追寻着文学梦想。

1978年小说《满月儿》走红，并获得首届"全国优秀短篇小说奖"，贾平凹老师在文坛有了知名度。顺着文学的阳光大道，向他约稿的出版社和报刊排起了长队，催生着他一部部作品的诞生。更重要的是，文学评论界也开始关注起了这位叫"贾平凹"的只有20多岁的陕西作家。

20世纪80年代前，贾平凹老师以创作中短篇小说和散文为主。从1978年安徽人民出版社出版其小说集《姊妹本纪》开始，40多年过去了，贾平凹老师一直保持着高产，创作各种体裁文学作品累计一千万字。从1978年作品《满月儿》获"首届全国优秀短篇小说奖"开始，10年后的1987年，走红文坛的贾平凹老师的作品《浮躁》获美国"美孚飞马文学奖"铜奖，获得世界文坛的肯定，他的作品也开始走出国门：外文出版社推出了法文版的《贾平凹小说选》，日本德间书店推出了日文版的《中国现代文学选集之一·贾平凹卷》……

随着创作数量的不断提升，贾平凹老师又开始尝试新的文学路子，21世纪以长篇小说为主，轰轰烈烈地行走于文坛。与其小说创作相比，他的散文得到了更为普遍的赞誉，各种散文选集多次再版。更重要的是，喜爱他的一大批文学粉丝也没有停止继续追随的步子，队伍也越来越大。仅20世纪80年代，全国文学报刊约有四五十篇关于他作品的评论。1990年，著名作家费秉勋、孙见喜研究著作《贾平凹论》和《贾平凹之谜》分别由西北大学出版社和四川文艺出版社出版发行，到今天关于他的研究专著有50部左右。从开始登上文坛，贾平凹老师就接受着诸多的赞誉和批判，但他始终没有忘记自己的初衷。在《我的台阶和台阶上的我》一文中，他这样写道："对于我来说，人生的台阶就是文学的台阶，文学的台阶就是人生的台阶了。"贾平凹老师用敏锐的眼光观察、感受着生活，继续着他的文学创作，一部一部地推出有分量的作品，到现在已出版的作品版本600余种，出版的一本本著作总能热销，部分作品还被翻译成英语、法语、德语、俄语、越语、日语、韩语等语言在世界20多个国家出版发行，他走出了国门，走向了世界。

茅盾文学奖是中国具有最高荣誉的文学奖项之一，诺贝尔文学奖是世界级作家的最高荣誉。2008年，贾平凹老师凭《秦腔》获第七届"茅盾文学奖"，基于对作品的自信，他说获得这个奖"既感到意外，也不感到意外"。有一段时间，曾传言贾平凹老师可能要获诺贝尔文学奖。然而，比贾平凹老师晚了3年得茅盾文学奖的莫言，却捷足先登获得了"诺奖"。一段时期以来，贾平凹老师也被推到风口浪尖。他在接受记

者采访时向记者坦言："莫言获奖确实是很振奋人心的事,所有的人应该向他表示衷心的祝贺。至于我自己,并不知道它的程序是什么样,得不得奖也不是个人决定的,那只是走着看的事,可遇不可求。"

"诺贝尔奖可遇不可求,做好自己事就够了。"贾平凹老师没有受到外界的干扰和影响,每天还要坚持4个小时左右的时间进行创作,寻找文学路上的"丘比特"。他创作的第15部长篇小说《老生》出版后,关注度和受众面一路飙升,先后获得多项荣誉。

著名文学评论家陈晓明早有预言:"在我看来,与莫言齐名的中国作家就是贾平凹了,贾平凹是一个大作家,且具有鲜明的本土特色,与莫言旗鼓相当。要说典型的本土或汉语言特色,贾首屈一指。但贾平凹在国外的名声不如莫言大。"作为中国当代文坛的一颗巨星,读者期望贾平凹老师获诺贝尔文学奖的呼声越来越高。

"我不懂外语。就算说咱们中国话,我也只会说陕西话。对于作品被翻译这件事,我自己确实无能为力。我所做的只能是守株待兔。谁要愿意来翻译,那就欢迎来洽谈版权。别人不来翻译,我也不知道到哪去找翻译者。"贾平凹老师笔耕不辍、勤奋写作,不断地突破自己,以中国传统美的表现方式,真实地表达了现代中国人的生活与情绪,为中国文学的民族化和走向世界做出了突出贡献。我坦言,问鼎诺贝尔文学奖正是贾平凹老师追寻的文学"丘比特"。

"我宣布,来自中国的贾平凹为本届诺贝尔文学奖获得者……"让我们一起期待,在斯德哥尔摩的瑞典皇家文学院看到领奖的贾平凹老师。

——曾载2015年6月11日《焦作日报》、第4期《陕西烟草》杂志与多家网络以及新媒体公众平台。

# 我关注的是城市怎样肥大了而农村怎样凋敝着

23年前的1993年，贾平凹老师创作的《废都》在经历了出版，被禁，解禁的劫难后，开始走向世界。2016年1月，由美国著名汉学家葛浩文翻译的英文版《废都》由俄克拉荷马大学出版并在美国首发……

2015年岁末，距离《老生》出版不足一年半时间，贾平凹老师又推出其第16部长篇小说《极花》，单行本由人民文学出版社于2016年3月出版。

在许多人眼里，拥有著名作家、茅盾文学奖得主、陕西省作家协会主席、书法家、画家头衔，被誉为"鬼才""怪才""奇才"的贾平凹老师可谓功成名就，是命运的宠儿。然而如人饮水冷暖自知，贾平凹老师不止一次在不同场合吐露肺腑之言："60年里见过彩旗和鲜花，也见过黑暗和荒凉，为自己写出某个作品而兴奋过、得意过，也为写不出自己向往的作品而焦躁、烦恼和无奈过……我虽然在城市里生活了几十年，平日自诩有现代思维，却仍有严重的农民意识，即内心深处厌恶城市，仇恨城市，我在作品里替我写的这些人厌恶城市、仇恨城市。我越写越写不下去……"

在40多年的文学征途上，自称"乡村的幽灵在城市里哀号"的贾平凹老师又有着"无论未来我能走到哪一步，我现在觉得我

还有写作的饥饿感和强烈的冲动"的执拗，始终保持着旺盛的创作热情，笔耕不辍。让我们走进贾平凹老师的心灵世界，了解那些文学作品背后不为人知的故事。

**每隔两年就出一部长篇，"文坛劳模"的创造力从何而来？**

在50岁到60岁这10年中，我觉得自己写得多些，特别是到了50岁以后，我觉得才了解了一些事情，能写一些文章了。实际上，我50岁以前写得并不好，对于这之后写的《秦腔》《高兴》《古炉》《带灯》《老生》这几部长篇小说，自己还是比较喜欢的。有人说我怎么年纪大了却越来越能写，我想这是阅历所至。我不主张人们称

本文采访首刊于《名人传记》2016年第4期

我为文坛劳模，作家就是一个行当，本身就是弄这一行的，自己觉得还能写，就多写一些。

我的创作主要缘自两个方面。一方面是对这个时代的关注和了解，没有与这个社会脱节。有许多人年纪大了就开始与时代脱节，基本上不关心社会上发生的事了。我现在虽然60多岁了，文学创作和生活节奏与30岁、40岁时是一样的，一天忙忙碌碌的，也疲劳，但总想把自己感觉能写的东西写出来。因为这个，你对中国社会一定要有个把握和了解。另一个方面，是对手中的笔和纸仍有一种新鲜感。人上了年纪以后，有时候就懒得不想动弹，

有时候想动弹，笔下的感觉却没有了。一个作家不但要和社会有亲近感，也要和笔墨纸砚有亲近感，始终保持激情的感觉，否则文章就写成一般性的记录了，若这样下去，总有一天感觉会慢慢消退，到那时就写不成了。

平心而论，这么多年，我做到了潜心创作。除逢年过节和外事活动外，每天早上8点老婆准时把我送到书房，一直到晚上12点以后才出来。我一年里要参加各种活动，这种情况下还要保证自己的写作时间，不免得罪了不少人，被说成架子大，其实我是真的没有时间应酬。我写了这么多小说，也产生了影响，但没有成为一个好丈夫和一个好父亲，为家里做的事情特别少，女儿上学接送、开家长会，甚至有时候连她生病住院都没时间去，对于这些，我是很愧疚的。

## 《带灯》《老生》的素材来源

就文学创作而言，有人主张纯虚构，有人主张关注社会问题。但我还是坚持创作自己感兴趣的农村题材。《带灯》这部2013年出版的小说，虽然有艺术加工的成分，但写的是乡村的现实生活，这些素材都是采访到的事实，书中每个人物都有真实的原型，没有编造，40万字花费3年时间写完。

《带灯》的素材来自一位深山中的乡镇女干部的短信讲述。我曾多次收到莫名短信，短信以诗一般的语言讲述自己的生活感受与工作中的故事。起初我没有在意，短信读后随手删除，后来发现这位女干部语言生动、故事有趣，就渐渐以笔抄录，于是就有了创作一部反映乡村现实题材小说的想法。

后来，在这位负责任又善于开展工作的女干部带领下，我

到那个吃饭喝水都成问题的深山里，与她最亲近的乡民——各个村寨的"老伙计"聊了很多，我不仅结识了一些可敬的农民朋友，也进一步了解了农村的现状。小说中收录了一部分这位乡镇女干部的文字，有一部分是虚构加工的。我时常感到，创作《带灯》的过程其实也是整理我自己的过程。

"期望微风书公益坚持把这份爱心活动持续下去，让更多喜欢读书的朋友，把读书作为生命的需要，养成终身阅读的习惯。"贾平凹语重心长地与微风书公益项目发起人魏锋交谈，并欣然亲笔寄语鼓励

从山村回到西安后，这位乡镇女干部坚持每天给我发短信，谈工作和生活、追求和向往，也说悲愤和忧伤，似乎什么都不避讳，还定期寄来核桃、山梨，还有乡政府发给村寨的文件、通知、工作规划、上访材料、领导讲稿等。有一次可能是她疏忽了，寄来的文件里夹了一份她因工作失误而写的检查的草稿……如《带灯》中描述的一样，山里的村民朴实、可爱，生活比较散漫，与外界联系很少。

"你是我在城里的神，我是你在山里的庙……"作为《带灯》小说的女主人公的原型，这位万般辛苦地为国家在基层乡镇服务百姓的女干部，在短信中显示出具有一定的文学天赋，但我不希望，也没有鼓励这位乡镇干部去圆文学梦——因为她是没有被世俗污染的一个人，如果不去追求那些理想的东西，她很可能就会心灵麻木，混同于一些乡镇干部去跑个官、弄个钱，可是她不会那样去做。

写作《老生》是我第一次"民间写史"的尝试，它也是我在构思和前期准备上"最纠结""特费劲"、写作时"最随心""最顺畅"的一部小说。《老生》写了100年来的历史，这些历史有的是我小时候常听老人们讲的，也有后来听我的乡亲们讲的，有的为自己所经历，还有自己亲自走访过的，我以自己的想法把它写出来。选择2014年3月把这部长篇拿出来与读者见面（后首发于《当代》2014年第5期），因为公历3月21日，也是农历的二月二十一，是我的生日，算是给自己的寿礼。我经常讲，文学是一个品种，你只能写这个时代的品种，对于这个时代各人有各人的看法，有个人的独立思考，写自己想写的或自己能写的文章，表达出自己的声音。

## 习近平总书记看过他的书

这其实是2014年10月15日我参加习近平总书记主持召开的文艺工作座谈会，会议结束时习总书记告诉我的。

接到开会通知时，我只知道是文艺方面的会议，到了北京被安排去人民大会堂参加会议，才知道习总书记要到人民大会堂做重要讲话。会议结束时，习总书记与大家一一握手交谈，还问我最近有没有新作，我说刚出版了一本叫《老生》的长篇小说，他说："好啊。你以前的书我都看过。"

中央有想法抓文艺工作，召集一批作家、艺术家召开文艺座谈会，体现了国家对文学艺术的重视，是一件非常好的事情。作家就像在运动场上跑步的运动员一样，需要不断有人呐喊加油，如果运动场上一片肃静，那肯定会影响运动员的速度，这也是国家、整个社会对文学艺术的关心，激励作家继续创作。

## 《极花》的创作初衷

这个故事的雏形是写《高兴》的时候听来的，是发生在老乡身边的一个故事，之后我又不断地走访、了解有关故事，但10多年没有动笔去写。写《老生》时有了写《极花》这部小说的想法，真正动笔则是在2015年夏季。

我写《高兴》时，一个在西安打工的老乡的女儿被拐卖到山西，警察解救她的那一晚，我和朋友孙见喜守在电话机旁，直到半夜那边才打电话来说解救成功了，他们正往山外跑呢。后来才知道详情，当地人撵啊打啊，比电影情节还令人紧张。这件事像刀子一样刻在我心里，一想起来，觉得那刀子还在往深处剜。《极花》的重点不是写警察怎么解救被拐卖的胡蝶，这种案件在中国太多太多，别的案件可能比拐卖更离奇和凶残。我关注的是城市怎样肥大了而农村怎样凋敝着，关注的是农民的生活状态和精神状态。

我虽然在城市里生活了几十年，平日自诩有现代思维，却仍有严重的农民意识，即内心深处厌恶城市、仇恨城市，我在作品里替我写的这些人厌恶城市、仇恨城市。我越写越写不下去，我是乡村的幽灵，在城市里哀号。农村的凋敝尤为值得注意。一般而言，有四条线共同在村子里起作用：政权、法律、宗教信仰和家族。但这些都在日新月异中发生着变化，庙没有了，家族关系淡了，法律也因为地方偏僻而显得松懈，各种组织又不健全，导致了农村的无序状态，大量的人往城市里涌，在这过程中发生了很多奇特的事。政府是很重视新农村建设的，但农村里没有了年轻人，靠那些空巢老人和留守儿童去建设？这不现实。在一些农村看到集中盖起来的漂亮房子，但那些地方基本上是离城近、自然生态好的，稍微偏远些的村子，是没有那个能力的。没技术、没资金的男人仍"剩"在村子里，靠地吃饭，靠天吃饭，无法娶妻生子……

我越到现在这个年龄，越对自己创作的作品不满意，写得相对慢了一些。《秦腔》以后的作品没有特别满意的，但毕竟都是自己写的，写的时候满怀信心，下了好多功夫，至于写得好不好都由读者来评判。当然，于我而言，把它写出来就是了。我不可能写别的故事，也不会去写自己不了解的故事。

## 作品始终表现出对乡村的沉重现实关切

作家肩负着一定的社会责任，写到一定时候，就自然而然要为这个时代、这个社会尽一份责任。作家的使命是要关注现实，要对社会抱着很大的感情，研究社会的走向，对社会的焦虑、忧患，不是嘴上说的事情，要真正操那个心。你对社会的研究越深，对社会的发展有深度关注，你对社会向前怎么走就有一个比较准确的预期和把握。

从开始创作到现在已经40多年了，我现在还热衷于农村题材的写作，尽自己所能讲好中国农村的故事。我近10年的长篇小说也都围绕着这个展开：《高兴》（2005年）讲述了刘高兴那些来自农村、流落都市的拾荒者的故事；《秦腔》（2008年）集中表现了改革开放年代乡村的价值观念、人际关系在传统格局中的深刻变化；《古炉》（2011年）书写被迫卷入一场声势浩大的运动之中的一个村庄里的人和事；《带灯》（2013年）以樱镇综治办公室女主任为主角，写中国农村当下基层的现状；《老生》这部

小说（2014年）描写发生在陕西南部山村的民间故事，写出了一首20世纪中国的"悲怆奏鸣曲"；《极花》（2016年）通过写一个被拐卖到农村的妇女，展现农村的凋敝现状。未来时日，对于农村，我还将继续写下去。

作为一个当代的中国作家，生活在这个时代是必然要关注现实的，不关注是不可能写出作品的。要真实地展现中国人的生存状态和精神状态，并进行真实的、准确的、全面的呈现。在呈现过程中不是调侃的、戏谑的，而应该投入巨大的感情来写，要把真实的一面表达出来，才可能把这个时代表达出来。

## 我唯一坚持的可能就是写作

一直以来，我写作时不用电脑，都是用笔手写的。完成一部小说的创作，用坏上百支笔习以为常了。我觉得坚持手写很有意思，虽然慢了一点，但创作时笔和稿纸相融的灵感在。原来想过用电脑，但我小时候没学过拼音，开始学电脑就要用拼音，但是学不会，就不用电脑了，现在写的作品仍旧请人用电脑打出来。此外，我个人觉得手写能保留原稿，电脑写作就保留不了。实际上这个问题无所谓，哪个顺手就使用哪种方法。我也经常念叨，人一生写多少字是有定数的，用电脑写得快，写完就没啥写了；电脑手写板写出来的字，看起来难看一些，再说长时间用电脑，就不会写毛笔字了。这就好比以前人都吃手擀面，后来有了压面机，压面机又方便又快捷，省时省事，大家都说好，吃上一段时间机器压的面后，大家就不爱吃了，还是喜欢手擀面。

文学创作与影视创作是两码事，影视传播面比较广，有些作品本来影响不大，但通过影视传播，扩大了作品的影响面。对于影视，我没有精力，也没有涉足过。写作对我而言，就像是磁场强大的磁铁，一辈子专注地在写作上耕耘，也算是一件幸事。我的长篇小说，谁要改就改去。到目前，我的小说先后被改编了六七部，有的拍得好，有的拍得一般，还有的拍出来我都没有看到。

人一生做不成几件事，我唯一坚持的可能就是写作。到现在的年龄，觉得写作有一点随心所欲，尤其在长篇创作上，慢慢悟出了一些东西，然后就把自己想到的、思索的表达出来。文坛是一个比较残酷的名利场，淘汰率特别高，现在回顾当年和我一起在全国获奖的那些作家，大多数已不再从事文学创作，而我一直坚持写作。有时候觉得自己现在已是个老汉，却跟二十几岁的小伙儿一块写，有几次获奖时要我发表感言，我都觉得不好意思。但从另外一个方面来说，自己能和年轻人一块写，证明自己还能写，还没有落伍。写作于我，是一种生命的需要。

我是一个不善交际的人。作为一个作家，我觉得首先应该把自己的作品写好。至于向外推广，就不是个人能力所能达到的了。《废都》之前，我的作品被翻译的较多，《废都》遭禁后，被翻译的作品少了，我只能"守株待兔"。我不懂外语，翻译的效果到底怎么样也说不清楚。

——本文首刊于2016年第4期《名人传记》，《当代》杂志微信公众号第一时间推送，中国作家网、陕西作家网等多家网络以及新媒体公众平台进行了转载。

纸质阅读已经成为一种阅读习惯，方便、顺手，对视力也好，最重要的是阅读质量高。数字阅读在有网络的地方都能进行阅读，适宜作为快餐文化，但若要潜心达到学习目的，效果还是会大打折扣。

纸质图书在生活中的地位应该还是第一位，但因为现在社会的快节奏，静闻墨香，品味思想精义对于我们每个人来说都是一种奢侈。

# "深邃思想"需要在实践中品味

习近平《之江心语》一书，2007年8月由浙江人民出版社出版发行

连日来，我反复拜读了单位推荐的《之江新语》一书，感受颇深。《之江新语》是习近平同志担任中共浙江省委书记期间自2003年2月至2007年3月在《浙江日报》"之江新语"专栏上发表的232篇短论。品读这些短论，感受到最鲜明的一个特点就是作品内容丰富，在深邃思想中能找到观察问题、分析问题和解决问题的工作方法。

文字是时代的见证，在改革开放的滚滚浪潮中，时代的发展变化可以通过文字以不同的形式来反映。掐指细算，习近平同志在担任中共浙江省委书记期间，4年时间，几乎每周都有一篇短论发表，鲜明地提出了推进浙江经济社会发展的正确主张。每篇三五百字，新思想、新观点、新感悟、新方法，充分认真地回答了现实生活中人民群众最关心的一些问题。这些短论语言简洁明快，观点敏锐清新，形式生动活泼，道理浅显易懂；内容更多是关于在社会发展进程中，对人与物作用于精神的警觉，尤其对社会发展中，人们对金钱和物质私利的追逐，使一些人无可避免地被包围，甚至被侵袭，短论对这些现象进行了充分的剖析。细心品读他的观点和论断，不但对浙江经济社会发展具有重要的指导意义，而且对全国同样有着重要的指导意义。

"习总书记的一个学习习惯，就是每到一处，总是要认真阅读当地的志书，掌握基本情况、了解民情民俗。"据报道，时任浙江省委书记夏宝龙在学习专题报告会上提到了习近平总书记在任浙江省委书记时，处理好繁重的政务同时，学理论、重积累，下基层、摸实情，善思考、勤动笔的良好习惯。诚然，从《之江新语》中我深深体会到，习近平同志在繁忙的公务之余，以自己细致的观察，缜密的思考，丰厚的知识储备，丰富的实践经验等，既从生活的现实出发，又从理论高度概括，写出了诸多深邃的文章，为读者特别是领导干部指明了学习、工作和生活的方向，奉献了一部"实践+理论"的工作手册。

"把学习从外在的要求转化为内在的自觉，成为自己的一种兴趣，一种习惯，一种精神需要，一种生活方式。"习近平同志始终保持着对学习的高度重视、高度自觉、高度热爱，勤思、善思，真正把学习转化为内在的自觉。"领导干部要善于安排时间，提高工作效率，少一点酒酣耳热，多一点伏案而思，

长按二维码
看看后面是谁！

扫一扫，关注魏锋创办的"微风轩书香"微信公众号

做到'博学而笃志，切问而近思'。"习近平同志在《理论学习要有三种境界》《多读书，修政德》《为政者需要学与思》《"书呆子"现象要不得》等诸多短论中深刻阐述了作为领导干部如何做到学以致用、用有所成，真正做到"求知善读"。

"要开门见山，直截了当，讲完即止，用尽可能少的篇幅，把问题说清、说深、说透……"这是《之江新语》中《文风体现作风》的短论中所说。若认真通读每一篇文章，不难看出，每篇文章自成短论，有的几篇围绕一个主题，但一个鲜明的特点就是自成体系。通篇文章没有高谈阔论，有话则长，无话则短，言之有物，读后引人思考，发人深省。在我们日常工作中，会议或者讲话，往往多是空话连篇、言之无物的八股文，洋洋洒洒几十页，到最后一个问题都没有解决。"下决心减少应酬，保持健康的工作方式和生活方式，多学习充电、消化政策，多下基层调查研究、掌握第一手情况，多系统思考和解决存在的突出问题，自觉远离那些庸俗的东西。"2014年3月17日至18日，习近平总书记在兰考县党的群众路线教育实践活动调研时强调有关作风问题。从《之江新语》中，你能深切地感受到他对群众工作的深刻认识，对普通群众的深厚感情，对群众工作的深层思考。"实实在在做人做事，做到严以修身、严以用权、严以律己，谋事要实、创业要实、做人要实，堂堂正正、光明磊落，敢于担当责任，勇于直面矛盾，善于解决问题，不搞'假大空'。"《之江新语》中的文字内容，倾注着习近平同志全心全意为人民服务的情怀，而他也做到了"知行合一，一以贯之"。

"古往今来，许多有作为的官都以关心百姓疾苦为己任。从范仲淹的'先天下之忧而忧，后天下之乐而乐'，到郑板桥的

'些小吾曹州县吏，一枝一叶总关情'；从杜甫的'安得广厦千万间，大庇天下寒士俱欢颜'，到于谦的'但愿苍生俱温饱，不辞辛苦出深林'，都充分说明心无百姓莫为官。"《之江新语》涉及政治建设、经济建设、文化建设、社会建设、生态文明建设等方方面面内容。每篇都有独到而又符合实际的见解，针对着现实社会中存在的问题、人民群众关心关注的问题、可持续发展的问题等等。全书都是以生动的语言，形象的比喻，或者引用古语名言，精练而又准确地说明问题，同时也把传统文化中的精髓浸润其中。

"深邃思想"需要在实践中品味。我建议，广大读者尤其是领导干部应多读几遍《之江新语》，相信一定会学习到更多。

——曾载2014年第9期《中直党建》、10月12日《今日彬县》报，2015年第2期《中国职工教育》等报刊和多家网络以及新媒体公众平台。

# 敬重英雄，铭记灾难

魏锋与著名作家何建明（左）合影

阳春三月，万物复苏之时，我去湖南参加了第二届"中国青年报告文学作家论坛"，获著名作家何建明老师所著《爆炸现场》签名书1册，并零距离与这位中国文坛创作量丰硕的老师进行了交谈。在聆听了他在撰写《爆炸现场》一书时经历的那些刻骨铭心的事后，我感触颇深……

拿到签名书，我再次阅读了这部18万字，迄今为至唯一一部还原天津"8·12"大爆炸的非虚构作品《爆炸现场》。何建明是目前为至唯一一位采访幸存的消防队队员及牺牲了的消防队队员亲人的作家。他利用工作之余及节假日的时间多次前往天津，采访了事故中幸存的消防队队员和牺牲了的消防队队员家属上百人，其中70%内容是媒体未曾披露的内容，100多张照片也是首次发布。作者以独家、确凿和可信的叙事文本，以非虚构的笔触，描写了天津"8·12"大爆炸这个亿万人关注的重要事件。通读《爆炸现场》，我可以感受到作者在千丝万缕的问题中，突出表现了天津"8·12"大爆炸中英勇奋战牺牲生命的消防官兵，用文字记录下了这独一无二的爆炸现场——悲壮！惨烈！无奈！罪孽！亲情、友情、爱情及自我存在的各种复杂情感在灾难关头、在生死临界点面前一一尽显。书中作者通过对他们"小"的个人和"大"的现实之间的相互交融，将一个个篇章构成一幅幅悲壮的画面，使读者感同身受、休戚与共。读着读着，我不由得满脸泪水，大爆炸的种种情节浮现眼前，充斥着我的大脑和心脏，震撼、感人。敬畏生命，敬重英雄，警醒未来！

正如何建明在《爆炸现场》一书的序言中所说："8月12日23时34分化学危险品燃烧引发的两次爆炸，相当于2.3级和2.9级地震能量，威力相当于53枚战斧式巡航导弹一起轰炸，21吨TNT炸药或17万手榴弹同时爆炸的威力，随即引起天津港附近地区五六千辆汽车和几千只集装箱同时爆炸燃烧，火光冲天令人胆寒，钢铁燃烧之后则如火山喷出的熔岩一般，将天映红将地燃焦巍峨山体化为烟烬……更不说血肉之躯在其中变成何样。"

真实，真像！《爆炸现场》不仅仅是文字和图片上的震撼，更多的是告知我们生活中的每一个人，要认认真真地思考和清醒，让类似灾难不要再来！也更多的是提醒我们，当灾难或者突发事件来临时，我们怎样勇敢、善良和智慧地去面对。《爆炸现场》直抵人心，让我们敬畏生命，更多的是向所有勇敢的消防官兵致敬！

"他的双手烧掉了，现在的两只手是靠

何建明《爆炸现场》一书，2016年2月由人民文学出版社出版并发行

植入自己的肚子中长出来的……就是移植的。"他们这样对我说。"医学真伟大！我想一想就觉得很不可思议。然而，一个活生生的从死亡中走出来的人就在我面前。快50天了，他的脸部除了一双瞳仁在闪动外，仍然没形——人工做的鼻子也没有长出，想想，一个平面的肉体上，只有一双红红的人眼在闪动地看着你，你会是怎样的反应？随我一起进病房采访的小范吓得跑了。但我必须留下来，并且需要与岩强好好聊聊……可他还不能多说话，只有那双红红的眼珠闪动地看着我。他躺在病榻上，全身仍然是赤条条的，多数地方则用白纱布绑着。'他的下身已经是碳化了……'他的战友在我进岩强的重症室前就曾悄悄告诉我。"在这场灾难中，何建明走访了173名遇难或失踪人士，其中115位是消防人员中的幸存者或者牺牲者的亲人。致敬，英雄！《爆炸现场》审视的是对逝去生命的敬重，是对付出鲜活生命者的纪念，也是对他们家庭和未来生活的关心。《爆炸现场》在触及个人情感的同时，更多的是一位作家对国家、对民族和社会的良知，也在时时刻刻地唤起我们对逝去生命的敬重与幸存者对生活的信心。

"我要代表在此次大爆炸中每一位牺牲的消防队员和普通百姓，以及他们的亲人，谴责并诅咒那些为了赚钱而不顾他人生命安危的公司老板，还有那些失职渎职的官员和职员！因为他们的贪婪、狂妄和粗心、麻木，以及可恨与可恶的行径，才有了中国和平时期最严重的震惊世界的天津'8·12'大爆炸。"何建明在《爆炸现场》底封如此写道。警醒未来！《爆炸现场》不仅仅谴责引发这场爆炸的行为，更有人们对待爆炸的态度。"当了解了大爆炸的现场真相后，你才能深切地认识到：那些因参加大爆炸现场灭火抢险战斗而牺牲的和活着的所有消防队员，他们都是英雄，他们应当被人民和国家永远铭记。"《爆炸现场》也是在提醒有关部门对后续工作的重视，正如书中所言: "我可怜这些小孩,爆炸发生时,他们什么都不顾,冲到了现场。"但当他去实地采访时,他们每个月的工资也就两三千元,"活着的人,要给他们保障,要提高他们的待遇"。何建明在写书之余更多的是对人性真善美的关注,呼吁有关部门重视那些幸存的、聘用制的消防员。

作为一名全国劳动模范、全国政协委员,现任中国作协副主席、中国报告文学学会会长的何建明,从24岁写第一部报告文学作品《腾飞吧苍龙》开始,就在报告文学界声名鹊起。在30多年的创作生涯中,他创作了《共和国告急》《落泪是金》《根本利益》《国家行动》《南京大屠杀全纪实》等作品。特别是从2003年写"非典",2008年写"汶川大地震",2015年写"天津大爆炸",从他选取的题材中可以感到何建明的担当和责任。何建明在重大灾难现场,始终如一地以一位普通采访者的身份,忠实地关注现实,记录历史。进而创作出一部又一部前所未有的震撼人心的文学作品,令人深思。

"天津爆炸事故,实际上暴露出来中国的管理体系和城市建设方面问题。我们需要的是有一种时刻反省的精神来检查我们的工作,警惕工作中出现的问题。"何建明在作品创作中做到了一位作家的担当。《爆炸现场》一书除真实还原事故现场外,对诸多善良与丑恶,尽职与勇敢的细致展现,远远超出了文学作品批判和传递真善美的价值,最主要的是他的作品必然能够引起全民族、全社会的反思、反省、警惕和防患——珍惜生命,珍惜生活,珍惜情感。

——曾载2016年第6期《现代企业文化》杂志和多家网络以及新媒体公众平台。

# 寻找三秦大地的历史记忆

魏锋多次采访著名文艺评论家李星

"焕亭无愧于当代历史小说大家！"2016年4月26日，我前往西安市桃园南路李星老师家中造访。一落座，李星老师就开门见山地谈起他对杨焕亭创作的历史小说的观点。李星老师说，《汉武大帝》《武则天》都是过百万字的长篇历史小说，是陕西长篇小说的重要文学收获，也是当今中国文坛历史小说的重要收获。

## 当之无愧的历史小说大家

李星老师认为，像杨焕亭这样厚重扎实、显示出作者人格力量的作品在目前当代中国文坛还是比较少，他已经走在了当代中国历史题材小说创作的前列。

当代中国的历史题材小说中，价值取向面向多元。杨焕亭是历史小说写作大家，创作的《汉武大帝》和《武则天》都能把握住基本的历史史实，把事情说清，吸收了优秀的历史小说所积累的经验教训，赋予它纯正的历史品格。这两部著作忠实于历史史实，客观公正地评价历史人物，给人以尽可能真实的历史。

李星老师说："读过杨焕亭此前出版的《汉武大帝》，最近又抽暇读了三卷本120多万字长篇历史小说《武则天》，处处可见杨焕亭先生的渊博，那么多史料，信手拈来，与虚构之细节场景融为一体；那么多惊心动魄的事件和人物命运生死，客观冷静写来，可以看到他对政治，社会，人性之吟咏。但他的笔墨却极简，有超强的控制力，没有滥用历史小说中允许的虚构权力，至于所当止，十分难得。读了《武则天》后，能感受到作品对武则天的才情，胸怀，政治抱负及与之相称的驭人天赋有突出描绘，她逐步冲破禁忌，染指权力是必然的，势不能阻，但又对她的残忍手段有着道德高度的审视与否定，这种不跟风、忠于史实的态度我很赞同。小说最为出彩的是角色和人物语言，文化底蕴深厚，让人觉得太切合情境及人物性格了。使作品有了以往历史小说无可比拟的韵味和书卷气！《武则天》在艺术上高于《汉武大帝》，大气磅礴，而且细针密线，含而不露，杨焕亭已无愧于当代历史小说大家了。"

## 在历史真实的基础上追求艺术真实

历史之于小说、文学的结合，虚构是难以避免的，甚至可以说没有虚构就没有历史小说。赋予历史骨骼以生命的血肉，给重大的历史事件以更接近历史本质的环境，以生动真切的氛围，把读者带入历史事件的现场，正是历史小说家史识文才之着力处。

在史识方面，杨焕亭在大学时是学历史的，多年来又学而不倦，有着深厚的历史功底，广阔的历史视野。李星老师说："杨焕亭的成绩是如此的丰硕，对我这个也生长在咸阳这块厚重土地上的人来说，是个更为喜庆的事情。"

《汉武大帝》出版后，获湖北省第九届精神文明建设"五个一"工程奖，多次增印和再版，并被推荐参加茅盾文学奖评选，这就是读者和社会最大的认可。李星老师认为，在目前文化多元的背景下，这两部作品既没有用娱乐的眼光来消费历史，也没有将历史政治化，为我所用。希望焕亭意识到自己文学之所长，并发展它，在寂寞的文坛，把自己调养好，以道义和良心把历史小说创作坚持下来。写历史小说要禁忌跟风，不能随心所欲，也不能政治色彩过浓，忠于史实和实现艺术真实的审美表达并不矛盾，关键是良知和责任。《汉武大帝》和《武则天》在历史人物和历史事件评价上，一方面具有严谨的历史立场，另一方面具有当今的时代高度。

这两部作品在历史文学上的最大亮点，是它做到了将事件、故事的历史还原为人的，包括人性、人情，人的精神、心理和意志力量的内容，使历史真正成为人的历史。

## 人格的重量影响作品的重量

在谈到作品与人格关系时，李星老师说："在历史小说创作中，杨焕亭具有文学精神和文人的人格精神。有的作家为政治写作，有的作家为金钱写作，而杨焕亭是真正的历史阅读者，与历史对话者，他的小说是真实的、客观的，能够以史为鉴，以人为镜，尤其在《武则天》一书中，既写出了一代女皇的雄才大略和残忍一面，又写出了对李治的真正情感，更重要的是真实展现了武则天有

李星与杨焕亭合影

治国理政的天才一面。还有长孙无忌，也写得很真实，并没有美化，如他对吴王李恪的报复，就表现了他也有阴暗的一面。善恶常常在一念之间，这本书在今天有借鉴作用，对普通百姓也有一定的启示和引导。人格的重量影响作品的重量，有怎样的人格，就有怎样的作品，有多高的境界，就有多高的作品。"

　　文学作品就是要提倡人格的完整，要塑造高尚的人，任何时候都不可为恶人铸造民族高尚伟大的灵魂，这是文学的本质意义。从《汉武大帝》到《武则天》的创作，杨焕亭的历史小说的创作具备这些素质，他把自己的人格和灵魂融入到了历史小说的创作中。杨焕亭是正派、绿色的人，生态的人，没有受污染的人，由于杨焕亭的人格是正的，他所举起的镜子不是一面哈哈镜，而是平面镜，他把真善美和假恶丑的心灵用这面镜子映照了出来。在这两部长篇历史小说中，杨焕亭对历史人物不妄加评论，对于承载着同样深厚历史和文化内涵的一些重要历史人物都赋予了相应的人格品质和内涵，而不只是给他们贴上政治或恶与善的标签。能秉持公正，不偏不阿，潜心创作出如此厚重且有着自己独特的审美和历史认识价值的作品，实在是文坛和当代中国的幸运！


　　——曾载2016年7月15日《陕西日报》、7月12日《咸阳日报》和多家网络以及新媒体公众平台。

# 写"精神佳肴"从美学高度畅谈人生哲理

张保振《抬头低头：生活哲学札记》一书，2007年9月由中国经济出版社出版发行

近日，有幸拜读了张保振所著的《抬头低头——生活哲学札记》一书，感受颇深。品读这些佳作，不难看出作者涉猎广泛，作品内容丰富。作者以自己数十年深入细致的观察、缜密的思考、精美考究的文字，既从生活的现实出发，又从哲学的高度概括，为读者奉献了一部关于做人做事的新思想、新观点、新感悟、新方法的精神佳肴，可以说给人以多方面的启迪和教育。捧读这样的佳作，真可谓："抬头"如沐春风，"低头"感悟人生。

让人感到耳目一新和十分宝贵的是，这部书的书名就颇有较高的"含金量"。作者将发表于《人民日报》的两篇文章《抬头做人》和《低头做事》各取其半，作为书名，这里面既有"抬头"的蕴涵，又有"低头"的哲学。在抬头与低头之间，蕴藏着深邃的人生哲学和生活道理，足以让我们品味和实践。尤其是作为书名的这两篇文章，就是对全书主旨的最好诠释，恰如其分地概括了全书的内容，点明了全书的主题。其篇首的《抬头做人》一文，告诉我们

"抬头"的方法，强调抬头做人，不是盛气凌人，而是学人之长；不是趾高气扬，而是堂堂正正，光明处事，要有向上之意。"自自然然，平平常常地抬头见大、望远、仰高"。第二篇《低头做事》一文则告诉人们"低头"的方法，强调要按规律做事。在这方面，注重要"体现一个人的心境、作风、品格和作派。"如何"低头"做事，即用脑做事、调研做事、专心做事。"抬头"是为了"做人"，"低头"是为了"做事"。全书自始至终的所思所论均不外乎这两大主题：一是做人，二是做事。

做人与做事，是千古不变的历史主题，也是每个人必须面对的人生课题。本书的意义不仅在于以创新性的思考充实了不变的主题，更在于帮助读者如何面对自己的人生课题：抬头做人，登高望远；低头做事，成就大业。

说是"抬头"如沐春风，是因为本书语言优美的程度，让人读后如沐浴和煦的春风，如享受温暖的阳光，给人以精神上的享受，作者给我们烹饪出了丰盛的精神佳肴。严格地说，本书是部评论文集，但是，作者在很多篇章的写作中，把散文写作的特点融合进去，就使文章成了美文。尤其是作为每一篇代篇首语、代篇尾语的文章，这种特色很突出。如《待人如绵》《要多倾听》《和谐三题》《和谐如山景》《和谐明善》《文化如河》《文化要"化"》《人生当如海》《人际和谐需天真》《我观长白山》等文章。

说是"低头"感悟人生，是因为本书文章的实用价值颇大。它让我们可以从中学习和感悟出好些做人做事的道理、哲理、生活经验和工作经验。做人与做事既相互区别又相互渗透。做人论境界也讲方法，做事讲方法也论境界。任何事情，都是在一定的社会关系中实施，不会做人，很难把事做好。做好任何事情，都需要良好的精神状态，这也和做人的境界有关。如《待人如绵》《和谐明善》等文章，就是从哲学的、美学的高度和读者畅谈做人的哲理。如《文化如河》中，作者则从文化的角度，对文化现象进行了较为深刻的研究，并把广泛的大文化融入企业文化，强调企业文化的核心是"人格文化"，给文化注入了新活力。《创新创异》《品牌会飞》《适者做大》等则是研究企业，特别是烟草企业的经营之道，可以说是直接教给我们管理经验，既有对人生大的领悟，也有具体的管理经验和方法。无论如何，这都是一部难得的教科书。

除此之外，本书给我的另一个感受是，作者的好些文章，在行文中别出心裁，独具匠心。同样的话语，从他的笔端涌出后，就很精彩，就十分耐读。如"人有无精神全在这个'睛'字上。'睛'能传神，'睛'能达意，'睛'能带出风格，'睛'能拉动品质"。（《核心技术如"点睛"》）同样的词语，经过他别具一格的解释，却富有特色，另有新意。如"创造"一词，它的注解就很有趣："什么叫创造呢？创造是有'名'的。这个'名'，就叫创，就是创始、首创。如古人所言：'创，始造之也。……'创造是有'姓'的，这个'姓'就叫造。造，就是动手、动脚，就是制作、建立。如果再进一步问，造的结果是什么，正如古人所言：'造，成也。'如果干的是前所未有的一，但屡屡碰壁，上不了手，成不了就，也难以称得上是完整意义上的造。"（《漫谈创造》）还有，在长沙卷烟厂调研时的讲话中，他对"现代化"的解释就很有趣味："现代化的表现形式就是设备框架的钢铁化、人员操作的电脑化、技术运行的集成化、工作现场的无人化。"这些独到的见解都是我们在其他书籍中较难看到的。

此外，读了本书后，还令我印象深刻的一点是，作者是位学者型的领导。这一说法，不是恭维，而是体现在作者的另一类文章之中。作者张保振毕业于河南大学中文系，系该大学的名誉教授，经济学博士生导师、高级经济师。作为国家烟草专卖局副局长，他经常出席

扫一扫，关注"魏锋"微信二维码

各种会议，赴各地调研时肯定要讲话。本书的特色之处，就是收录了他在行业企业文化建设试点单位汇报会、郑州烟草研究院工作汇报座谈会等会议上的讲话，以及在陕西、河北、安徽、上海、吉林、北京、长沙、张家口等省市烟草单位调研时的讲话约30篇。这些讲话，没有空洞的政治说教和干巴巴的理论，都具有自己的特色，个性鲜明。好些讲话，本身就是一篇美文，给人以美的享受，使人颇受教益。如在鄂州烟草调研时的讲话《人生三宝》，仅千字左右，但可以说是字字珠玑，是难得的佳文。

——曾载2011年第8期《至尚》，2014年第2、第3期《现代企业文化》，2015年第5期《中国职工教育》、第5期《榆林新青年》，2016年6月10日《中国纪检监察报》、11月10日《中国矿业报》和人民网、党建网、凤凰网、中国纪检监察网等多家网络以及新媒体公众平台。

# 一条道儿走到黑

徐剑铭《我在长安》一书签售会

最近一段时间，我经常忙着整理书房。书架上摆满了各种买来的、文友送来的书籍，客厅、卧室，甚至卫生间都随手有书读。唯独在书房茶几上放着一本厚厚的且已泛黄的旧书——徐剑铭老师的纪实长篇自传体小说《我在长安》。这是去年拜访作家、书法家雷涛老师时他特意送给我的，并叮嘱我抽时间一定要认真拜读。在这个快餐化阅读的时代，一直忙于生计与写作之间，读书的时间越来越少。拿到书那天，我花了一个晚上读完，读得心潮起伏，几乎整夜失眠。到后来，每当周末或闲暇的时候，我都跑到书房静静坐下来，一篇两篇，十页八页，细细去品味，我的心也随着书中的精彩章节起伏，一遍又一遍重温文字带来的感动和启迪，心境转而豁达了许多。

徐剑铭老师居住在哪里？60多年的生命年轮生长在哪里？这些生活中种种必然与偶然的因素共同构筑了他的回忆。《我在长安》这部纪实长篇自传体小说不仅仅是讲述徐剑铭老师的人生，它更多的是在梳理灵魂，是讲述人性的一本书，说明人这个旺盛的生命，在心灵深处的潜意识中一直蕴藏并释放着力量，追求着生活。"我是一粒漂泊的种子，漂泊是因为有风。我在风中漂泊千里，跌落在了这块叫作长安的土地上。"《我在长安》是徐剑铭老师"在回头张望中梳理灵魂"的大作，初稿仅用了95天时间，以生动的故事、洗练的文字，呈现了徐剑铭老师60多年人生命运的起落沉浮，也见证了西安这座城市的变迁。而他所经历的曲折生活和重大事件与国家和人民的经历是紧密相连的，折射出了新中国60年的历程和人民的感受。尤其是对一系列重大事件的描述，不仅从本人感受出发，也从全局的高度梳理了新中国各个重要历史时期的经验与教训，有深刻的启示效应，其价值是不言而喻的。

最能感动人心的文字往往出自平凡而又真实的故事。在这本书中，能聆听到友人们年轻时的轶事，路遥、陈忠实、贾平凹、高建群、叶广芩……这些闪耀文坛的作家们当年是什么模样，他们的人品、文品究竟如何？尤其是许多真实生动的故事，读来备感亲切。如路遥豪爽好客，他爱西安这座城市，对这座城市中的人才也格外爱惜，将他们当作珍贵的宝贝。为了请一见如故的徐剑铭老师吃饭，路遥老师学着"土匪"的口气开玩笑说徐剑铭是关中王，请他吃饭是"拜码头"，接着将仅有初中学历的徐剑铭老师拉到高等学府的课堂上做文学讲座。多年后，这段经历仍让徐剑铭老师特别感慨。陈忠实老师年轻时更加风趣幽默，吃饭总爱上厕所。其实他不过是以上厕所为名偷偷结账，尽管自己也不富裕，但却生怕好友破费。而贾平凹老师爱请人吃葫芦头……文坛陕军这些朴实厚道的人被刻画得入木三分。"天意！徐剑铭是上天送给长安的一个大才子！"《我在长安》一书的责任编辑李郁认为，徐剑铭老师的人生就是一部民间记忆中的陕西现代文学史。

记忆中，一篇文章曾这样讲，犹太作家大卫·格罗斯曼（David Grossman）认为作家的职责是把手指放在伤口上，提醒着勿忘人性与道义等至关重要的问题。眼前的《我在长安》书写的就是真正属于心灵的自由，有故事，有格调，更有境界。"工厂做工，当过记者，蹲过大牢，一生除了写文章一事无成"，这位颇具传奇色彩的作家，令我感动的是，67岁的他在文学之路上的依然坚守。"是作家，非著名；有职称，没文凭；出过书，没走红；得过奖，多是铜；缺心眼，爱逞能；常跌跤，不喊疼；不识数，糊涂虫。"打开书舌，看似简单的作者著述，饱含着他人生命运的苦辣辛酸，记录着一座城市的沧桑变迁，书中出现的人物、事件都是作家的真实经历。

6岁因家庭变故逃荒到西安，特殊的历史环境下徐剑铭老师经历了种种生活的磨难。1960年，还在上初中一年级的徐剑铭老师作词，赵季平老师谱曲的歌曲《金龙啊，展翅飞翔》在学校引起轰动。毕业后他进了工厂当起学徒，但他的文学梦依然在生活的夹缝中坚持着。从1965年起，他的小剧本在《西安晚报》等报刊频频亮相，很快又登上了西北最权威的文学期刊《延河》，引起了柳青、杜鹏程等老一辈作家的青睐与提携。1968年，因为写诗的他被扣上"三家村写前卒"的罪名，被流放到白鹿原的一个小厂接受"监督劳动"。生活如此坎坷艰难，徐剑铭老师却没停下手中的笔。1978年，他成为《西安工人文艺》杂志的副主编。

1984年，徐剑铭老师调入扩版后的《西安晚报》任文艺副刊编辑。然而，一场飞来横祸降临，徐剑铭老师因一场荒诞而莫须有的罪名入狱，被关押到死刑犯的号子去当"陪号"，成为中国第一位、也可能是唯一一位为死囚犯当陪号的作家。1987年初秋，徐剑铭老师走出蹲了一年零六个月的看守所。为了生存，为了两个尚未成年的孩子，他开过小商店，蹬着三轮车到集贸市场上去"练摊"，一家四口

徐剑铭纪实长篇自传体小说《我在长安》2013年3月由三秦出版社出版发行

每年的大年三十都是在爆竹响起后的深夜才收摊回家。1994年初，徐剑铭老师终于放弃了在商场上的挣扎，在宽不足1.2米的阳台上支起一张条桌，开始了以文为生的自由撰稿人生涯。他为自己所确立的原则是：为正义者放歌，为创业者立传，为苦难者祈祷，为不平者拍案。徐剑铭老师创作的春天来了，每年都有三四百篇作品散见于全国各类报刊。2001年4月16号，他的冤案终于平反昭雪。退休后的他，在文学创作上更是迸发出强大的力量，所有的长篇作品都是在百日之内完成，被称为"文坛快枪手"。当年与贾平凹、商子雍、和谷并称为"长安四才子"的徐剑铭老师，在没有工作的十几年中，他没有放弃文学，像一粒漂泊的种子，顽强地在西安靠写文章养活一家老小，写出了《立马中条》《血沃高原》《死囚牢里的陪号》等数千万字的作品。尤其是2011年3月由五洲传播出版社出版的《死囚牢里的陪号》一书，被舆论界称为是"陕军"的"再度出征"！

著名作家陈忠实是徐剑铭老师的老友，在读了这部作品后，

陈忠实老师非常感动地说："《我在长安》是一部让西安人感动的书！我比剑铭年长两岁，是同代人，那些风风雨雨、坎坎坷坷，我们共同经历过、承受过，也感悟过。剑铭以古稀之年、以饱满的热情，冷静地回望历史，在梳理自己灵魂的同时也在梳理我们生活的这座城市的灵魂，乃至梳理我们民族的灵魂！剑铭是在履行一个正直的、有神圣使命感的作家的责任和使命，我很敬佩！"

　　使我最受启发的是徐剑铭老师的文学使命精神。一路走来，徐剑铭老师与逆境、非常态的生命状态扯在一起，在任何境况下都没放弃过文学，承受与坚持下来了。徐剑铭老师一直是"快马加鞭未下鞍"，磨砺出一种无形的正能量，持续地像火山一样喷发，把读者置身于最高和最好境界。写作不是远离生活，而是回归生活。一直以来，徐剑铭老师坚守自己一贯的创作原则：关注现实，直面人生，讲真话，抒真情，接地气。我从《我在长安》看到作者记述的是滋生在真实生活里的真实情感，读到的文字是温暖的，是体现了亲情、友情、人情之大成。他的文字是本身情感的投入，不断进入眼帘的是在贫穷、苦难中那浓浓的、和谐的、和睦的家庭生活气息。他把投射在心灵上的影像，诸如对父母的怀念、对妻子的深爱、对儿子的严教、对家庭的担当一一呈现，把生活中最真实的情感、最真实的生活写了出来，读来令人感动。读着读着，我自己犹如置身现场，感同身受地体会到了徐剑铭老师所经历的生活。

　　徐剑铭老师言："我写这部书的目的之一就是要修复我的灵魂。谎言受宠，真理在荒漠中哭泣；真话归来，良知在黎明中苏醒。那就说真话吧——虽然真话不等于真理……"每读一遍《我在长安》，我都感觉如获至宝，总有新的感受和收获。让我们一起走进《我的长安》，以仰视的视觉深沉地去爱生活！

每个人的人生曲线都不尽相同，在经历了人生的大起大落后，徐剑铭老师依然笃定地坚持着这种执着的创作热情，笔耕不止，佳作不断，创作作品上千万字，正如他所说"一条道儿走到黑"。不停地笔耕，不是为了名利，而是一种生活的方式，更多的是在给我们传递正能量。

期待着，期待着早日能与徐剑铭老师谋面，期待着能读到更多徐剑铭老师的佳作，也衷心地祝愿徐剑铭老师永远健康！

——曾载2014年第3期《豳风》、第20期《天涯读书周刊》，2015年第1期《检察文学》等报刊和陕西作家网、法治与社会周刊等多家网络以及新媒体公众平台。

# "生命之树"上有着淡淡的"奶油"香味

最近，有幸拜读了中国经济出版社出版的张保振老师的"生活感悟"丛书，深受感悟。这套由《生命之树》《金箍之神》《钥匙奶油》三卷本组成的系列丛书，让我受益匪浅，掩卷之后，似乎感觉到"生命之树"上确实有着淡淡的奶油香味，让人回味无穷。

张保振生活感悟丛书：《生命之树·企业文化三问》《金箍之神·创新三题》《钥匙奶油·管理三辨》

张保振老师将自己这三卷著作定性为"生活感悟"丛书，其实，这三本书都是探讨企业管理问题的专著。《生命之树——企业文化三问》，主要从企业文化是什么？企业文化抓什么？企业文化看什么三个方面，从文化的角度探讨企业管理的问题。书中将企业文化升华到了"要使人既受专业训练有本领，又能善于整合有胸怀，还能富有创造有专利。同时，更会尊重别人有修养，浴德养性有道德，从而保证企业的产品如人品，道映天下，温暖人间"的高度。

《金箍之神——创新三题》，则从什么是创新，创什么新，怎么去创新三个方面阐述企业创新问题。书中告诉读者，创新就是创品牌，创新就是反常规，创新就是创造，创新也是集成。创新要创出"爆炸型"品牌，创新要创出"标志性"品牌，创新要创出"神"，创新要追求经典。书中提醒我们，创新要从增强忧患意识开始，创新要从解决问题开始，创新要从更新观念开始，创新要淡化"官本位"，带着社会责任去创新。

《钥匙奶油——管理三辨》是专门讲企业管理的。分别从管理是什么，管理为什么，管理需什么三个方面入手，提出了管理是良性互动，管理是温暖文化，管理是让人说话，管理是不断反思，管理是实践，管理是实干等问题，阐明了管理为使企业生存，管理为使创新成气，管理为使企业做大，管理为使自身硬，管理为使品牌硬，管理为营造一个好氛围等道理。书中告诉读者，管理需要适时、适度、宽容尊重，管理需要先进理念，需要有持续发展能力，管理需要强化现场，管理需要信息化，等等。从而使"管理者要有一个更高的水平，能驾驭复杂的局面，能应对多变的市场，能适应技术的发展，能引领消费的需求，能使员工能力和国有资产都得以有效、有力地保值增值"。

企业文化是企业的精神之魂，它是企业的行为习惯、生产方式、品牌服务、价值追求、信仰信念等方面的综合，也是企业的魅力。企业创新，应该是企业前进的一种不竭的动力，是企业克难制胜的法宝，也可以说是企业摆脱困境和危机，持续进步和发展的"金钥匙"。企业离不开管理，一个企业通过管理，无疑是想让企业各方面的工作都能正常运转，各层面、各岗位的人员都井然有序，从而保证企业有一个良好的工作秩序，使企业在实现利益最大化、最佳化的同时充满活力、控制力和影响力。张保振老师的这三本著作恰好就从这三个方面为我们提供了宝贵的精神财富，告诉我们为什么这样，应该这样，怎么才能这样等诸方面的问题，堪称企业文化、企业创新、企业管理方面的宝典。

但是，作为企业文化和管理方面的专著，张保振老师这三部专著的可贵之处，就是走出了一般企业管理著作那种干枯的、说教型的纯理论形式的行文套路，探索出了一种新的写作手法。这套书从生活的角度去探讨企业的管理等问题，从微观入手，从一点一滴的生活细节着笔，反映出了宏观方面的问题，用若干篇精短文章组成了一套皇皇巨著。书中的文章既可以单独成篇，也可以连贯成一个篇章的其中一节，足见作者在谋篇布局上的独具匠心。书中最长的篇章，也不过3000字，一般的文章都在1000左右，还有一部分文章仅有三五百字，真正让人感受到浓缩就是精华。譬如，《创新要专一》这篇文章，仅仅200多字，却给人字字珠玑的感觉：

创新，神情必须专一，意气不能并锐。

创新就如爬天险华山，不仅不能有一点点动摇，而且目不能两视，耳不能两听，必须心一而意专，才有可能光荣地爬到顶峰上去。

这，也正如歌德所言："谁要伟大，必须聚精会神／在限制中才能显出来身手／只有法则能给我们自由。"

法则者，规律也。按规律办事，精神专一，奋苦不懈，在"限制"中奋进，自由自会来，创造自会成。反之，无所不能，则一无所能；无所不专，则一无所专，表面轰轰烈烈，实则一无所成。

品味这样精短的美文，如饮一盅醇香的美酒，如赏一朵清雅的小花，让人回味无穷。其实，像这样优美的短文，在张保振老师的3本著作中俯拾即是。从这方面来看，这3本著作确实是名副其实的"生活感悟"丛书。

张保振老师在繁忙的公务之余坚持写作，并创作出如此优美的华章，给我们提供了宝贵的精神财富。品读这些著作，使我们在接受美好精神享受的同时，不经意间学到了企业管理等诸多方面的知识。像这样内容丰富、内涵深刻的著作，对众多的读者，特别是从事企业管理方面尤其是烟草行业的各位读者来说，是绝好的精神食粮，多读多受益。张保振老师的这棵"生命之树"上，所散发出来的奶油香味，定会照亮我们企业前进的方向，成为我们披荆斩棘、做强做大企业的"金箍之神"。建议各位朋友不妨一读，相信它会给你带来一定的益处。

——曾载2009年第6期《陕西烟草》、12月《中烟电子商务》，2011年9月5日《企业党建参考报》，2013年第5期《榆林新青年》等报刊和多家网络以及新媒体公众平台。

# 一部精彩纷呈的历史存证之作

2015年11月22日，杨焕亭将长篇历史小说《武则天》第一册的签名书送给魏锋的家人

在当今浮躁的社会，杨焕亭老师不仅能静下心潜心创作，而且还在书画界取得了一定的成绩。在杨焕亭老师的三卷本百万字长篇历史小说《汉武大帝》出版的第一时间，我如愿见到并现场采访了杨焕亭老师，还带回来了他多本签名著作。

"陕西这方土地真是太厚重了。它使我对历史有着一种本能的也是理性的敬畏，那些曾经驰过山川的金戈铁马，那些曾经气吞山河的英雄主义，那些厚德载物的人文光焰，一次又一次地激发我的创作激情。"作为一名文学爱好者，我不止一次地反复品读这部以史诗般的叙述、全新的艺术视角、传统与现代交融语境呈现的历史小说《汉武大帝》。读完这部巨著，最大的感受是《汉武大帝》其历史价值、思想内涵等都值得读者反复重读，是一部精彩纷呈的历史存证之作。正如评论界人士所言："《汉武大帝》尊重历史，从史实出发；还原历史，从生活出发；重温历史，从情感出发；追求文学，从心灵出发；追求审美，从形象出发；追求诗性，从神思出发的前提下，用诗人的激情和史家的理性，在历史唯物论和艺术审美论相结合的立场上，以宏阔雄健的笔触，把对历史的评价和审美的评价有机地结合起来，艺术地再显了汉武帝时代改革与保守，清廉与贪污，勤政与枉法的政治斗争；形象地表现了宫廷内部、家族血缘之间争权夺利的矛盾冲突，全面地展现了大汉时期的历史风貌，诗意地传达了我们这个民族在封建帝王的统治下，人性历练成民族精神的艰难历程。"

　　汉朝在中国历史上是一个非常重要的王朝。汉武帝刘彻16岁登基，在位54年，他创造了中国封建王朝的第一个发展高峰，汉朝因此也成为当时世界上最强大的国家。为了感性、具体地书写汉武帝时期的历史画卷，为读者展现了西汉前期政治、经济、文化的恢宏和璀璨，突出了以刘彻为核心的近百名人物叱咤风云、性格鲜明的艺术群像，进而达到弘扬民族精神的目的。经过6年的耕耘，杨焕亭老师终于完成了《汉武大帝》这部三卷总计130多万字的长篇历史小说。

杨焕亭长篇历史小说《汉武大帝》（全三册）2016年作为经典历史
小说再次由长江文艺出版社

《汉武大帝》这套书布局精心，以人物为主线串联故事，塑造了以汉武帝为核心的血肉丰满的艺术群像。该书通过以汉武帝为核心的统治集团的命运历程，全景式地、历史地、多侧面地、艺术地再现了从公元前140年到公元前87年西汉王朝政治、经济、文化发展的绚烂图景。在叙事手段和人物塑造上，杨焕亭老师十分注意处理好历史史实与艺术效果的关系，达到历史目光与人间情怀在艺术层面的统一，因而，才能使《汉武大帝》一书中的核心人物刘彻"成为一个生动、具体、真实的人"。杨焕亭老师笔下的汉武帝不仅是一个雄才大略的政治家，而且是一个被爱燃烧的男人，更是一个对生命充满憧憬和恐惧的帝王。

　　该书还有一个最大的看点，即《汉武大帝》在坚持历史真实的基础上，通过艺术的虚构，改变了传统文本中把汉朝与少数民族的战争单纯看作是汉武帝文治武功的观念，着力表现在血与火的洗礼中各民族发展交流、走向融合的历史趋势。从这种全新的战争观出发，作品着力塑造了一群热爱和平，为民族和谐奉献奔走的艺术形象。该书在表现手法上，不被文学创作中的各种"主义"所束缚，在坚持现实主义的基础上，汲取现代主义、意识流以及影视文学等多种手法，表现了战争中前方与后方的时空交错，情爱中灵魂与灵魂的真爱絮语，人物意识在历史与现实中的穿梭，无疑增强了其理念上的前沿性和艺术上的可读性。

杨焕亭长篇小说《汉武大帝》，2013年1月由长江文艺出版社出版发行

　　《汉武大帝》一书以多姿多彩的文笔描绘了一幅波澜壮阔、光彩熠熠的历史画

卷，是近年来中国当代历史小说的又一力作，为当代中国历史小说的百花园里增添了一束喷霞吐露的新葩。该书出版后在国内引起强烈反响，受到了高度评价，多次再版发行并荣登网上书店畅销排行榜，荣获湖北省第九届精神文明建设"五个一"工程奖，出版社还推荐该书参评第九届茅盾文学奖。

更值得推崇的是，《汉武大帝》一书为后人进一步研究汉武帝提供了资料。因我拙笨，难以在此向读者进行系统和完备的介绍，但我坚信，只要是读过《汉武大帝》的读者，一定会期待着读杨焕亭老师的下一部历史小说，也一定能从杨焕亭老师的作品中说出自己独特的见解，感知到杨焕亭老师深厚而广阔的人间情怀。

——曾载2015年第10期《现代企业文化》，2016年1月25日《新华书目报》等报刊和多家网络以及新媒体公众平台。

# 非虚构新语态话本小说的大气之作

魏锋与青年作家范超（左）合影

"有范超这一批文章，就够优秀了，不但在陕西优秀，在国内也优秀，以这种态势写下去，那必然要成大的气候。"著名作家贾平凹老师对范超的作品如此评价。勤奋的范超一直挑战着自己，其作品在陕西文坛有着自己独特的风格，多产和获奖频繁。近日，范超又携新作《常谈——曲江池畔与贾平凹先生走路记》先后在北京、南京等地举行了多场读者见面会和首发恳谈会，深受读者喜爱和赞誉。作为一名文学爱好者，《常谈——曲江池畔与贾平凹先生走路记》自然成为我的精神食粮。

作为新时期文坛作家，贾平凹老师从20世纪70年代步入文坛，凭借着自成一家的语言风格、孜孜不倦的探索精神引起了众多研究者的关注。范超作为贾平凹老师的首位文学弟子，经常出入贾府，因此有机会认识文坛众人。范超用精湛手笔首次创作的长篇非虚构新语话本小说将贾平凹老师作为主人公，以客观的叙述，传神的笔触，实事报道，在新语境中近观贾平凹老师的生活点滴、所思所想，从而反映了当今文坛的真实状况。

从客观事实上来讲，《常谈——曲江池畔与贾平凹先生走路记》是首部非虚构新语态话本小说的大气制作，是当今文坛不多见的一本奇书。范超笔下的贾平凹老师，细节处常见主人公的神采和对创作历程的解读，尤其贾平凹老师以娓娓道来的叙述方式讲述了以中国近代百年历史为背景的长篇小说《老生》的问世，《常谈——曲江池畔与贾平凹先生走路记》在新语境中对贾平凹的解读，相得益彰，为读者了解贾平凹老师的内心世界和文学道路打开了一扇窗口。

正如作品《常谈——曲江池畔与贾平凹先生走路记》中对贾平凹老师在追逐文学梦想的记述："自从去了西安，有了西安的角度，我更了解商洛，而始终站在商洛这个点上认知着中国，这就是我的人生秘密，也就是文学的秘密。"细细品味，你会感知到，范超和他的老师贾平凹老师对文学都在进行着彻底的拷问与思考。

范超这部30万字的小说，没有生涩和呆板的语言。小说在记述每一次范超与贾平凹老师交往的时候，其文字表现出非常强的形象感和画面感。正读得起劲的时候，瞬间为那些幽默的话所吸引——"这时接近那个经常喝酒小歇的夜摊了，贾老师称要去上厕所，几乎小跑着朝卫生间去时，身后撂下一句话，你们要喝酒就喝，不要给我要。我们就朝

范超《常谈——曲江池畔与贾平凹先生走路记》一书，2015年1月由西北大学出版社出版发行

着他的背影喊说，你不喝，我们不敢喝。等他出来，我问，贾老师，牙好些了吗？他说，正长着呢，就怕长不住。小夏说，多喝排骨汤，补钙。贾老师说，其实呀，到这个年岁，我就觉得种牙好着，种牙是个象征，象征着新生啊，话说脱胎换骨，脱胎换骨，牙就是骨头么。我说，哦，这个寓意好，你这下真正是金口玉牙了，嗯。不对吧，你一说话，的确是金口玉言。""我原来住院，还有个女的不断给咱写信，说不嫌弃咱有肝病。我一下就生气了，有病的人最忌讳别人说病了，你都提说这事了，肯定就说明你已经深刻考虑过了，这有啥意思，就像这里有坨屎，你想吃去吃就是了，还要说啥呢。"……生活中轻松诙谐的点滴记载，客观的叙事、传神的笔触、细致的刻画，让我们在品读情文并茂的章节时，更加深入了解了文学大师贾平凹老师的内心世界。

范超59次与贾平凹老师亲密接触，尤其是在《老生》出版前后两人畅游曲江池畔。范超通过细致入微的观察和切身体会，坚持从生活的点点滴滴中发掘文学创作素材，并敢于突破常规，视角新锐，把来源于生活的素材根植于生活的同时，以非虚构新语态话本小说的形式奉献给读者一份文化大餐。范超打破小说创作的一贯模式，通过描写生活琐事、文坛杂事、地域风貌，还原了生活的真实情境。范超试图在写作上以传统流派的小说向现代小说的纵深延伸，让文笔精彩、轻松诙谐的语言充满着智慧，给人启迪，发人深省。小说的章节设置也很出新，全书59篇，均以"走"命名，用深邃的心灵记录59次走路的点滴，将文学大家贾平凹老师的形象生动地呈现在读者眼前，既展现了贾平凹老师作为当代中国最具叛逆性、最富创造精神和影响广泛的作家形象，又讲述了他作为良师益友对范超在文学创作中给予的孜孜不倦的教诲和鼓励。

"当书稿去年年底写成后，准备交付出版社前，刚好贾平凹先生长篇小说《老生》出版，我就起个啥样的书名去征求贾先生意见，他说内容就是边走边

青年作家范超（左）向微风书公益捐赠个人著作，并题词

谈，就叫《常谈》吧，于是给亲笔题写了书名。老生常谈，正可谓无巧不成书，一段珠联璧合的文坛佳话"。范超，供职于西安曲江新区管理委员会，这里有唐代著名风景区曲江池，今为曲江遗址公园，1000多年间，文人雅士常来此游玩，留下了无数珠玑佳咏。正如书中介绍，"从李白杜甫到贾平凹穿越曲江池千年文脉的巨匠兴会""当代中国大师级作家与国家级文化圣地的巧妙雅集""引领您一步步迈入当今文坛鬼才的心田世界和文学秘境"。范超在本书第59走中讲述了创作这本书的缘起和经过，他说："贾先生这两三年每天晚上9点以后，雷打不动的，在我们西安曲江池这一块散步。我现在也在这儿工作，晚上有时候也会跟着他走一走，走了几天后，我就觉得，他毕竟不是一个普通人，而是一个载入中国当代文学史的巨匠，所以我就有心每天都记录一些东西，先记下关键词，回头再慢慢整理扩充，慢慢形成这么一个东西：很轻松很随意。贾先生也是一个很有智慧的人，对社会现象、文学文化他都有独到的看法，很有意思。把它记下来，对地域文化、文学史，对以后研究贾平凹也都是一份珍贵的资料"。

范超是一位经验丰富的作家，《常谈——曲江池畔与贾平凹先生走路记》打破了以往写作的模式，让我感受到了范超更加自由的创作心态。读完全书，直到每篇"解密"，彰显了范超丰富的生活阅历和进行创作非虚构新语态话本小说的能力。小说中的每一个人物都有较强的现实感和故事性，写出了人情味和温暖感，写出了当今文坛的真实状况。读完留给读者的思考空间相当大，是一部既有高度历史价值，也有审美价值的大气之作。

——曾载2015年7月3日《中国国门时报》、7月22日《文化艺术报》、第7期《仙女湖》等报刊和多家网络以及新媒体公众平台。

# 培养工匠精神的理想教科书

什么是职工文化？我认为，职工文化的核心就是企业为职工提供精神文化需求，这不仅是职工提高职业技能素质，激发创造力的重要载体，而且也是企业提高竞争力的必要手段。

长期以来，大多数企业片面地认为职工文化就是逢节日组织职工开展一些喜闻乐见的活动，如唱歌、打球、知识竞赛等老生

乔东博士（左）为魏锋签送新著
《企业职工文化理论与实践》

常谈的项目，参与的职工群体年年也是如此；后来，大多数企业又一窝蜂学习外企或先进企业搞企业文化，在没有搞清楚的情况下，赶时髦、追潮流，找个咨询公司，把企业文化搞成了只有"口号"没有"实质"内容，在没有"深层"延续的实事……哈佛大学首位企业职工文化访问学者、中国劳动关系学院乔东教授作为一名企业管理学者，多年来致力于企业文化建设的探索研究。摆在我眼前的这本由清华大学出版社出版，乔东、李海燕主编的《职工文化学》一书，将理论与实践结合，为企业职工文化

建设提供实践指导。本书从职工文化的科学定位，职工文化与企业文化，职工文化的管理价值，职工文化的主体，职工理念文化，职工行为文化，职工形象文化，职工精神文化，职工正能量等九个方面阐述了职工文化的本质以及对职工需要什么样的文化学进行了探索，是国内第一本职工文化学读本。

《职工文化学》是一部优秀的企业文化管理手册，不仅有理论上的支撑，而且最大的优点是有来自基层职工的实践经验及将职工文化理念作为案例来诠释职工文化，以弘扬劳模精神、劳动精神和培育工匠精神作为灵魂，激发职工群众的内在潜力、主体意识和创新精神，实现企业文化由"要我做"向职工文化"我要做"的根本性转向。企业文化可以造就成功的企业，但要成为基业长青的企业，就必须重视职工文化的作用。企业文化让企业走得快，职工文化让企业走得远。企业文化是企业成功的法宝，职工文化是职工成功的秘诀，两者的共同成功以及企业文化与职工文化的均衡发展才是企业基业长青之道。

国家主席习近平在2015年庆祝"五一"国际劳动节暨表彰全国劳动模范和先进工作者大会上提出："打造健康文明、昂扬向上的职工文化。"2016年两会期间，李克强总理在政府工作报告中提到"要培育精益求精的工匠精神"，国家领导人明确提出职工文化及其重要思想，说明党和国家对职工文化的高度重视，其目的是为了弘扬中国工人阶级和广大劳动群众的伟大品格、劳模精神与劳动精神，激发职工群众的创造、创新活力，维护职工的文化权益和提高职工群众的综合素质。作为党和国家提出的战略任务，关于职工文化和工匠精神重要思想的提出，对于正确开展职工文化建设、推进思想政治工作创新和创建中国企业管理本土化理论有着重要的现实意义。《职工文化学》教材知识体系的形成，正是中国走向现代化，实现"中国梦"在思想层面达成的共识。依我拙见，企业老总要学《职工文化学》，从最高管理层面发现、激发和造就一流的团队；企业管理层要学《职工文化学》，从员工的思想、行动和习惯引导员工热爱自己的工作；企业各个部门要学《职工文化学》，主动、担当和凝聚团队

乔东主编的《职工文化学》一书，2016年3月由清华大学出版社出版发行

力量，努力干好本职工作；作为一名员工更要深入学习，明白角色定位，挖掘自身潜能，与企业共成长，实现自己的梦想。

对于职工来说，其首要任务是做一名优秀顶级的具有工匠精神的员工，工作踏实专注，认真敬业，态度一丝不苟，不惜一切代价做品质最高的产品，不放过任何一个细节，最终赢得用户的满意，使质量和品质处于全行业领先地位。其实，企业应该让职工在岗位平台实现自己梦想的同时，传递职工自我修炼过程中的正能量。譬如郭明义作为鞍钢集团的一名能工巧匠，爱岗敬业、助人为乐、无私奉献的感人事迹，感动了亿万群众，被亲切地誉为"爱心使者、当代雷锋"。他不仅传递自己的正能量，而且传播鞍钢集团先进职工群体榜样力量的影响。郭明义在群众心目中树立的形象，让更多的职工在职场中以此为榜样，不断充实自己，从而达到提升职工群众整体素质和企业综合竞争力的效果。这样的企业和郭明义式的榜样作用对于提高国家精神文明水平有

很大的现实意义。

　　正如《职工文化学》中对职工文化的阐述，具有文化的"人化"和"化人"功能。"人化"是指职工文化来自于职工，是职工创造的文化；"化人"是指职工文化最终要服务职工群众，实现教化、感化和同化职工，推动职工自我教育、自我管理和自我提升。正能量也是生产力，企业的壮大需要正能量的传播与感染，需要挖掘和弘扬优秀员工在工作和生活中的每个亮点，这些亮点都会促进职工主动积极地热爱本职工作，使职工把工作当事业干。当我们的职工大多数人都有了自己的独门绝技，我们的企业都有了自己的能工巧匠，工匠对自己生产的产品精雕细琢、精益求精、追求完美和极致，就会产生正能量。

　　"鼓励企业开展个性化定制、柔性化生产，培育精益求精的工匠精神，增品种、提品质、创品牌。"企业发展，更重要的还是要发挥以劳模为代表的企业基层先进职工在企业职工文化建设中的引导作用，全面提升企业基层职工的综合素质，为实现伟大的"中国梦"注入更多的正能量。《职工文化学》这本教材中，讲述了像柳祥国、朱玉华、肖军、杨祉刚、宋殿琛、李友坤、李炳奉、姜玲、程祖彬、焦文玉等这些来自一线的员工，他们作为企业的普通职工都取得了不凡的业绩，有的为企业创造了几千万乃至上亿元的经济价值，有的成为国家级的技能大师，有的从基层职工成长为一名优秀的高层管理者乃至企业家，还有的成为全国人大代表、党的十八大代表。他们在企业中的成功经历和取得成功的秘诀都是千万个企业需要的"工匠精神"。毋庸置疑，当今的时代是不断开放的时代，市场法则是优胜劣汰，谁的产品过硬谁就是赢家。大国工匠和工匠精神的培育需要从职工做起，近几年，尤其是"十三五"期间，中国实体经济振兴，唯有我们秉承"工匠精神"的传承和延续，使工匠精神成为职工的共识，不断攀登质量高峰，才能让中国产品走向世界，中国企业走向世界，中国精神走向世界。《职工文化学》理论和案例是企业弘扬先进职工文化，培育职工精湛技艺，引领职工勇于创新追求卓越的工匠精神的最好参考。

——曾载2016年第5期《现代企业文化》、5月9日《新华书目报》等报刊和多家网络以及新媒体公众平台。

# 以时评的名义推动思想的发展

魏锋和时任《投资时报·黄鹤楼周刊》主编陈栋合影

我与陈栋老师相识是在《投资时报·黄鹤楼周刊》"创刊5周年座谈会暨2010幸福店主年度大奖颁奖仪式"会议上，他给我的印象是敦厚平实、学识渊博。当时陈栋老师赠予我他的学术著作——《解码新时评——中国新闻时评的新发展》，在返程的车上我只是粗略浏览了一遍，回到咸阳后，我忙于工作和生活中的琐事，没能深入品读作品中的精神主旨和思想而感到不安和自责。今年国庆长假终有闲暇，深入研读陈栋老师的专著，随着阅读的深入，我为他专业的治学态度所折服，也为他扎实的专业知识基础而倍感震撼，更为他卓识的眼光和远见所触动。敢走前人未走之路，敢做前人未做之事，这不光需要极大的毅力和魄力，更需要时间的积累和知识的储备。在此之前从来没有这么深入和全面地阐述新时评史，也没有全景式展示和定义新时评的文论，即使有，也只是蜻蜓点水式的论述，片面、单一，没有个性与开拓意义。

据陈栋老师书中所讲："时评是时代的思想原声，是思想交锋的结果。"中国时评诞生于20世纪初期新旧交替的时代。首先创建"时评专栏"并给予定义的是《时报》的狄楚青，自此，时评从政论文中分离出来，并成为一种相对独立且受读者欢迎的文体。后来随着社会的发展和思想的进步，报纸

陈栋《解码新时评》一书
2010年10月由中国社会科学出版
社出版发行

人为时评注入了新的活力和血液，新的方向和思想，谓之"新时评"。"'新时评'是一个时代的产物，也是一个文体概念。它是我国改革开放、思想解放的产物，除了具备传统时评的特征外，还具有一个明显的时代特征就是'公民写作'即——基于公民立场和公民精神的写作，可以有效地激发批判的公共性，是公民表达的一种重要渠道。"

《解码新时评——中国新闻时评的新发展》一书以新闻人独特的视角和敏锐的观察力，展示了中国媒体新时评10年的发展和变化，其中很多的资料鲜活且富有质感，很有现实和拓展作用，对于当前和未来时评的研究和发展具有重要的梳理和推动作用。

陈栋老师将1996年至2006年新时评的发展变化划分为五个阶段：新时评专栏的产生，新时评专版的发展，大众报时评版的兴盛，报网时评的互动，新时评的缩水与坎坷。他以新闻时评发展变化历程为研究对象，旨在深入研究中国新闻时评的发展及其与中国社会变革的互动关系。本书从时评的自身发展和时评与社会

的关系两个方面作为研究点。

本书围绕这两个核心问题，对新闻时评的定义作了重新阐释，也对新闻时评的起点与发展阶段进行了重新界定和划分。本书不仅关注了报纸时评栏目、报纸言论版对当代新时评发展的贡献，更关注到多元社会角色尤其是公共知识分子对当代时评的贡献，也注意到互联网这一新兴媒体的作用。本书突破了阶级分段与时代分段模式，以"时评形态变化"为分段标准，以专题史为研究模式，对新闻时评专栏、版面、报网互动及其主要运作人进行采访分析，对新闻时评推进公共领域建构进行深入解读。

陈栋老师在结语部分重点阐述了公民写作和公共理念，媒体如何在权利与金钱的侵蚀下找到道德和社会伦理的支撑点，在言论自由的关照下做出努力，发出自己的声音，并成为意见的领袖。本书结构宏大、思想厚重、内涵丰富，选题的含金量高、思维分析缜密、叙述条理分明、逻辑性强，视角独特，观点新颖，知识点稠密，很是吸引人的眼球。

基于此，我更愿意把陈栋老师定义的新时评定义为一种民主和自由的写作，带有公众性，推动社会进步和促进社会朝自由发展，同时具备社会性、公共性和草根性。

在当下，新时评是一门新兴的有待深入发展和研究的学科，任重而道远，我们期待中国的新时评能有更广阔的发展，也希望陈栋老师的新时评研究之路走得更远。

期待中……

——曾载2012年第12期《企业文化》，2016年第9期《现代企业文化》杂志和多家网络以及新媒体公众平台。

　　因为热爱，因为理想，我长年坚持读书写作，每天至少保证1～2个小时的阅读时间。我每天上午通过陕西省图书馆的网上资源，坚持30分钟的数字阅读，主要偏向当日一些大报大刊的学习；每天晚上在业余时间，坚持读书1个小时以上。阅读已经成为生活中不可或缺的一部分。

　　我除了找自己心仪作家的作品，关注当代著名作家的图书以外，重要一项是关注身边老师和文友的图书。只要看到文友的新书出版，我都会第一时间去播报、宣传和品读。我的大部分的读书笔记都记在书上，本辑只选取部分成文的读书札记。

# 诗意解读人性之美

魏锋与著名作家、诗人，《中国小康》杂志总编田玉川（左）合影

最早读田玉川老师的诗，是在20年前上高中时。诗集《倾斜的大陆》（陕西旅游出版社1989年版）和《中国菜》（陕西教育出版社1993年版）被同学们争相传阅，有文学梦想的同学都有厚厚的一本传抄本。田玉川老师的诗歌注重对历史、文化、人性的思考和纵深掘进，呈现出大气与奔放。从他的诗中，我们能读懂男儿壮志，读出儿女情长，读到责任担当……田玉川老师丰厚的诗意内涵给人留下了深刻的印象。

诗是思想的火焰，诗是灵魂的闪电。寒冷的时候，诗是生命的温暖；饥饿的时候，诗是岁月的温饱；孤独的时候，诗是不离不弃的伴侣；贫穷的时候，诗是无价的财富；黑暗的时候，诗是指路的明灯。

近日，有幸得到田玉川老师从北京香山寄送来的"**魏锋同志**
**出版第一签**"签名的诗作《人的密码》（中国文联出版社2015年
5月出版发行）。该书分为"生命基因""国风劲吹五千年""人
赋""进出大红门""解散兵马俑""钞票大战""庄稼们纷纷
逃进城市""寻找一个人""地球村村民""想起很多无名的
人"10部分，收录了田玉川老师33年间不同时期不同风格和内容
的诗作253首。

读田玉川老师的诗，能感知到诗人的责任和诗歌的担当。正
如田玉川老师所言，写一首诗就像得一场病，很痛苦，目的就是
想写出历史纵横感和深层次的思考，譬如短诗《铺路石》这样写
道："平展展地躺下吧/用身体铺一段路/无论什么样滚动的/需求/都
应该默默地/感受/不然/碾碎的记忆/就会贯通春秋"。他的诗歌记
录的不仅仅是现象，最重要的是能深入到人的内心，或孤独、或
忧伤，更多的是忧患民族的命运，因而能深深刺痛读者最为敏感的
神经。

再譬如《毒奶》这首诗："一滴滴狼血/往下掉/滴入/乳白色
的牛奶杯中/蹦跳/牛奶/立刻变成了/粘稠粘稠的狼血酒/直摇/孩子/竟
端起来喝了/瞬间/浑身长出了/钢针似的狼毛/露出了又尖又利的牙
齿/嗷嗷直叫……"读这样的诗让我感受到了田玉川老师诗作的掷
地有声，刚中带柔的大气与细腻并在，更难得的是警示世人，这
样的悲剧会不会重演呢？他一直在用诗表达他的责任心、忧患意
识、危机感以及对人的理性的思考。

"写诗就是写人，作诗就是做人"田玉川老师这位诗意守望
者在人生旅途上依然选择自己的理想。2000年他赤手到了北京，
寻找他长期思考的文化源脉，期间潜心创作了《面子学》《圈

子！圈子》《人情潜规则》《后宫政治》及《礼记与百姓生活》《孟子与百姓生活》等30多部著作。作为一名知名文化学者、畅销书作家和报刊资深总编辑，田玉川老师的作品已经超越了单纯的文学层面，而拓展到了历史纵深、文化里层、民俗源脉，思考也攀越着哲学的高峰。在诗作《一本书》中，他写道："每个人/都从这本书里出生/一生都在读这本书/都用脚步写这本书/有人/长大就读懂了/于是/把自己写进书里/这本书/不写在纸上/每个人/都是作者和读者。"这首诗是20世纪90年代初创作的，田玉川老师用朴实无华的笔调，诠释了他一生立志读人生这部大书的远大抱负和理想。

离乡万里游，漂泊三十秋，一声秦腔吼，两眼泪长流，足迹遍九州，一步一回头，魂牵故乡手，根扎黄土路……一路向南走，不忍再回头，回头有座山，跟在我身后，一路向东走，不忍再回头，回头有条河，漂着脚步流。

读田玉川老师的《故乡》，可以触摸到一位游子的乡愁。诗歌中彰显出希望和热情，诗歌里的乡愁也能带着读者返回童年，在诗歌中找到归宿和精神的栖居地。它表达了田玉川老师用炽热的生命、蓬勃的热情，回馈这片诗意的大地的感情。

著名评论家解玺璋老师说道："田玉川的诗纯以气象胜，如长河大川，如天高地远，豪迈阔大，厚重雄厚，抒其怀抱，自成高格，此非有大才力大学问而不能。"田玉川老师在30年诗歌创作生涯中，始终没有忘记自己是一位诗人的使命，在诗歌创作中坚守着自己的诗观，积淀着自己的人生修为和人格魅力，用诗意在解读人性之美，在田玉川老师的诗歌中，有鲜明的生命意识、忧患意识、文化意识、商业意识、人类意识。而他也以史写诗，以诗写史，既全面透析中外历史，又强力观照生活现实。他的诗作语言优美，节奏感强，感情炽烈，既继承了古体诗的优良传统，又移植了欧美不同流派的表现和编排手法，并加以融合和创新，这也是他长期以来形成的诗风。

　　尽管我不能完全解读田玉川老师《人的密码》这部诗集的独特匠心，但是还是想把自己读田玉川老师诗歌的点滴与你一起分享。

田玉川诗集《人的密码》一书2015年5月由中国文联出版社出版发行

　　——曾载2015年第8期《现代企业文化》，2016年3月14日《新华书目报》等报刊和多家网络以及新媒体公众平台。

# 人生要懂得珍惜

魏锋与作家陈旭（左）合影

人到青年，情绪日渐增多。但在生活的夹缝中，唯独尘埋在心中年少的梦想不但没有改变，而且还愈发强烈。从步入社会学堂到现在，生活的快节奏促使我奋力奔跑。尽管怀揣梦想四处碰壁，步履维艰，但是我始终没有放弃；虽然很世俗，也没有精彩，但是我始终坚信梦想是人生的经典剧，永远不会因为时间的推移而褪色，只要为之奋斗过，它就同样精彩。

"我在人生的路上慢慢走来，每一步都是一个起点，每一步都是一个新的开始。让我不要在人生路上迷失了方向；它告诉我，人生路上走好你的每一步。"这是陈旭老师的著作《走好人生每一步》封面上的文字。这句话是对每位读者的一个提醒：读书读懂了才能走好人生的每一步。2009年7月，陈旭老师《走好人生每一步》由陕西人民出版社出版发行。全书收录作品120篇，是一部约25万字的杂文随笔集。书中收录的这些作品，只是陈旭老师勤奋笔耕中的一小部分，其内容直击社会时弊，痛斥官场恶习，怒批各种不良习气，匡扶社会正义，注重对党内和社会的不正之风进行无情的鞭挞，就生活中的各种现象论事说理，还注重从不同角度在读史、治学方面发表自己的观点和看法。

文史专家、资深编辑郭兴文在序言中指出："写作是一件在痛苦中感到幸福，幸福中感到痛苦的差事，特别对写杂文的人说。让人很难想象在偏远的小县城，走出这样一位有胆量、有见识，直把三寸笔当枪，却也洞若观火，十分睿智的人物。"陈旭老师激情为文，理性思考，是一位性情刚直且有血性的明道之人、重个人修养之人。在我看来，陈旭老师为人谨慎，为文豪放，有啥说啥，丝毫不掩饰，丝毫不躲避。每一篇文章，都是理性思考的结果，尤其是揭露时弊的文字，哪怕三五句话，都刻画出了小丑们的黑暗灵魂和丑恶嘴脸。

"人生要懂得珍惜"，这是我从陈旭老师的作品和人品中学习到的道理。十几年前，我办文学社、创办报纸和杂志时，曾慕名拜访陈旭老师。自此，憨厚朴实的陈旭老师成了我的忘年交，更成了我写作的启蒙老师，对我坚定地走好人生每一步，以及后来业余从事写作影响颇大。5年前，收到陈旭老师特意送来的新作《走好人生每一步》后，我立刻如饥似渴地拜读，从中学到了许多做人做事的道理。陈旭老师的作品，文字短小精悍，针砭时弊，褒扬正义，充满着一股浩然正气，极富吸引力。5年后的今天，《走好人生每一步》仍是我的枕边书——不是用读几遍来证明它的重要，而是这本书让我找到了人生的方向：人生更要学会懂得珍惜，比如珍惜身边那些总是在为你呐喊助威的知己。

我相信，喜欢读书的读者朋友不仅喜欢作品本身，还能从作者身上学习到做人、做事的道理。我很幸运，人生路上遇到的老师、朋友几乎都是忘年交，陈旭老师就是其中一位。多年来，他如父亲一般地支持着我的成长，关爱着我卑微的生命，是我走上文字路的领航人。从他身上我所学习到的东西，都成了我人生的宝贵财富，使我更加坚定地走下去。

"是的，我不是太坚强，可我还是能够挺住去创作，我知道挺住很难，也总怕那些希望最后成为失落，可我不敢懈怠，我知道自己双眼注视的，也正是我双手所获取的，因为我知道，这是自己的选择。"每个人在人生道路上都会经历坎坷，陈旭老师也是一样，以副业工、合同干部的身份涉足社会，干过编辑，编过县志，还担任过乡镇的秘书和副乡长等职，1996年、1997年，相继两次遭遇了车祸，可谓死里逃生。几十年来，陈旭老师踏着故乡的热土，一直行走在文学的道路上，游走在灵魂与生命的缝隙。他经常夜间熬油点灯，把自己所有的感情都融入文章中：感伤之文，用泪水写成；喜悦之事，用笑声写成；丑陋之事，用愤懑之情无情地鞭挞；高尚的人物，用赞美，崇敬之心去写……他锲而不舍，敢于去争，20多年来，陈旭老师在中国内地及中国香港、中国台湾的数家报刊上发表文章3000余篇，其中有40多篇被收进各种书籍，20多篇获得各种奖项。出版有《中国现代名人益世趣闻》《人生的"三味药"》《二十四节气趣话》《走好人生每一步》《华一履痕》等多部书籍，参与编著图书多部，还是新华网、四川新闻网、湖南红网等多家网络媒体的专栏作家或评论作者。此外，陈旭老师的事迹还被收入《全国中青年散文、杂文家丛笔小传》《嫩草集》《当代三秦楹联荟萃》《豳风流芳》等多部书籍。

陈旭老师的作品，尤其是他的杂文，以社会批评为主，通过舆论监督的作用，用自己纤细的笔反映群众心

陈旭《走好人生每一步》一书，2009年10月由陕西人民出版社出版发行

声，发出正义的呐喊。读他的杂文，使人能明白生活的万千姿态，也能体会到作者的真诚和良心。正因为如此，陈旭老师的许多稿件引起了相当大的反响，这些文字对社会时弊进行了纠正，但常常有人不自觉地对号入座，质疑他发出的理性声音，而他始终无怨无悔地坚持着自己的创作之路。

如果你是一位有心的读者，请多留意陈旭老师的文学作品，从中你会感知到一切。从他的作品中，我们还能看到作者深刻、丰富的创作资源：以艺术的方式对社会各阶层人士的心灵世界予以展示，这是作者只有通过深层挖掘才能获得的。

我期待着能有更多的读者去品读陈旭老师的《走好人生每一步》一书，品读作者的道义感和责任感。我更期待着，陈旭老师在"中国梦"的征程上，能继续用杂文家特有的眼光去盘点社会的美丑，去颂扬世间美好的事物，去鞭挞社会的不正之风，从而为"中国梦"的实现贡献正能量。

——曾载2014年6月29日《今日彬县报》和多家网络以及新媒体公众平台。

# 醇厚的爱，浓浓的情

魏锋与作家曹建平（左）合影

我的办公桌上放着一本曹建平老师签赠的最新散文作品集《一碗荷包蛋》，闲暇之余，总爱捧起它忘情地阅读。每次阅读这本有着优美的文字、流畅的笔触、细腻的感情和真实感悟的书籍，总会感受到其中醇厚的爱和浓浓的情，享受到一种愉悦的精神体验。

我曾在一篇短文中谈到过自己读书的观点：在读一本书之前，首先要充分了解作者，这样你才会迅速而有效地收获其作品的精髓。《一碗荷包蛋》的作者曹建平老师，高中毕业后回到农村教书。他不甘命运的束缚，一边教书一边学习，成长为一名优秀教师，最终走上大学领导的岗位。曾记得，十几年前知道曹建平老师时，我还在乡下的一所中学教书，那时他是我们所属教育系统的局长。记忆最深的是他在全县教师和学生中倡导"多读书、读好书、好读书"活动。在活动开展中，部分中小学成立了文学社，锻炼了学生的实践能力，满足了学生的文化需求；诸多的年轻教师也在这一活动中大显身手，相继出版了教育教学成果或文学作品集。在这之后，当地政府部门选拔"笔杆子"时首选教育系统。这次活动的开展，培养了当时全县师生的人文性情，增长了我们的智慧，提升了我们的精神境界，激励了我们的人生追求。

曹建平《一碗荷包蛋》一书2015年12月由西北大学出版社出版发行

　　受曹建平老师影响，我在工作之余也以书来慰藉心灵。曾成立过当时所在县初级中学的第一个文学社——蒲谷文学社，创办过校园报纸《新校园文学报》和县城第一份文化杂志。在办刊四处碰壁的时候，我曾得到了曹建平老师的鼎力支持。回想一路走来，在离开教育系统置身于社会这个大舞台之后，读书成了我唯一的精神寄托，偶尔通过码字记录生命的点滴也成了一种习惯。

　　曹建平老师的《一碗荷包蛋》一书图文并茂、书籍装帧素雅，让人看上去感觉很舒服。全书分为"亲情至爱""乡情故土""青山秀水""人海情缘""文韵飘香""春雨润物""世事沧桑""大美无形"8辑，共收录作品78篇，计27万字，表达了他对人生真情的怀念、自然景色的欣赏、生活哲理的领悟以及世间沧桑的感悟等。《一碗荷包蛋》一书在每个篇目还配有作者的个人摄影作品，使读者能够更加立体地理解文章所要表达的主旨，能够更加容易地走进作者所书写的个人生活和故事中去，行文也显得非常自如，这是《一碗荷包蛋》有别于其他散文作品的亮点之一。

好散文首先是语言的艺术。曹建平老师用自己的笔触，兼大气与细腻，把源于深情怀念母亲精心烹制的荷包蛋这种幸福的日常生活场景落在字里行间，将亲情、友情、乡情、世情等丝丝缕缕情愫均融入这一碗荷包蛋里，不仅传递了自己对人生、生活、生命的思考，更重要的是通过心灵深处洋溢出的暖流与读者在心灵上产生了共鸣。著名作家梁衡在序言中说："正是这些文字，让人看到了作者心灵深处溢漫而来的情感暖流和人文情怀。于是便产生了一种美感，这是读者与作者在情感交流中的一种愉悦。"著名作家高建群推荐："书中的那些谈天说地、论玄论道的文字，也都十分的智慧和睿智。这正是一位大学领导的学养和职业习惯所赋予他的。读这些文字，你感到自己像在和一个有智慧的人促膝而谈。"细细品味可以发现在《一碗荷包蛋》一书朴实无华的语言中蕴含的作者的真情，其文字的鲜活与灵动、文化意味的深厚、文章生命力的悠长和所要表达的内涵以及温暖更是远远超越了作品自身。

生活是创作的源泉，真正的写作是作家通过自己的声音，来接近美、接近善、接近真的过程。在《一碗荷包蛋》中，曹建平老师把自己的生活与整个时代紧密结合在一起，将心灵放在离读者最近的地方，也将情感上的共鸣与读者分享。正如在《一碗荷包蛋》中，曹建平老师在回忆至爱的双亲、忆念逝去的好友、追诉儿时的故土乡情时，更多的是把自己置身于这个社会之中。他坚守着个人的敏锐与透彻，如行走在大江南北青山秀水间的旅者，不论是叩问生命的意义，还是感叹世事的变迁，他都极力在自己的领地上，用笔墨耕耘出生命历程中最淳朴、最香甜的部分，并将这些浸透着人间冷暖和生命感悟以及自己情怀的文字转化成正能量……这种写作理念的延伸，使他的散文作品更加贴近生活。这种情感的表达方式，也让读者更能置身其中，感同身受地体验他所经历的生活和情感的波动，从而引起情感上的共鸣，这些都使得他的作品更加富有生命力。

尽管《一碗荷包蛋》并没有收录曹建平老师的作品，尽管本书部分篇章的内容还值得斟酌，但我钦佩的是，曹建平老师在繁忙的工作之余，还能静下心来阅读，能静下心来思考，能静下心来笔耕……

希望能有更多的读者走进这本回归生活的散文集——《一碗荷包蛋》中，用心去体会曹建平老师在他散文作品中所蕴含的醇厚的爱和浓浓的情。

——曾载2015年第6期《西北文学》，2016年第2、第3期《现代企业文化》等期刊和多家网络以及新媒体公众平台。

# 寻梦中拷问人性的迷失与救赎

魏锋与作家田冲（右）合影

这是一个寻梦的时代，每年我国都有上亿名农村青年背井离乡，穿梭在车水马龙的城市街道，在城市的屋檐下开始他们的梦想之旅。在追逐梦想的道路上，面对物欲横流的时代，他们只有自食其力，才有可能在城市生存。在城市中，一切对他们而言好像都那么熟悉，却又显得如此陌生。在享受物欲、享受文明的同时，一大群寻梦者揣着一颗躁动不安的心想要在现实和生命的迷局中寻找答案。

近日，由广东旅游出版社推出的《西安商报》副总编、陕西省作家协会签约作家田冲老师的长篇小说《迷局》，就是一部以贫困家庭的农村大学生秦风个人成长经历为主线，讲述他在城市追逐梦想，事业成功后游戏情感世界，到头来迷茫得连他自己都不清楚真正想要的是什么的故事。这部长篇小说，我一口气读完后，再次一口气重读了一遍。秦风的故事在似曾相识的情况下，田冲老师就像太极高手一样，层层巧妙铺设，让读者阅读到的是生活的真实。它展示了在经济大潮的冲击下，青年人对成功的渴望、对自我价值的追求以及在追求过程中的迷失，深刻地拷问了人性，具有深刻的现实意义和批判价值。

田冲老师很会讲故事。《迷局》中的秦风，来自农村贫困家庭，虽然给人以忠厚老实且很有抱负的感觉，但是他很现实，很功利，也很自信。他周旋于各色人中，但骨子里始终坚持着一个理，就是通过自己的努力来改变命运，成为上层人，实现自己的人生价值。中国作家协会副主席、茅盾文学奖获得者陈忠实认为，田冲以敏锐的目光体察当下，以犀利的笔触解剖社会，以深刻的思考揭示人性，形成了他有棱有角、激情饱满且圆润丰盈的长篇小说《迷局》。小说没有停留在对社会现象的简单罗列上，而是从更深的层面对诸多问题进行拷问，文字之中闪烁着思想的火花。细心的读者会发现，《迷局》中除了秦风走不出迷局，还有更多他身边熟悉或不熟悉的青年也迷失了自我。主人公秦风自强进取，由卑微到显达，在事业上是成功的。但生活中的秦风，却经不住外界的诱惑，对待感情不是朝秦暮楚，就是藕断丝连。很显然，田冲老师不是有意去设置悬念，而是让故事的主人公活跃于情节之中。秦风在个

田冲长篇小说《迷局》，2014年4月由广东旅游出版社出版发行

人情感上的彷徨，通过种种情节与细节的交代，反映的正是人性的迷失。秦风以后的人生路如何？这个答案永远处于未知状态，需要读者去揣摩。陕西省作家协会副主席方英文评价说："《迷局》在当下社会有很强的典型意义。"

田冲老师笔墨下的秦风，反映了一个社会问题。"每个人都可以在不同的时间爱上不同的人。"秦风虽然事业成功了，但是对感情却不专一，对爱情不负责，没有了担当与坚守，迷茫和迷失中走在连自己也看不清楚的路上……著名评论家、学者肖云儒评价说："《迷局》情节迷离，情事纠缠。但在情节和情事的深处，透出的是在急速变动的社会生活中拼搏的知识分子内心的困顿、迷茫和苦闷。正是这些流灌于作品深处的情绪，使小说有了认识社会、感受人生独到的深度。"在整篇小说的布局中，秦风与每位女人都有一段动人的故事，故事情节描写细腻，人物刻画生动，既塑造了人性的纯美和善良，也很客观地暴露出人性的卑劣、丑陋和狭隘，给了读者艺术性和真实感融为一体的阅读体验，使作品本身不是远离生活，而是回归生活。陕西省文联、作家协会副主席高建群则从主人公秦风的身上，看到了作者的影子：一个不安于卑微的命运，从大山中走出，像于连·索黑尔、像高加林一样莽撞地进入大都市，他得学习，他得适应，他得成长，所以这是一本关于适应、关于学习、关于成长的书。城市的灰色屋檐下，这样的都市寻梦者有一大群！

生活本身是有味的，还原而不是破坏生活的原味，这样的作品才具有生命力。《迷局》的精髓还在于田冲老师驾驭生活与情感的能力，他让读者渐入佳境，超越了而并非拉远了与生活的距离，并把秦风融入城市生活的现场，直接触摸生活的心跳。在众多从农村走向城市的青年中，在权势和金钱面前，迷失人生定位、丧失人格、丢失灵魂的不仅仅是田冲老师笔下的秦风，还有一些其他人。而秦风的私密情感，在故事情节中占了很大部分，这是对现实生活的再版，也使故事更加完整。《迷局》不仅仅是一个故事，更多的是凸显了人与人、人与社会在种种矛盾和利益上的冲突。表达了田冲老师内心的困惑和呐喊，也将每个生存在城市的青年人的寻梦状态刻画得淋漓尽致，让读者在抵达每一颗微微颤抖的灵魂时，也会有更豁达的理解和更深入的洞悉。

　　《迷局》之所以能让我一口气读完，且在再读时还能有所感悟，是因为小说除了描述秦风的故事之外，还传递的社会价值。依我拙见，与其说《迷局》是一部小说，不如说《迷局》是"中国梦"的延伸和思考。田冲老师在小说中关注从农村到城市的青年人的追梦历程，目的是让更多的青年人在追梦的过程中认真思考生活的价值和努力的方向，发挥潜意识中的正能量，实现人生梦想和价值。

　　——曾载2014年4月22日《西安商报》、第1期《古渡》、第3期《西部作家》，2016年第6期《现代企业文化》等报刊和多家网络以及新媒体公众平台。

# 在城市寻找心灵的归宿

魏锋与作家山岚（左）合影

山岚文化随笔《乡愁咸阳》历时5年，终于出版发行。在过去很长一段时间里，对在城市享受安逸生活的山岚来说，他耗费人力、财力和精力，远离喧嚣的城市，进行地域文化的挖掘、整理，用笔书写、探索与研究，以"帝都咸阳"为中心，辐射陕西的民俗文化、地域文化，今日终成正果。图书出版后又被咸阳市文物旅游局确定为对外交流图书，可喜可贺！

作为《乡愁咸阳》的第一读者，在图书出版过程中就开始赏读的我，一遍又一遍地陶醉在山岚"江湖咸阳""庙堂咸阳""采风民间""历史的码头"等故事中，被一篇篇简洁、优美、清新、别致、富有诗意的文化随笔吸引和陶醉。惭愧的是，一直关注山岚的我，在图书首发式当天，却因陪护住院的妻子而抱憾缺席，只好请一位朋友替我全程拍摄活动照片，并借电脑将新闻稿件第一时间发出，这才弥补了我失约《乡愁咸阳》首发式的遗憾。

在咸阳社会经济快速发展的背景下，山岚自觉地承担起一名作家的责任，在传统文化和民俗文化的领域，挖掘着地域灵魂。《乡愁咸阳》这部27万饱含热度的文字，其核心内容就是表现和赞美咸阳以及陕西其他地域的民俗和文化故事，字里行间都表现出传统文化韵味，尤其"留住乡愁"这一节，其别具一格的意境和文字中涌动的真诚，更令读者感同身受。可以说，《乡愁咸阳》是一册寻根文化的历史长卷，是一幅民俗文化之行的导游图，是一本需要静心阅读的地域文化笔记，是一部珍贵的有关非物质文化的作品。

在山岚的笔下，他把散落在乡间的民间传说、古代建筑、远古村落，甚至戏剧、手工艺术、乡土风情等，这些积淀了千年、万年的，祖先留给我们的不可复制的遗产进行了梳理、分解、糅合，以"江湖咸阳""庙堂咸阳""采风民间""历史的码头"等为脉络，用切身的感受去追寻中华传统文化的根，留住每个人心中的乡愁，让生长在这片土地上的人们回归到熟悉温暖的精神港湾。

作为一名读者，无论何时何地，无论贫富贵贱，当你从文字里读到乡愁、读到故乡，闭上眼睛就能感受到让你魂牵梦绕的故乡时，绝对瞬间会有一种跨越时空的感觉。其实，这部著作最让人感动的是山岚的执着和身体力行，他从身边那些不应该被忽视的非物质文化、民俗文化做起，历时5年深入民间，上山下乡，对散布于关中乃至陕北、陕南的历史遗迹、乡土风情、古老村镇进行实地考察……更为可贵的是，山岚用非常自如的笔触，通过自己的感知写就了一篇篇生命的体验，这也是他将文学作品回归到人性和文学本身的一次有益尝试。

"什么是乡愁？"这个乡愁既是地域的又是民俗的，也是精神意义上的追求。"我从文学转向民俗，拐点则选择了城市文化古迹，由一条街道开始再到每一座庙堂，再由一座古桥走出去，广阔的乡村就是我采风之旅的终点。"山岚在后记里对自己坚守的寻根文化之旅作了很好的诠释。静下心来，让山岚的《乡愁咸阳》带着你走进一个个儿时的记忆，这并不是简单的记述，它的真正价值是牵动着我们的心，牵动着我们精神家园的归宿……留住乡愁，也就是留住了念想，留住乡愁，也就是留住了我们的根。

"静下心来，去读一读那些'耕读传家'的门额牌匾，去听一听那些撞人心魂的乡土音乐，去领略那些俗言俚语中的博大智慧，去品味那些真正的乡土滋味。当真正的民族精神化入我们失重的灵魂时，或许，连根的地气会成为解构与重建的动力与信心，有助于我们去做好真正属于自己的'中国梦'。"著名民俗作家梁澄清在对山岚文化随笔充分肯定的同时，也提出了"乡愁"的另一个精神层面。我斗胆揣测，他其实就是想以深层次的寓意，试图解释"城市化"的游子如何通过山岚的《乡愁咸阳》找到心中"乡愁"。著名作家杨焕亭评价说：《乡愁咸阳》以留住文化之根为主线，表现了作者开掘生活的多视角的思维向度和多样化的艺术向度。"仍怜故乡水，万里送行舟"，透过这些文字，我们触摸到的是一个文化赤子对故乡的挚爱，是他通过作品对当今文化进行思考的一种表达方式。让我们带着对现实生活的诘问，与山岚一起走进乡愁，洗礼我们的灵魂和情感……

读山岚的文化随笔，让人生出许多感慨。从他的作品中，我们可以触摸到游子的乡愁，可以用心领会我们所生活的这座城市延续下来的非物质文化和民俗文化的精髓。但是，本书也不乏遗憾之笔。依我拙见，山岚部分文章以"我"为主体叙述历史，感性层面过重；对于神奇又充满灵性的民俗，还可以有更大的挖掘空间。

山岚文化随笔《乡愁咸阳》，2015年4月由陕西旅游出版社出版发行

想到乡愁，留住乡愁，让我们的故乡在未来望得见山，看得见水，记得住乡愁。若要在城市寻找心灵的归宿，就从阅读《乡愁咸阳》开始，用心去体会和感知。对山岚仍然坚持的"乡愁"创作，我们更加期待着。

——曾载2016年第1期《现代企业文化》杂志和多家网络以及新媒体公众平台。

# 爱，在快乐中行走

魏锋与青年作家宋红军（右）合影

这个春天，天气渐渐暖和了起来。周末，在温馨、宁静的书房，沏一壶热茶，阵阵书香扑面而来。我抱着浓厚的兴趣，花了一天的时间拜读了青年作家宋红军20多万字的散文集《繁华的背影》，用心体会作者"快乐行走，感悟人生"的领悟，享受精美文字带来的恬淡和释然。

宋红军作为一名电视台记者，文学创作都是在闲暇时间进行，他以散文、随笔见长，温婉动人的文字把他对生活的爱全部融入。我和他在同一座城市，虽彼此关注着对方，偶尔通过QQ或电话互相鼓励，但直到收到他托同事送来的《繁华的背影》一书时，也未曾谋面。多年来，宋红军心怀梦想，努力打拼，痴心不改地在散文创作上艰苦跋涉，迄今有300余篇文章见诸国内外报刊，著有散文集《仰望苍穹》《繁华的背影》等。他是中国散文家协会、陕西省作家协会会员，《散文世界》签约作家，资深撰稿人。

　　"行走，就是尝试放下多余的包袱，追寻着自己的心意，到喜欢的地方，经历新鲜的事情，享受在路上的肆意畅快，自由自在。也许，行走的真谛并不在于匆忙赶往某个地方，而是尽情享受旅途的过程和每一处风景带来的惊喜。一轮明月，一挂瀑布，一片山林，一座古迹，一抹烟霞，一地虫声……将心寄予河流山川，让历史在瞬间勃勃生动起来。如若低头，就拣拾一路寂静与欢喜；如若前行，就收获满心清新与芬芳。行走，使紧绷的筋骨渐渐变得柔软而更有韧性。"《繁华的背影》分"眼底沧桑""心灵图腾""秦风古韵""借佛智慧""山水行吟""古塬厚土"和"舌尖情缘"等7辑，收录作品73篇，多以游记为主，每篇文章都是在诗意地写作。以旅途上的发现和感悟为主线，把我们在生活中司空见惯的东西去粗存精，以诗的意境和严密巧妙的结构，借物抒情，让这种情景在读者的脑海中绵延。这些精致的文章，情真意切，优美的景色配以哲理性的文字，在灵动中彰显出不凡的姿彩，传递的不仅仅是他对陕西历史名胜、文物古迹、山水风光、民俗风情、地方小吃的一种体验和享受，也是他对生活的态度和品位，表达了他对自然和生命的领悟，读后给人一种心灵的愉悦感受。

　　生活是创作的源泉，有爱的生活才能写出有情感、有思想、有生命、有活力、有深度的文章，才能彰显出文章的灵魂所在。宋红军的散文抓住了重点，

宋红军散文集《繁华的背影》，2013年12月由陕西旅游出版社出版发行

精致、深刻，不仅仅写出了最真实的生活、最真实的情感，也使读者能够感同身受地体验作者的生活，从而产生情感上的共鸣。

　　爱，在快乐中行走。如果你有时间，我建议你抽空去品读《繁华的背影》一书。静下心来，慢慢去品读，细心去品读，在鲜活的文字中，感受犹如"心灵鸡汤"一样的人文内涵及精神力量。

　　——曾载2014年2月23日《今日彬县》、6月25日《西部开发报》、第1期《秦岭印象》、第3期《渭水》，2016年第9期《现代企业文化》等报刊和多家网络以及新媒体公众平台。

# 守望记忆中的故乡

魏锋与作家史鹏钊（左）合影

"我是史家河村田野上的一株白草，我把根须扎在那里了。"春日阳光明媚，在这个静谧的午后，我再次拿起了史鹏钊的散文集《光阴史记》一书。从去年6月收到赠书直到现在，一有空，我就会细细品味这本15万字，充满乡土气息的散文。

史鹏钊是我的老乡，是一位居住在西安却未曾谋面的兄长，他的散文写出了一大批在城市奋斗的农村人对家乡的牵挂和怀恋。此书阅毕，总想写一些文字来表达我粗浅的感想，但一直忐忑，不知道用什么词语表达较为合适，便顺手写下了"守望记忆中的故乡"这个标题。

认识史鹏钊，是从我作为陕西省和咸阳市图书馆义务馆藏志愿者，收集全省境内文献开始。当我得知《华商报》副刊签约作家史鹏钊新著出版的消息后，便迫不及待地通过朋友联系上了他，并第一时间在报纸及文学类网站推送了本书的书讯。遗憾的是，用挂号信寄出去的收藏证史鹏钊至今仍未收到，我重新办理了收藏证，期待与他重逢时当面交给他。

史鹏钊的《光阴史记》取材几乎都来自于他的故乡，当你静下心来细细品味时，从每一篇、每一行文字都能感受到他对故乡史家河自然风光、民俗人情等刻骨铭心的爱。《光阴史记》分为"光阴史记""似水流年""亲情弥久""大地情深"4辑。他用手中的笔为心中浓浓的乡愁、乡恋、乡思画着像。这中间，有粗壮的瓦瓮，结实的门槛，光滑的碌碡，转动的风车，火热的大锅台，还有虫子在唱歌……这些乡间事物和成长中难忘的记忆，抒发了他对故乡的无限热爱。在当今城市大发展的背景下，许多人的脑海中对故土故乡早已不再亲切，对很多人来说，记忆中的故乡比实际意义上的距离还要远。因此，本书的出版也就有了它的现实意义。

"我写作的欲念萌发于对农村乡土生活的难忘和爱意"，史鹏钊和众多农村走出来的青年一样，为了梦想，离开故乡，成为客居城市的一员。史鹏钊作为"住在城市里的乡下人"，其推出的乡土散文集《光阴史记》聚焦于史家河，以素描式的方式记忆和守望故乡，用纯净恬淡的笔墨书写亲情、人情冷暖……不一而足，淳朴的文字不失灵动，浓郁的乡土气息中充满着哲思，为读者勾勒出一幅朴实的美图。中国散文学会副秘书长、中国散文研究所所长、陕西散文学会会长陈长吟在序言中指出："史鹏钊的这些素描，也引起了我的共鸣。'乡村的模样像母亲额头的皱纹一样，永远令我牵挂和心痛'，其实也说出了我的心声。但我很惊讶的是，史鹏钊系'80后'，按说在城乡一体化、商品经济发达、社会转型的今天，他身上古老乡村的烙印应该不会很严重了。但从这个年轻人的文章中，我却读到了他对乡土那么深的感情和怀恋。"

史鹏钊散文集《光阴史记》，2013年5月由中国戏剧出版社出版发行

史鹏钊笔下的故乡史家河，汇集着他对生活的理解，对故乡的理解，一切都很自然、平静、质朴、真实而又亲切、温馨。当你品读其中的意蕴时，便会自觉地融入到他更深微的思想境界和精神高原中。时间在不停地运转，"故乡"却仍是文学作品中不可缺少的主题。著名评论家安武林评价说："史鹏钊的散文，是饱含情感色彩的。无论是写人、写事，还是写风景，都饱含了激越和沉郁的情感。他看家乡的目光，有深深的眷恋，也有淡淡的忧伤。这些充满乡土气息的散文，血肉丰满。"诺贝尔文学奖获得者莫言，对自己的家乡也是一往情深："我的故乡和我的文学是密切相关的，高密有泥塑、剪纸、扑灰年画、茂腔等民间艺术。民间艺术、民间文化伴随着我成长，我从小耳濡目染这些文化元素，当我拿起笔来进行文学创作的时候，这些民间文化元素就不可避免地进入了我的小说，也影响甚至决定了我的作品的艺术风格。"中国作家协会副主席陈忠实，在写作中也都忘不了浓郁的乡言和乡土气息，"超大碗的面条，古老的秦腔，狂野的私情……"这些元素都在他的长篇小说《白鹿原》中被表现得淋漓尽致。著名作家贾平凹在他的长篇小说中写过家乡："我的故乡叫棣花街。在陕西东南，沿

着丹江往下走，到了丹凤县和商县（现在商洛专区改制为商洛市，商县为商州区）交界的地方，有个叫棣花街的村镇，那就是我的故乡……"古今中外，许多作家都是立足家乡，从而成就了他们的文学王国。而就在今年，习近平总书记设家宴款待来访的"陕西老乡"连战伉俪时，准备的就是陕西菜。两人在席间还用家乡话交谈，气氛活跃，相谈甚欢。无论什么时候，故乡都是每个人魂牵梦绕、不能割舍、难以忘怀、无法走出的梦，是所有人乡情乡音的归宿。

"我是史家河村田野上的一株白草，我把根须扎在那里了。"从史鹏钊的文字中我们能深切地感受到，他虽然离开了故乡，但是心灵上反而跟故乡靠得更近，他的每一篇饱满的散文都是在给故乡素描，故乡是他永远的写作主角。

让我们一起把故乡安在心底，守望记忆中的故乡，因为这些记忆会暖暖地陪伴我们一生。最后，期待拜读到更多乡党史鹏钊的精彩文章！

——曾载2015年第11期《现代企业文化》，2016年5月30日《新华书目报》等报刊和多家网络以及新媒体公众平台。

# 触动灵魂深处的伤痛

魏锋与青年诗人赵凯云（右）合影

厚厚的两本诗集《幽州书》（上、下卷）放置案头一月有余，每晚休息之前都要去品读一两首，然后带着期待深入思考。数日以来，我常常在思索一个问题：诗歌是生活价值的再现、是心灵深处的潜能量，还是写作与生命的精神轮回。赵凯云那一首首接地气、充满乡愁的诗作，就是在极力地向为生活而各奔东西的异乡人阐述着自己的情感：不管你走多远，都不要忘记当初为什么出发；不管你走多远，都不要忽略历史，忘记了自己的故乡；不管你走多远，自己的血脉和根永远都在出发的那个地方。

最难能可贵的是，赵凯云在多年的奋斗中，不管事业是起是落，他都没有忘记写作，没有忘记对故乡的回望和对故乡文化的探寻与守候。甚至在事业异常艰难的情况下，他还自费创作了以故乡豳州为主题的歌曲，在《豳州书》出版前后，生活更是把他逼进了死角，但他始终没有放弃。他为寻找创作素材和灵感的那份执着深深感动着我，也激励着我。

真正的诗人和诗，永远都是接着地气的。作为豳州大地之子，赵凯云的《豳州书》是一部具有全景史诗气质的大型诗集读本。该诗集以传统农耕文明和现代工业文明碰撞的阵痛为主线，情感飞扬，大气蓬勃，笔触贴近生活本真和人心本质，具有极强的感染力和穿透力。该书责任编辑如是推荐："赵凯云的诗歌情感表达是发散、多元的，语言的自生力是蓬勃、强大的，思想飞驰于灵魂之上，甚至是一种自我的、无序的、放纵的、原生的生长，意象运用更是繁杂密集的，但恰是这种无序和放任的姿态才构成了他尖利、凌厉、火热、惨烈、决绝、冷静、警醒的精神内在和独立的艺术气质，并同时用这种亢奋、幻灭的撕裂来对抗甚或燃烧整个混乱、迷失、冷漠、缺少尊严和坚守的现实世界。这是决然的逃离之诗，更是终极的回归之诗；这是为现代文明中迷乱、割裂、焦灼、不安、疼痛的魂灵和生命寻找安妥和归宿的救赎之诗。"

豳州，古时周人先祖后稷四世孙公刘在此开疆立国，是华夏文明发祥地之一，也是被《诗经》反复吟唱的地方。对故乡的情愫，赵凯云和我有着共同的热忱。十几年前我在彬县创办《彬县文化》杂志的时候，远在西安的赵凯云跑前跑后帮忙出版。多年来，无论多忙，赵凯云都要挤出时间深入故土，托关系寻求体验生活的机会，甚至还随着煤矿工人下井数日"自讨苦吃"。他在无法消除的胎记上书写着故乡的历史、风情、自然风光、名胜古迹、人物，乃至一些重大的事件和我们日常喜闻乐见的生活，他的每一篇作品都有一种特别的美感和质感，语言凝练、自然、贴切，超越了感官上追溯故乡山山水水和风土人情的俗套，在喧嚣的尘世以历史与时间的纵深感，去触动麻木的灵魂和浮躁的心灵，用疼痛的梦想逼近生活的核心。

赵凯云诗集《豳州书》（上、下卷），2015年12月由西安出版社出版出版发行

《豳州书》中，赵凯云把对故乡真切的感情，把触动灵魂深处的伤痛化作了啼血的诗句和文字，喷涌而出。在《序诗，回不去的故乡》中，他这样写道：

故乡是什么/故乡，是火炕、是乳名/是奶嘴、是活命的水/是记忆中孩提时光的神邸和庙宇/是做人的魂魄，是流动的脉搏/故乡，是亲人渐渐老去的容颜/是日益低矮憔悴下去的炊烟/是黑夜中摸索前行的照明灯/是游子杯中的苦涩，纸上的乡愁/故乡，是荒芜、是寂灭/是背叛、是逃离；是生、是死/是找到和回归、是失去和拥有/是地狱和天堂/是一生也无法走到的长长的地平线/是踉跄的步履上/凝重着的含泪的灵魂/是褶皱的额头上/刻满的无法回望的伤/回乡的路多么漫长和短暂/亲人的爱，足以抵消满世界的辛酸悲凉/可是故乡啊，你已经在变/终有一天，连我们自己都认不出/也无法回去

《豳州书》出版后，在文学圈颇受争议，有人认为诗歌写作不应该局限于对故乡的打量，而应该扮演拯救生灵的角色。对于诗歌，我的理解是，其附带的价值不应该局限于格局的大或小，

而应该是精神领域最纯粹的高地，写作格局的大或小，影响不了诗歌的风格，影响不了诗歌的艺术张力。因为诗歌这种体裁，最鲜明的特征就是简洁明快，它用或朴素无华或瑰丽奇绝的语言去征服不同层次的读者，用令人回味无穷的文字表现出巨大的力量，并使读者静下心走进诗人的世界。我的拙见，《豳州书》是能让人心性抵达高潮的作品，书中所释放的精神能量更是像核能一样震撼着我。对于《豳州书》，我的理解是，它继承了传统诗歌的大气和细腻，在深厚的叙事中超越了时空，情景交融，刚柔相间，部分短诗朗朗上口，反复吟诵有余音绕梁的美感，若谱曲歌唱，定能拨动你的心弦。

当下诗歌正步入网络发展时代，在趋向大众化的同时，其语言的低俗化、流派意识山头的林立，都在表明诗歌的变革与无奈；经济的繁荣与精神文化的流失也形成鲜明对比——生活的安逸，削弱了世人和诗人的忧患意识。而诗歌创作的低俗化趋向，导致诗歌不知不觉中步入另一种意义上的低谷，使真正具备精神力量和时代使命感的诗人更为少见。《豳州书》的力量在于，每一篇诗作不仅仅是作者本人在场，更多的是思想和情感的在场，让读者能感同身受地受到触动并引起共鸣。《豳州书》表达了作者自己内心的回归，以及在充满荆棘的创作路上付出的那些常人没有应对过的巨大尴尬和代价。

"我的灵魂已死，可我的诗还活着"。赵凯云仍然坚持要在这份土生土长，甚至因现代文明冲击而要被遗忘的乡愁中，与那些媚态、夸饰、矫情的泛滥文字作抵抗。他显然是要把写作的手指放在能触动灵魂的伤痛处，用宽阔的胸襟与深厚的创造力书写古豳地域的特色。他还要把承受与坚持下来的力量，持续地燃

烧，把沉淀于内心的乡愁作为寄放自己情怀的属地，为家乡写一部长诗，写一部长篇小说……

当然，整部诗集不是每篇作品都超越了创作的瓶颈，如个别诗歌时时处处将"我"置身其中，过分地宣泄情感，淡化了诗歌本应表现的主题。

诗歌创作，不应远离生活，而是要回归生活。我期待着赵凯云向创作的春天再次进发，期待着再次读到他更多贴近地域、贴近生活、贴近心灵、富有价值的作品。

——曾载2016年02月22日《新华书目报》，第1期《现代企业文化》等报刊和多家网络以及新媒体公众平台。

# 与故乡真心对话

王静散文集《故乡集美》，
2015年3月由三秦出版社出版发行

"无论身在何处我都自豪地介绍我的家乡，虽然她只是一个小县城，但是她是我精神之源、情感之根，她给了我独特的北方女子的气质，她给了我坚强、坚持、努力、阳光，我是她的女儿，她，是我的母亲！"这是作家王静在散文集《故乡集美》中用真挚的文字与故乡进行的一次真心对话，唤起了读者记忆中乡愁抑或乡村的记忆。正如著名理论文艺家阎纲对本书的评价一样："我生在礼泉，长在礼泉，不知礼泉的物和事，愧为礼泉人。"诚然，"乡愁"是来自个人生活中曾经熟悉的记忆，代表了许多异乡人深切思念的家乡，也延伸了祖祖辈辈在这个有魅力的地方积淀下来的一种文化。

我惊奇地发现，作为一名人民教育工作者，王静除了在教学上屡立新功外，还在工作之余积极投身于文学创作，一直坚持不懈地试图在创作上探寻、挖掘地域文化特色，让成长中的孩子更了解故乡的历史，让在外的游子更了解故乡的变化，让远道而来的游客更了解这块土地的风韵。

"一方水土养一方人。"在我看来，《故乡集美》是真正意义上的文化"乡愁"。习近平总书记指出，中华优秀传统文化是中华民族的突出优势，是我们最深厚的软实力。城镇建设，要体现尊重自然、顺应自然、天人合一的理念，要让居民望得见山、看得见水、记得住乡愁。

"天降甘露，地出醴泉。"岁月更迭，历史变迁，"醴泉"更名为"礼泉"。王静笔下的礼泉，不仅仅是一位游子惆怅的记忆，还是传承了千年的文脉之后，开启发展新篇章，以极美的姿态敞开大门迎接远客，用温热的乡风、乡土、乡情盛宴宾朋的发展之城。目前，礼泉县在美丽乡村建设上，将被浓厚的周秦汉唐文化孕育的现代乡村与传统文化、民间文艺传承结合起来，形成了关中民俗农家乐风情，并在袁家村集中体现。王静的散文集《故乡集美》就如同一位尽职尽责的导游，将家乡娓娓道来，在家常絮语中，唤起了读者更加强烈的乡愁。

《故乡集美》紧扣"乡愁"，用生动细腻的笔墨通过55篇散文对故乡礼泉进行描写，包括"花开果熟""大美村乡""城市文化""山水景物""风土人情""历史存留"等8个方面，来发现、解读、传播故乡之美。王静表达的不仅是自身对故乡的一种情愫，还是一代人对精神故乡中古

魏锋与他的微风轩书斋

朴乡情的向往和追求。在王静的笔下，乡村、城镇、风土、山水等一个个跃然纸上，仿佛被置于读者眼前。

"乡村、乡愁的消失和城市人的陌生感与无归宿感"是当前作家探访、研究、思考的热点，也是作家笔触最为集中的焦点之一。为了不让故乡被遗忘，王静自觉担当起了一位作家"留得住乡愁"的责任，而其作品《故乡集美》就是给所有回不去故乡的人们最珍贵的礼物，值得推荐。依我拙见，王静在本书的书写中，应该规避大而全，而集中一个点记录不被遗忘的故乡传承，发现养育我们的生命源泉。

乡愁是什么？在《故乡集美》中你定会有所收获和感知！

——曾载2015年第7期《现代企业文化》，2016年6月6日《新华书目报》等报刊和多家网络以及新媒体公众平台。

# 弘扬"大漠"精神，守住"豳风"文脉

魏锋与青年作家大漠（右）合影

很荣幸作为一名文学追梦者和爱好者受邀参加大漠长篇小说《白土人》的研讨会。再次见到了这10多年来为了文学梦想不离不弃，熟悉而又亲切的文朋诗友，我的心情很激动，也很忐忑。刚才，在认真聆听了几位老师的精彩点评后，我受益匪浅。我会在以后的文学创作中积极借鉴，与大漠和诸多文学爱好者一起努力，放飞自己的文学梦想。

大漠不容易，在异常艰难的生活中，"故乡"成为他创作中挥之不去的主题，《白土人》的出版，为的就是还原一个个真实、生动的生命。大漠很幸福，在小说出版遇到困难的情况下，彬县县委主要领导批示，从省市奖励基金中拨付费用资助小说出版，并在出版后为全县领导干部购买此书。大漠很幸运，在告别了收废品的生活后，彬县文联外聘他，他做起了自己喜欢的事情，既是编辑又是记者，深入一线体验生活，汲取创作素材。大漠很优秀，凭着对文学的挚爱和执着追求，他以彬县题材为主，创作了大量弘扬时代主旋律的优秀作品……

感动的是，在大漠成长的过程中，有县委、县政府领导不遗余力的帮扶，有彬县文联和彬县作协各位前辈老师孜孜不倦的教诲，倾心倾情的支持……

作为一名文学爱好者，由于阅历有限，我参加长篇小说《白土人》的创作研讨会，主要是抱着学习和取经的目的。首先，我衷心地祝贺《白土人》的出版发行，并借此机会，表达一下我个人的一点粗浅观点：弘扬"大漠"精神，守住"豳风"文脉。

9年前，也就是2005年11月3日，源自对文学的热爱，我个人牵线搭桥在彬县文化馆举行了"彬县业余作者作品首发式"。因为是业余作者，又是业余组织，所以当时的会标就选择了"业余作者"的字样。记得当时参加首发式的作品，有高级教师徐恒春的教育专著《新课程说、讲、评、备》，青年教师胡忠伟的散文集《未带走的嫁妆》，在外打工青年大漠的诗集《第四宇宙的眼睛》等，此外，当时还有来自全县多个乡镇的文学爱好者，一起与作者畅谈文学创作。陈旭、王应涛、秦宝平等各位老师，从那时起就一直在文学创作上给予我们无私的帮助和支持：组织开会，凭私人关系提供场所，电台全程报道等，无论从精神还是物质上都帮助、支持、鼓励着我们这些业余作者怀揣文学梦想继续前行。

9年后的今天，也就是2014年8月24日，作为一名文学爱好者，我高兴地回到娘家参加"青年作家大漠《白土人》作品研讨会"。这次参加研讨会，我欣喜地感受到，彬县文化的春天来了，业余作者不再自己为自己搭台唱戏，而是有了"娘家"——彬县文联和其所属的各个协会，有了播种文学梦想的沃土——《今日彬县》和《豳风》杂志。而9年的历练，也让大漠从一名业余作者升级为一位名副其实的作家，成为彬县文学圈的一张名片。9年了，虽

魏锋在大漠长篇小说《白土人》研讨会上发言

然仍怀着文学梦想，但是我们各自不得不选择为了生活去奔波，也深深感知到，依然坚守文学梦想的人不是很多了，难能可贵的是，大漠依然坚守着。

9年前的大漠，参加了在彬县举行的新作首发式后，就萌生了写家乡题材作品的想法。他于年底奔赴广东东莞辞掉了一份收入较好的工作，回到挚爱的家乡，继续他的文学梦想。为了生活和生存，大漠盘下了别人经营的废品收购站，与年迈的母亲相依为命，住在废品站这个"家"里。繁重的体力劳动之后，他白天抽空去采访，晚上还要埋头笔耕。

由于对文学的挚爱，我和大漠一直保持着联系，在他完成小说《白土人》创作、四处奔波出版无果的情况下，还曾电话求助："魏老师，帮忙给我留意下，能否给我介绍一份适合的工作……"作为同样的低层打工者，我和大漠常常打电话互相诉苦，谈文学、谈人生、谈生活，一直以来，他的精神深深感染着

我和诸多的文学爱好者。《白土人》从创作到出版，我都是第一时间撰写简讯向外推介，并于2012年4月、2013年12月，先后两次采访了大漠，向外推介不容易又幸运的大漠。

像大漠一样的作者在彬县还有很多，比如，彬县在外青年赵凯云，为了完成以彬县为创作主题的大型诗集《豳州书》，在写作过程中，先后3年穿梭于西安和彬县之间，深入彬县的各个深山、景点、矿井等，一住就是半个月。目前，他的诗集已交由西安出版社出版发行。彬县在外务工青年辛峰，双耳失聪，但他身残志坚，利用业余时间写下了40万字的长篇小说《西漂十年》，已由中国财富出版社出版发行。还有远在广东打工的池宗平，在繁忙的工作之余，创作了以彬县农耕生活为主题的散文。在铜川做服装生意的肖桂芳，业余时间坚持写作，创作了大量彬县题材的诗歌作品，每次参加彬县文联或彬县作协活动，不辞辛苦，转辗几次班车，为的就是回到娘家分享文学创作的丰硕果实，与文友叙叙旧……这样的例子还很多，他们无论处境如何，总是会拿起手中的笔为家乡增添光彩，在他们的博客或者出版的书中，最醒目的字永远是"某某，彬县人"。

近年来，在彬县县委、县政府高度重视县域文化发展的背景下，大漠和他的《白土人》迎来了新的希望。在大漠精神的感召下，县域文学园地和文学活动凝聚和策励了大批文学爱好者，一些文学青年从中崭露头角，彬县的创作队伍正在扩大，文学作品也开始走向全国各大媒体，有的作品甚至刊发于国外刊物，彬县文学创作进入了旺盛期，正在向文学大县迈进。

作为与大漠志同道合的朋友，我希望他能一如既往地坚守自己的创作精神，准确选择好创作方向和定位，夯实自己的生活基础，继续挖掘彬县素材，用自己的智慧和手中的笔，创作出更多优秀的文学作品，为大美彬县增彩添色。我也希望彬县文联和作协，能把大漠的作品推介出去，让更多的读者通过文学作品爱上彬县。

最后，衷心感谢各位老师多年来对我们这些文学爱好者的包容、帮助、支持，祝福各位老师笔健创丰，身体健康，万事顺意。

大漠长篇小说《白土人》，2012年3月由大白文艺出版社出版发行

——2014年8月24日在长篇小说《白土人》研讨会上的发言，该文刊发当月《今日彬县》。

# 个人形象值万金

池万龙《穿出你的财富》，
2013年6月由陕西音像出版社出
版发行

2006年起，我开始在工作之余关注公益，并在碰到需要帮助的或者在公益事业上做出突出贡献的人，且适合做新闻时，我都会及时跟进报道——因为不是职业记者，传播的有效途径就是我的微博、博客、QQ空间等。通过微博，我认识了多次组织和参与爱心慈善活动的青年企业家、知名社会公益人士池万龙。

在我心中，池万龙是一位热心公益事业的老乡，他在坚持创业的同时不忘社会公益，积极地参与到各种公益和慈善活动之中。从2003年开始，他定项向陕西三原东周儿童村做爱心活动，发起、组织了多次赠送米面油等各类物资以及善款的公益活动。个人数十年坚持向三原东周儿童村提供资助，多次向安康市旬阳县红军镇的尘肺病患者家庭和子女捐赠物资和款项，向旬邑县的事实孤儿和生活困难老人捐赠生活物资和善款等。多年来，他的爱心脚步遍布三秦大地。2013年雅安地震，池万龙更是身先士卒与其他志愿者组成抗震救灾先遣团，第一时间抵达雅安震区核心区域芦山县，采购了大量抗震物资捐赠给当地灾民；并协同当地政府安置灾民、统计物资发放、整理受灾物品……公益的路上，他不断发现着需要帮助的人群并传递着爱心。

"我还很年幼的时候，就知道衣服不只是穿在身上那么简单。它不只好看与难看之分，甚至能使别人决定对一个人的看法与信任。小学上初中，初中升高中，老师指定的班干部往往是看起来穿着比较漂亮的那几个孩子。穿的漂亮的同学总是能更多地获得老师与同学好感，他们朋友也似乎更多一些。"去年底，我无意中看到一本《穿出你的财富》的书，最后终于弄明白，这本书的作者就是一直倾情公益的池万龙。于是，充满好奇的我，第一时间拜读了这本书。

《穿出你的财富》于2013年6月由中国创业协会推荐，作为亚洲创业第一刊《创业周刊》的"成功系列丛书"之一配DVD由陕西音像出版社出版发行，并得到了全国优秀企业家刘连腾、北京大学汇丰商学院副会长陶建、国家文化软实力研究协同创新中心硒茶研究院院长、全国青联委员崔程、知名主持人千惠等知名人士的推荐。在日趋激烈的竞争中，显而易见的是，一个人的形象远比人们想象的更为重要，个人形象在很大程度上影响着企业的成功或失败。如何将主流社会的行为标准融为自然的举止，如何让自己更准确地体现公司的文化、产品的价值，如何符合国际商务交往的礼仪和规范，是每一个渴望发展的企业和个人迫切需要知道的。《穿出你的财富》这本书，从发型、服装、礼仪、气质、言谈举止、待人接物等方面，生动详细地讲解了什么是成功的形象，并罗列出我们在工作生活和商务交往中常见的形象失误，通过阅读，甚至会有重新认识自己的感觉。

俗话说："人靠衣服马靠鞍"，在社会交往活动中，大方得体的个人形象，会给初次见面的人以良好的第一印象。心理学研究表明，人与人之间的沟通所产生的影响力和信任度来自语言、语调和形象3个方面，它们所占的比例分别为：语言占7%，语调占38%，视觉（即形象）占55%。时下，众多企业都在为员工进行职场礼仪方面的培训，其中最重要的一课就是服饰礼仪。交往中给上司、同事、商务伙伴以及客户留下专业稳重的个人印象是至关重要的。个人形象在职场中很大程度决定着一个人的成败，谁得不到别人的注目，谁就要失败！年轻的企业家、慈善家池万龙在书中分析的正是这些问题。

生活中，一个成功的形象展示出的是自信、尊严、力量、能力，它不仅仅反映在别人的视觉效果中，同时也是一种外在的辅助工具，能立刻唤起你内在沉积的优良素质。而能够做到在个人的穿着、微笑、目光接触、握手等细节上的注意，也会让你浑身都散发出成功者的魅力，让你做事业时事半功倍。正如作者所言："无论我们认为从外表衡量人是一种多么肤浅和愚蠢的观念，社会上的每个人却无时无刻不在根据你的衣着、言语、神态、举止对你做出判断。无论你愿意与否，你已经在别人眼中留下了某种印象。它们在清楚地为你下着定义，无声而准确地讲述你的故事——你是谁，你的社会地位，你如何生活，你是否有发展前途。这里将告知你所忽视的细节，唤起你内在沉积的优良素质。正确地选择服装、发式，注意自身的言谈举止，对你的工作绝对多有加分的效果。"

"逐渐地步入社会，这一体会更深。无论是大街上的陌生行人，还是单位里的同事，又或者是银行、酒店、公众场合的参与者，聚会上的各色人等；从人群里区分，首先是他们的穿着。我发觉穿着得体举止稳重的人更容易受到青睐，保安与侍者都会特别对待。有时候因为穿着会经受同一时间同一空间的两种截然相反的态度。"《穿出你的财富》是一本每一个渴望自己人生与事业成功的人都应该读的书，它展示给我们的是被大多数人忽视了的最基本的成功素质，那就是形象与礼仪。成功完美的形象是有效的沟通工具，它所展示出的自信、尊严以及能力，不但能够得到领导和同事、合作伙伴

池万龙《走向成功的礼仪学》一书，2015年由陕西音像出版社出版发行

的尊重，而且能成功地向公众传达个人与企业的价值、信誉，从而带来丰厚的回报。

马克·吐温曾说过这样一句话："着装成就人，一个穿着失败的人对社会的影响力为零。"无论你是干什么工作的，从现在起，穿出你的财富，让自己成为一个大方得体、风度优雅、有品位的人，让自己变得更时尚和完美，为自己增值。当有一天，你淡然自信的言谈里散发着智慧，浑身透出迷人的魅力，拥有卓越的品位追求和完美的生活时，你就会明白，个人形象值万金。

——曾载2015年2月《人文古幽》第二辑和多家网络以及新媒体公众平台。

"一支笔/一叠纸/宣告我走进另一个崭新的季节/满世界的成熟/唯有握在手中的诗稿/才是真正的收获/生活平淡/我的身躯执着向前/只是真实而平凡地活着……"从零开始，从零起步，从零突破，理想是当兵，憧憬从事维修工作的我却与文字结缘，迈开了人生"万里长征"的第一步。

"闻书香，品书韵，悟人生，写书话"，作为一个文字的虔诚膜拜者和忠实探索者，书香弥漫着我的人生，为我的生命旅程添香增色。读书、追梦，我会一步步坚持和坚守，书写更多温暖和有价值的文字。

# 书香弥漫我的人生

从上学开始，我就喜欢读书。读书改变了我的命运，让我学会了思考，也让我的生命更加充沛丰盈。行

魏锋在他的微风轩工作室

走在城市的辅道，每天都好像有条鞭子在抽赶着我，唯一可以安慰我的，就是在书香中收获的温暖和养分。

书是人类进步的阶梯，人不能不读书。从走上工作岗位开始，阅读已经成为生活中的一部分，坚持读书已成为我最惬意的休闲方式。每天我至少保证1～2个小时的阅读时间，享受来自网络的电子文化资源。闲暇时刻，纸质阅读成为我一种重要的阅读习惯，方便、顺手，对视力也好。缓缓翻开带着墨香的书页，慢慢品、细细嚼，洗涤自己，充实自己，快乐自己，在愉悦和惬意中享受生活。

生活里没有书，就会缺少滋味，缺少色彩，缺少阳光。有书

读，方能心安勿躁；有书读，在繁忙的工作之余才能彻底放松。书是朋友，书是红尘知己，与你无所不谈。家里地下室成了我图书收藏的存储地，"微风轩"是我专门读书写作的栖息地。除我的书房，满屋子的角角落落都会定期存放一些喜欢的书，鞋柜、阳台茶几、卧室床头柜、卫生间，几乎在家中的任何地方全家人都能找到自己喜欢的书，书就像吃饭穿衣一样陪伴着我们全家。"读书之乐何处寻，数点梅花天地心。"周末或节假日，家人则会聚集露台，嗅满园花香，品一壶清茶，在花香、茶香和书香的氤氲中，让手指在飘着淡淡油墨香的书页上滑过，随书香洗涤心灵的尘埃。读书让我喜欢上了写作，偶尔把自己读书的感想记下来，不仅抒发了情感，出的书还入选"职工书屋"和"农家书屋"，妻子也喜欢上了读书，通过读书，她自学拿上了大专文凭；女儿因为喜欢读书，所以成绩优秀，作文也常常见诸报端……读书让我的生活充满了乐趣，更加丰盈和幸福；让我的生活多了一份淡然，一份飘逸和一份风姿。

鲁迅先生说："时间就像海绵里的水，只要肯挤，总还是会有的。"对于读书，我的观点是取决于自己，坚持自身的阅读并不断扩充自己的知识和视野。挑选图书时，我会找自己心仪作家的作品。购买最多的是当代著名作家的图书，只要是新书出版，只要我喜欢，都会第一时间去购买，去阅读。

我最大的梦想是把自己的全部智慧和文字奉献给需要的人，奉献给读不起书的孩子，为读者带来更多的温暖和能量。参加工作16年来，我将自己上万册价值30多万元的图书送给了内蒙古自治区及本地农村的学校、图书馆。每当看到需要读书的孩子们捧起书时他们脸上绽放的笑容以及听到他们一个劲儿地"谢谢"

2015年11月，魏锋荣获全国烟草行业"利群公益榜"提名奖

时，都会让我备感温暖。更欣慰的是，由我发起的微风书公益活动落户咸阳图书馆，并得到了省内外多位作家的支持，在传递书香、传递温暖的同时，也在默默地传递着学习的力量。数月时间，省内外爱心人士向急需补充图书的"农家书屋""职工书屋"，学校、厂矿等募捐图书2000多册……这份爱我会一直坚持下去，让自己拥有的图书能够发挥作用，让更多的人能够读到更多的书，从读书中受益。

"闻书香，品书韵，悟人生，写书话"，作为一个文字的虔诚膜拜者和忠实探索者，书香弥漫着我的人生，为我的生命旅程添香增色。读书、追梦，我会一步步坚持和坚守，为读者书写更多温暖、有价值的文字。

——曾载2016年4月24日《三秦都市报》、4月26日《咸阳日报》、4月29日《图书馆报》、9月2日《自学考试报》、第2期《陕西市政》等报刊和多家网络以及新媒体公众平台。

# 欲飞的翅膀

在风雨兼程的路上，一起努力。2006年魏锋和爱妻在出租屋

不知该怎样描述我复杂的心情，理想无法征服我所有的依靠，永远寄存在心灵的最深处。

5年前，我与高考失之交臂，做了名普通的代理教师。和其他许多老师一样，我深爱着自己的职业、自己的学生。在很短时间里，我的工作就得到了肯定，班级受到表彰，教学论文发表、获奖，自己获得"优秀教师"称号……理想的热流在我心中滚滚激荡。在这之后，我又涌起创办一所民办学校的愿望，几经周折，"微风假期学校"成立，并成功利用假期开课，报名参加学习的学生158名。此外，我创办的校报《新校园文学》被中国教育部关心下一代工作委员会评为"全国百家优秀文学社""全国新星杯校报校刊优秀奖"等，学生的习作也被《风铃文学报》《辽宁青年》等刊物转载。从此，我的理想与文学紧紧连在一起。

经过10年的奋斗，魏锋和家人终于有了书房

2002年1月，我结婚了。

婚后，爱妻的向上气质让我深深折服。我们怀着对未来的憧憬和几分惆怅，放弃了现有的工作，决定开创一份崭新的事业。夜静悄悄，我和妻子筹划着未来：5年之内以筹办"微风书屋"为起点，继续扩大"微风假期学校"，以发现和培养乡村文学爱好者的"微风文学社"为纽带开始创业。虽然，我们离目标很远，还处处碰壁，但是事业像强大的磁场把信念牢牢地吸附在我们心中。当年的10月，微风书屋开业；12月，我被一家公司聘用，并被分到与自己爱好相吻合的岗位。此后，爱妻起早贪黑地忙碌在书屋，我则努力干着自己的工作。2003年的新年之夜，我们订立了一份契约：爱妻争取在2年内为事业筹到1/2的资金，我则争取在2年内，通过进修获得更多的知识，创作更多的作品，并购置一台电脑，5年之内，我们要完成这些目标。

那个终生难忘的选择，让我在风雨兼程的旅途上有了新的起点。那时候，我和爱妻几天甚至十几天才能见1次面，但我们那对欲飞的翅膀和两颗由永远向前的信念凝结而成的牢固之心，都在彼此的心底刻下了永不磨灭的爱……

哦，欲飞的翅膀，希望在今夜的灯光下，能够与所有的人一同起飞。

——曾载2004年3月5日《西部法制报》。

# 记忆中，那一份深深的祝福

重温当年从教的故事

那天，天空下着淅淅沥沥的小雨，我踏上人生新的征途，开始拥有了自己的第1份工作——教师。

记忆中，曾经发生在我任教的第一届（1998级初中一年级）学生身上的事情，深深地感动着我，直到现在，那久远的往事仍然还温润着我的心田。

那是一个鸟语花香的季节，我组织学生步入春的旋律，走进静寂的大山，同吟快乐的歌谣，共同寻找春天之址。走了一段路程后，天色渐暗，我立即组织学生集合，问班长："遇到这样的鬼天气该怎么办？""遇到任何事情都应该勇往直前！"这个回答代表着这群十三四岁学生内心那份坚定的力量，也正是这个回答激起了我对生活的热爱，对这54名学生的热爱。也正是那次春游，让我更加珍惜自己的工作、生活。

而让我时时不能忘怀，深深铭记在心的是1998年9月的那次感冒。

1998年9月10日那天，可恶的感冒病毒入侵我的身体，流鼻涕，发高烧，头痛……没有更多的词语能描述我当时的痛苦。我努力地支撑着身体去上课，待回到宿舍时泪水像潮水般汹涌而来。

"报告，报告！"

"进——来——"

"老师，我们衷心地祝福您节日快乐！"感动，一份来自于们集体的深深感动。

"谢——谢——"

"老师，这个礼物是我们54名同学做的，里面有54颗五角星和1颗大五角星，还有1根弹簧。就是说我们同您一样，要与困难抗争——困难像弹簧，你强它就弱，你弱它就强……"

送走学生，我卧床休息了半天，下午坚持上完两节课，并把我们班54名学生一一送出校门……此时的我，似乎感冒也好了许多。

魏锋到留守儿童学校为孩子们辅导功课

说老实话，办老实事，做老实人，这是我初踏教育战线时对自己的告诫。日月轮回，生命苗壮。记忆中，那一份深深的祝福，伴我在自己的天空下活出风采，在属于自己的土壤上辛勤耕耘。

魏锋和特殊教育学校的孩子们在一起

在平凡的生活中，这样的故事还有很多很多，它们令我深深难忘……

——曾载2002年《咸阳教研》，2016年9月12日《邢台日报》、9月21日《咸阳日报·教育周刊》、第10期《陕西青年》等报刊和多家网络以及新媒体公众平台。

# 生命的感动

魏锋新闻作品选《我的金叶情怀》，2009年4月由华夏出版社出版发行

《我的金叶情怀》终于出版啦，喜悦的心情久存心间。回首往事，自己就像少林寺挑水扫地的小和尚，心里总能感受到在那个博大的武学殿堂里面，一点一点历练、一点一点成长、一点一点蜕变的艰辛过程。与烟草结缘，风风雨雨，这本书足以印证我5年的烟草生涯。

10年前，在人生的岔路口，一张误诊病历让我与高考失之交臂。但是，父母的养育、老师的教诲、爱妻的关爱、朋友的帮助，让我渡过一个个难关，一步步走向成功，创造并享受着美好生活。

5年前，与烟草结缘，学写通讯报道，我的生命才有了一些所谓的分量。羞愧的是，写了这么多年的新闻，却没有什么像样的好作品，令自己满意的也不是很多。一晃，这么多年过去了，我终于有机会以出书的形式总结期间的工作，只是想以此书表达我最深挚的谢意。

感谢咸阳市烟草专卖局（公司）这个广阔的舞台，以及大家在工作、学习、生活等方面给予我的极大支持，让我的生活才变得如此有意义。

感谢《中国烟草》《新烟草》《东方烟草

魏锋先后20多次受邀到系统内外作讲座

报》和《陕西烟草》等报刊以及行业网站为我提供的平台，感谢各位编辑老师日夜辛劳，精心描绘着色，才让我的作品频见报端。

感谢原国家教育部研究室主任和高等教育出版社党委书记皇甫束玉、《人民日报》高级记者段存章、《大众日报》高级编辑李遵立、《中国内刊》总编陈涛泳、《宇宙诗人》主编原草、《咸阳日报·教育周刊》主编王永杰等老师在文学道路上对我自始至终的帮助和支持。

感谢在我人生道路上给予帮助和支持的所有朋友！

这本集子，最终取名为《我的金叶情怀》，是因为这是我在烟草事业上的一个小结，也是对大家厚爱的回报！由于时间仓促，经验不足，因此本书难免会有疏漏，请大家海涵，不吝赐教！

古老的钟声划破了乡里的韵律/我在燃烧的灯下写诗 /任何一点记忆 /都延伸成通向儿时的一条小路/灯前 /我看见父亲站于我之外的草地上/立于诗意的家园 /积满汗水的双手/用铁笔在为自己写诗/重复古老而原始的话题 /来寻找那季节河流的流淌 /我拼命地寻找诗人般的暇思 /向诗意的家园进军/殊不知父亲的诗 /在我散乱的

书桌旁 /勾起我拔响孕育乡魂的笛声 /连同我那遥远的梦想 /用父亲那积满汗水挣来的稿费 /踏上父亲从未走过的季节 /书写土香的情诗

最后，用我《诗意的家园》这首小诗，祝福我的朋友，以此表达我深挚的谢意。

——本文是魏锋为新闻作品选《我的金叶情怀》一书撰写的后记。该书由华夏出版社出版发行，也是咸阳市烟草专卖局（公司）第一部公开出版的个人新闻作品集。《我的金叶情怀》一书中收录了作者业余从事烟草新闻工作5年来精选出来的120多篇新闻作品，由"奋进者的足迹""弄潮健儿的风采""经营快乐人生""与梦想一起飞""思绪者的乐章""在诗意的家园""那记忆深深处"等7辑组成。体裁有长篇通讯、读书札记、言论等，约30多万字，真实地记录了这位新闻工作者成长的足迹。

# 郑智贤老师来电

郑智贤老师的赠言

"郑老师在编县志，想了解一些你的情况。"2013年4月20日，通过文友来电，我才得知郑老师又开始致力于县志的编写工作。

今天是礼拜六，接到电话前我正与女儿在书房各自忙活：女儿在画画，我则在整理近几天淘来的新书。接到电话后，我第一时间给郑老师回了电话。郑老师详细地询问了我这几年的工作情况，说会将我创作的作品题目编入《彬县志》……电话结束后，当我在给郑老师寻找资料的时候，一首《赠咸阳文友魏锋》的诗再次映入眼帘，勾起了我许多美好的回忆。

2008年1月16日，我收到郑老师寄来的信件，其中有他所作的一首《赠咸阳文友魏锋》："方刚血气伸手矫，自彬入咸才气豪。笔耕勤奋闻话语，微风荡漾架天桥。立足稳时开己业，倾心写梦起新潮。万里征途弹指尽，生命消长宜久调。"

1998年9月，怀揣梦想的我为了生计加入民办教师行列，并在期间创办了彬县初级中学第一个文学社——蒲谷文学社。那时候的我天不怕，地不怕，为了刊物的顺利创办，拿着油印刊物就闯进县委找县委书记，找宣传部长。在四处碰壁后，不甘心的我再次跑进教育局，找彬县有名的志书专家、有着丰富教学经验的优秀老教师郑老师，从那时起，我们就结下了深厚的友谊。之后创办《新校园文学报》、微风假期辅导学校，开微风书屋及创办《彬县文化》杂志期间，郑老师一直鼓励我，支持我为梦而搏。

2003年，几经折腾的我应聘到本县一家企业工作，新单位离郑老师工作的教育局更近了。上班后，我经常上门向郑老师讨教，郑老师勤学不倦、孜孜以求的精神鼓励着我一路奋进。更欣慰的是，我知道郑老师终于被招转为公办教师。在这期间，我创办了微风文化艺术工作室，为彬县有梦想的作者呐喊助威。而每一次作者的作品首发式及座谈会，郑老师作为嘉宾都会出席，为彬县文化的发展，为我们一群怀着文学梦想的年轻人鼓劲加油。我和王应涛老师创办《彬县文化》初期，郑智贤老师也多次给予我们支持。

2006年5月，为了生计的我前往一家企业从事文字工作。在咸阳工作的这几年，我几乎与外界失去了联系，一心扑在工作上。2008年春节，我住在彬县东街最糟糕、最偏远的小区，家也在小区的最高楼层，郑老师闻讯赶来，了解我的学习、我的生活，鼓励我要更加努力地干好事业，恪守自己的梦想。也就是在这一年，郑老师离开了他奋斗了大半辈子的教育战线。从此，郑老师开始创作《枣舍心语》，而我也有幸成为这部作品的第1位读者。在我们共同的努力下，几经周折，这部作品终于得以出版。这是郑老师的第一本散文集，是他积数十年之功，倾心奉献给读者的一份精神盛宴。全书收录了郑老师发表在《散文家》等报刊上的散文98篇，分4部分，共计16万字，既有他对自然山水的抒情，还有对世道人心的感悟，更有阅读与写作的体验。

多年来，郑老师仍然笔耕不辍，把大量的心血浇铸在方志的编撰上。20世纪80年代中后期，他参与编撰了《彬县文物志》《彬县民间文学（谚语、故事、歌谣）集成》这两部书，并分别担任副主编、主编等，其中，《彬县民间文学（谚语、故事、歌谣）集成》还于1991年获陕西省文化厅优秀编辑成果奖。20世纪90年代以来，他又先后参与了多部县志的编撰、点注和校改工作，独立完成了《彬县志》中"政权志""政务志""军事志""文物志""社会志"等5部分的撰写任务，并先后在各类志书中担任编辑、副主编、总纂等。他参与的电视专题片《希望之光——彬县人民"普九"纪实》于1997年荣获咸阳市优秀专题片奖。这些志书的编纂和出版，专题片的获奖为彬县繁荣文化成果、建设文化强县、冲刺咸阳次区域中心城市发挥了积极的作用。在此期间，我们一直保持着电话联系，去年，郑老师参与编著的新版《中国民间文学集成·彬县卷》出版发行，他还特意为我留了1套。

在"彬县作家专柜"的书架前，我端起相机拍下了郑老师的散文集《枣舍心语》和《赠咸阳文友魏锋》，与大家分享。需要声明的是，我的家在彬县农村，我的户口在彬县农村，不论在哪漂泊，彬县永远是我的家。

——曾载2013年4月20日"魏锋用笔书写人生"博客。

# 梦想在春天放飞

从2013年起，魏锋利用业余约访"文学陕军"代表作家（自制图书效果，未出版）

春天里放飞梦想，梦想在春天里放飞。

从记事起，我就拥有美好的梦想。然而，对我而言，在俗世浮躁的时间长河里，在炙手可热的现实面前，在支离破碎的生活中，面临越来越多的冲击和压力，梦想如雾霾种下的祸根，在赤裸裸的现实中像飞蛾扑火般猝死。或许"梦"给了我一种幻觉，藏匿于心底不再矫饰，似乎已变成一件可望而不可即的奢侈品。这一切都不再那么重要，眼睁睁地看着时光飞逝，常常总有泪盈于睫的感受，是因为灵魂煎熬的痛苦，甚至狼狈不堪，越来越多面对的是无法达成共识的生活。

可以说，自从踏入社会这座围城，每天面对诡秘莫测的现实和有着天壤落差的人生前景，压垮了身体，但没有泯灭信念。凭着年轻、身体好、刻苦、勤笔耕，在卑微、麻木、琐碎的现实中彻底将自己变成机器，白天上班，晚上码字。在浮华的时代，人们更加执着于金钱的重量、功利的大小、利禄的获取和物质的充裕。一晃多年过去了，从年少怀抱"天不怕、地不怕"的凌云壮志，到"怕天、怕地、更怕人"的现实生活，在脆弱而孤独的灵魂里，我成了一个孱弱、懵懂的人。生活常常会欺骗自己，再多的付出和勤奋还是没有出息。经常遇到一些才华横溢的人，在别人的指手画脚中，在利欲的颐指气使下没有尊严地苟活。荒废的青春中，追寻的梦在冰冷的现实中反复折回，蕴藏着最荒凉的记忆，不经意间流淌过30年的岁月。内疚的是，回顾走过的道路，这一切，都不再重要，重要的是懈怠了家，懈怠了女儿……

在逝去的时光碎片中，一晃多年过去了，失去了梦想，游离了目标……

"在实现中国梦的过程中，全体中国人民共同享有人生出彩的机会，共同享有梦想成真的机会，共同享有同祖国和时代一起成长与进步的机会。"读报纸、看网站，如此激动人心的言论，生命细胞再次激活，心脏猛烈抖了一下，时不我待，行胜于言，我又开始在尘封已久的梦想中"选拔""梳理""寻找"新的起点，缝补裂了缝的梦想。"雾霾"一样的困难没有吞噬我，头顶黑压压的乌云随风飘散。我开始在自己的自留地耕耘，无休止地渴望和热爱着一些温存的梦想，又开始收获了一些情感真挚和意趣盎然的文字。

"爸爸妈妈就是我的眼睛，让我始终能感觉就像亲眼看到一样……"何丽穹从沙发上站起来，双手拽着父亲的衣角，慢慢向客厅的钢琴移去，似乎终于搜索到了钢琴凳，带着平静的微笑，一曲舒缓的乐曲让人心醉，音乐凄婉动人，有着极强的穿透力……2013年5月29日，天公不作美，倾盆大雨。我辗转了4个多小时才到达西安市雁塔区，应杂志社安排，前去采访盲人何丽穹。采访中，何丽穹付出常人百倍的辛劳，收获在别人眼中不起眼的丰硕果实，让我更加坚定了专访的信念。因为，在每个人的心中——梦想，一直没有离开。

无论酷暑寒冬，从三点一线的生活中挣扎出来，从延伸的射线出发，背起照相机，拿上录音笔和采访本，挤上公交或搭乘出租车，走进这些为生活和梦想奔波的人们，在周末闲暇开始了我的专访之旅。文字对我来说，是我用诚实劳动换取酬劳的手段，是一种难以启齿的生存方式。约访都是自费项目，偶尔还会遇到尴尬，甚至是出力不讨好，有时候还会搭上自己辛苦挣来养家的"口粮"。我惭愧过、愤怒过……在失落中我依旧坚强面对，宽容珍惜随缘而处的朋友，用文字温暖心灵。需要说明的是，我特别要感谢我的被访者付出宝贵的时间，与我对话。一年多时间下来，就积攒了近百万字，有省外的，有单位的，有家乡的，更多是身边的故事。《春天里放飞梦想》这本集子40万字左右，是精心挑选出来的其中一部分，就成了一本书。

我相信：梦想是每个人的经典剧，只要梦一直在，路就会一直在，永远不会因时间的推移而褪色，只要为之奋斗过，它同样精彩。

"把感恩化作行动，将自己的全部智慧与力量奉献给文字。希望有一天，能拥有一方更大更宽阔的平台。编织文学梦想，激情逐梦，努力做到更好！"每到年末岁初，我都会乘上时光机盘算一年的得与失，最重要的一件事，是将闲暇时光发表的作品剪下来，连同书报名或杂志封面粘贴在纸上，送到印刷厂装订成精致的册子，每年几乎都是厚厚一大本，静下心来，翻阅着过去，最多的还是满怀感激。

在这之前，我也曾出版过所谓的作品集，一本是与朋友合集，三本是缘自爱好编著，还有一本是新闻作品集，汇总了从事企业宣传的专访。站在马年的门槛，望眼追梦走过的路，在接触众多为梦想而艰辛求索、执着奋进的采访对象身上，我感触最深的是追梦人生命档案存放的感动，收获颇丰的是每位来自不同人生轨迹与生命站点的人们，为梦想努力追逐的激情。曾任省委书记的赵正永在2013年陕西省作家协会会员代表大会上，寄语全省作家"与人民同梦想"，牢牢把握手中的笔，实现自己的文学梦，用整个生命燃烧的艺术热情，汇聚温暖时代的心灵力量，这更加坚定了我约访的信心和决心。原本计划利用一到两年时间，约访"文学陕军"代表作家，写一本《文学陕西梦》的纪实作品，但作为一名无名小卒，我最怕和人打交道，总是诚惶诚恐地进行着，约访难度不言而喻……到现在，这个系列还在继续。匆匆一年中，只要有合适的约访对象，教授、大作家、小作家、书画家、音乐人、普通人、村干部、退伍军人、盲人……身边偶尔的发现，那些感动我的追梦人都成了我约访的对象。从陌生到熟悉，从熟悉到亲切，到现在专访仍旧进行着，但最多的还是身边的人。

回首过去的365天，撕掉的日历带着或深刻，或平庸，或惨淡，或丰盈的印记，页页飘荡、舞动于时光的年鉴中，逝去的时光再也无法倒回。奔入马年，在旭日冉冉的2014年，我们还需要继续潜心凝神、编织梦想，在漫漫人生路上执着奋进。岁末年初，诸多朋友通过QQ或博客留言，建议我出本集子，把追梦人的故事分享给更多的人。于是，我利用闲暇时间遴选了部分故事，整理出这本为梦想启程的作品，时值阳春，便以去年同一时段发表作品的剪贴合订本名字"春天里放飞梦想"作为书名，算是一种收获和展望，也算是为自己、为所有追梦人应对生活琐屑道一声珍重，迎接人生逆流喊一声加油，对所有追梦人在坚韧生命中创造出的无穷精彩和无限可能而鼓掌喝彩！

在这部作品中，那些怀揣梦想的追梦人，有的继续艰难前行，有的开始新的追梦之旅。不管梦想走了多远，我都要在此衷心地祝福所有坚持梦想的人，早日实现自己的梦。更重要的，我要感谢所有帮助过我的亲人和朋友，一路走来，珍贵的情谊已成为我人生最宝贵的财富。正是这种无私的鼎力支持，给予我太多的鼓励与鞭策，为卑微的生命注入了新的力量。感谢我的所有朋友，谢谢你们多年默默无闻的支持和关爱、包容、理解，行走在城市的辅道上，步子同样会更加坚定。好友的名字不再一一罗列，我还是从内心向你们表达敬意，说一声真诚的"谢谢您"！

帝都咸阳，春意盎然，暖流涌动。每当伏案写作，我听到最多的是妻子和女儿关切的声音。从春天开始，一起去放飞梦想和享受幸福生活，让生命光芒绽放。

此时此刻，怀着对文字虔诚的信仰，我静下心为《春天里放飞梦想》这本书写下了一些生活语录。最大的愿望还是想通过这本书，为读者带来更多温暖和能量。

让我们一起在春天里把梦想放飞。在生命的旅程中，实现自己心目中所定义的那份价值，不辜负春的恩赐。

——本文是作者为《春天里放飞梦想》撰写的后记，曾载2014年第2期《榆林新青年》、第3期《新叶》等报刊和多家网络媒体以及新媒体公众平台。

作为一个文字的虔诚膜拜者和忠实探索者，书香弥漫着我的人生，为我的生命旅程添香增色。感谢出版社和读者的厚爱，魏锋会一步步坚持和坚守，为读者书写更多温暖和有价值的文字。

# "微博"让梦想更近

共青团陕西省委"奋斗的青春最美丽"系列分享活动走进永寿，魏锋到永寿县与青年朋友分享了他的青春奋斗故事

作为一名文字工作者，我在业余时间喜欢爬格子码字，但那些点滴的感悟、感动却没有随时记录的载体，每年那一本本厚厚的剪贴本便是我的劳动成果。2010年8月10日，在文友的介绍下，我开通了个人博客，并通过它来传递工作信息，和全国各地文友分享写作心得。2010年10月21日，我开通了微博平台。第一次使用时，我就通过它成功分享了高级网络编辑师的学习心得消息，此后随着使用频率的提高，这里面也就载满了我5年多的工作、学

习和生活情况，传递着我追逐梦想的点点滴滴。截至今天（2015年2月3日）我共发送微博2121条，粉丝2168人，通过微博平台点击我的博客的达17.9万人次。

作为一名青年志愿者和文字爱好者，工作、生活磨炼了我的意志，也慢慢成就着我的梦想。每天上班和下班我都会积极地去关注各级政务微博并及时进行专访或者评论，第一时间通过我的个人博客、微博、微信平台共同传递积极文明的正能量，以及经常搜集有关单位的舆情信息等。热爱公益的我也光荣地成为共青团咸阳市委的一名网络宣传员、关爱农民工子女项目行动专员，在配合单位组织好各项公益活动的同时，个人也积极融入其中。令我感动的是，去年12月19日，我为咸阳图书馆捐赠图书这一消息，经微博发出后，得到了许多作家朋友的支持；令我感动是的是，咸阳作家杜剑、安康李娟等爱心人士也纷纷加入了爱心图书捐赠行列。同时，我经常义务为全省、全市的作家、文学爱好者宣传、介绍其著作。

2012年11月8日，党的十八大隆重开幕。我第一时间向行业内外的媒体宣传了供职单位干部职工以饱满的政治热情，认真收听收看大

会开幕和学习贯彻的情况。市委党报《咸阳日报》在头版显著位置刊发了其学习十八大精神的情况，我也积极地第一时间通过微博发表我的认识。《中国烟草》杂志在"动态栏目"把

魏锋荣获陕西省（咸阳市）"最美青工"榜样

| 排名 | 昵称 | 粉丝数 | 影响力 | 活跃度 | 覆盖度 | 传播度 |
|---|---|---|---|---|---|---|
| 1 | 交警表sir | 2388 | 163 | 47 | 114 | 1.69 |
| 2 | 董书香·中华农都电商影城 | 3610 | 140 | 39.04 | 99 | 1.87 |
| 3 | 微遥知百力 | 12764 | 139 | 5.41 | 134 | 0.14 |
| 4 | 武功·张永强 | 1616 | 91 | 2.82 | 78 | 0.42 |
| 5 | 张小凡达 | 624 | 73 | 8.74 | 63 | 0.41 |
| 6 | 范亚 | 1594 | 70 | 2.01 | 67 | 0.16 |
| 7 | 交警王永潮 | 649 | 67 | 5.04 | 61 | 1.14 |
| 8 | 魏锋用笔书写人生 | 2069 | 63 | 0.37 | 62 | 0.10 |
| 9 | AMO骁 | 1090 | 59 | 5.95 | 53 | 0.12 |
| 10 | 武功团县委张怀图祁 | 622 | 55 | 0.12 | 55 | 0.04 |

魏锋荣获"咸阳市十大公务人员微博最具影响力"奖

我的微博截图，作为该栏头条，向全国烟草行业职工展示……这样的例子还很多。

我从小就喜欢读书，偶尔写点诗歌，参加工作后写得最多的还是公文材料和新闻报道。2013年5月29日，我冒雨在西安采访了盲人何丽宵，随着采访的深入，我发现身边那些普通人物身上的故事更感动和吸引着我。于是我将目光和笔触伸向普通人物，为他们做专访，记录他们的经历，每次总会把采访的内容第一时间记录下来发到微博和微信上。

去年年初，诸多朋友通过微博或博客发来信息，建议我把追梦人的故事分享给更多的人。于是，我利用下班后的闲暇时间遴选了部分故事，并由陕西旅游出版社出版了我的纪实文学《春天里放飞梦想》。在这部作品中，我最大的愿望是想把这些追梦人的故事分享给更多的人。那些怀揣梦想的追梦人，有的继续艰难前行，也有的开始了新的追梦之旅。不管梦想走了多远，我都衷心地祝福所有心持梦想的人，早日实现自己的梦。这既是我对梦想的一种收获和展望，也是自己奔向梦想的一种寄托。

《春天里放飞梦想》一书出版后，中国劳动关系学院的教授网购了若干册作为其学员教材，厦门市总工会、神华宁夏煤业集团等多家单位将其作为职工学习教材。该书先后被国家图书馆、各大院校图书馆收藏，并入选了全国工会"职工书屋"和国家新闻出版广电总局"农家书屋"指定重点备选图书，出版社还将其作为社选图书在第二十四届全国书博会展出……共青团中央青春励志官网入编了我的励志故事，《图书馆报》《中国职工教育》《陕西工人报》等多家媒体也相继进行了报道。

　　微博让梦想更近。感谢新浪陕西、陕西政务微博学院、咸阳市委宣传部、咸阳市互联网信息办公室授予我"咸阳市十大公务人员微博最具影响力"奖，我会继续讲好百姓故事，传递梦想能量。

　　——本文是2015年2月3日下午，在参加由陕西省互联网信息办公室指导、新浪陕西及七个地市站联合各地市网信办举办的"2014政务微博走三秦"的活动中，我因自己的新浪微博"魏锋用笔书写人生"荣获"咸阳市十大公务人员微博最具影响力"奖而撰写的发言稿。这篇文章也被多家官方微信公众平台推介。

# 新常态下，报告文学作家肩上责任不能缺位

2016年3月，魏锋受邀在湖南韶山参加第二届"中国青年报告文学作家论坛"

报告文学是文学的"轻骑兵"，是时代的号角，是出征的战鼓，又是针砭时弊的钢锥银针和投向社会邪恶的匕首。报告文学作家应准确地把握时代脉搏，真实地反映时代风貌，把现实生活中所发生的或激动人心，或发人深省的事情，及时地传递给读者。既要忠实地记录当下社会取得的辉煌成就，也要为处于社会底层的百姓的疾苦而呐喊。报告文学作家要追踪时代，追踪事实，多跑路，多思考，多探究，不仅要对社会上的某些"怪现状"进行抨击，还要对社会上的"正能量"进行弘扬，在保持时

刻警醒的同时，提高人民群众的信心，凝聚民族的精神力量。

习近平总书记指出，一个国家、一个民族的强盛，总是以文化兴盛为支撑的，中华民族伟大复兴需要以中华文化发展繁荣为条件。总书记还指出，要不断丰富人民精神世界、增强人民精神力量，不断增强文化整体实力和竞争力，朝着建设社会主义文化强国的目标不断前进。此外，他还指出应深入挖掘昂扬向上的红色文化。

长期以来，人们对报告文学的界定众说纷纭，没有一个确切的词条进行概括。"百度百科"是这样解释的：报告文学，文学体裁的一种，从新闻报道和纪实散文中生成并独立出来的一种新闻与文学结合的散文体裁，也是一种以文学手法及时反映和评论现实生活中的真人真事的新闻文体，具有及时性、纪实性、文学性的特征。另一个解释是，报告文学是一种在真人真事基础上塑造艺术形象，以文学手段及时反映现实生活的文学体裁。茅盾先生的解释是：报告文学是散文的一种，介乎于新闻报道和小说之间，也就是兼有新闻和文学特点的散文，运用文学语言和多种艺术手法，通过生动的情节和典型的细节，迅速地、及时地"报告"现实生活中具有典型意义的真人真事。中国报告文学学会会长何建明的解释为：报告文学是"文学地报告新闻"，这里面有两大元素，一个是文学，一个是新闻，缺一不可。孙犁说："报告文学作家，大多都是关心社会疾苦、为民请命的人。"

其实纠缠于报告文学的概念和定义都不重要，重要的是实实在在的内容，是其思想性、艺术性和深刻性。近年来，那种把新闻报道、广告说辞和记录个人生活琐事的纪实文字等一些似是而非的东西贴上报告文学的标签，实在是对报告文学的歪曲和亵

魏锋为第二届"中国青年报告文学作家论坛"设计制作的纪念卡

渎，一些媒体甚至将吹吹捧捧、花前月下的文字标上报告文学的记号发表，严重侵犯了报告文学的尊严。因此，报告文学作家们有必要团结起来，共同抵制假借报告文学之名而行其他目的的任何文字，捍卫报告文学的严肃性、艺术性、文学性和资讯性、战斗性，强化报告文学评论，严格媒体管理。将不具备报告文学要素和水准的文字从报告文学园地清理出去，对那些贴上报告文学标签的文字及时予以曝光、批评，维护报告文学的纯洁和高尚。

作为报告文学，真实是它的底线，向善是它的方向，审美是它的面容。早期的报告文学出现于19世纪中叶巴黎公社期间，1930年"报告文学"这一名词才正式被引进，而从抗战爆发到新中国成立前，连续不断的战争和生活的剧变为报告文学提供了异常丰富的素材，使报告文学成为当时文学界的主流。新时期以来，报告文学掀起了复兴的热潮，开始了中国报告文学的新纪元。从徐迟的《哥德巴赫猜想》到何建明的《落泪是金》《南京大屠杀全纪实》、赵瑜的《强国梦》，以及李春雷的《朋友——习近平与贾大山交往往事》、厚夫的《路遥传》、王树增的《抗日战争》等，这些优秀的报告文学作品不但提供了海量的资讯和深邃的思考，而且也在文本范式和文学水准上树立了标杆，在真实性、新闻性、思想性、文学性达到了完美的统一，具体而又形象地勾勒出报告文学的准确面目，丰富、发展着报告文学。更为重要的是这些优秀的报告文学作品用鲜活生动的形象诠释了正确的人生观、价值观和生命的意义。这些可敬的报告文学作家始终站在最广大人民群众的立场上，舍身忘己，正视现实，深度思考，冷静剖析，用炙热的情怀和真诚的笔墨为我们的社会更加美好、为我们的政党更加坚强、为我们的国家更加繁荣而孜孜以求，笔耕不辍，为党和人民提供了可资借鉴的厚重资料，为社会进步做出了贡献。

最近，陕西发生了两件事情。一件发生在西安闹市区，一件发生在郊县。第一件是西安民间救援队长在夜间抢劫杀害了无辜行人，一位长期坚持救人的人怎么会去劫杀无辜生命，在情理上都讲不通。另一件则前不久发生在西安市高陵县（今高陵区），一位中年妇女被困电梯30多天，居然被活活饿死。两件事情令人震惊，不会、不能、不可发生的事情发生了，其中的原因是什么，类似的原因还有多少，怎么消除这些原因等。

什么是报告文学？报告文学作家的责任和义务是什么？上面所举的两个反映社会情况的事情，报告文学都不可以回避，报告文学作家都不能缺位。报告文学作家应勇于展露真相，剖析诱

因，深度思考，用如椽之笔表达炙热情怀，推动社会进步。

长期以来，红色文化一直占据着报告文学的半壁江山，许多脍炙人口的名篇佳作立足于红色文化，从而挖掘出深刻的主

魏锋就本次会议的报道，刊发在《中国作家》杂志2016年第5期

题。我生活的陕西，是"一带一路"的起点和桥头堡，是新常态下经济、社会、文化最为活跃的地区之一，也是红色文化积淀厚重的地方，所有这些得天独厚的条件为报告文学的创作提供了源源不断的素材，为报告文学作家创造了深度思考的机遇和平台。

生活是创作的源泉，报告文学创作离不开时代鲜明的火热生活；红色文化助推新常态，新常态需要红色文化的支撑。因此，作为与时代生活接触最紧密的报告文学作家应该深入一线，踏踏实实把自己融入到现实生活中，切身感受红色文化的无穷魅力，切身感受新常态带来的新现象、新事物、新问题，努力写出无愧于时代、无愧于人民的好作品。

——本文是第二届"中国青年报告文学作家论坛"发言稿，曾载2016年4月24日《今日彬县》、5月24日《咸阳日报》等报刊，中国作家网、陕西作家网、搜狐网、陕西市政网、三秦网等多家网络以及新媒体公众平台。

# 奏响新时代的最强音

由陕西省文化厅主办的"陕西文学艺术创作人才百人计划"在西安启动

习近平总书记在中国文联十大、中国作协九大开幕式上的讲话指出：广大文艺工作者要坚持以人民为中心的创作导向，坚持为人民服务、为社会主义服务，坚持百花齐放、百家争鸣，坚持创造性转化、创新性发展，高擎民族精神火炬，吹响时代前进号角，把艺术理想融入党和人民事业之中，做到胸中有大义、心里有人民、肩头有责任、笔下有乾坤，推出更多反映时代呼声、展现人民奋斗、振奋民族精神、陶冶高尚情操的优秀作品，为我们的人民昭示更加美好的前景，为我们的民族描绘更加光明的未来。

　　作为一名80后青年文学爱好者，作为一名中国报告文学学会、陕西省作家协会会员，作为一名长期主要写作报告（纪实）文学的基层业余作者，能够全文学习习近平总书记在中国文联十大、中国作协九大开幕式上的重要讲话，对于我来说是非常幸运的。这让我能够及时辨识创作的方向和获取创作的正确方法，催人奋进，让我备受鼓舞。

　　陕西是新时期文学的重镇，也是新时期经典作品和文学巨匠的沃土。从柳青《创业史》、杜鹏程《保卫延安》，到"陕军东征"，再到路遥、陈忠实、贾平凹"当代陕西文学三棵大树"，以及活跃于当前文坛的叶广芩、红柯、周瑄璞、高鸿、杜文娟等一大批中坚力量和一批初露文坛的80后、90后青年作家，无不根植脚下的泥土，无不自觉地坚守和履行着总书记讲话中的至理名言。像路遥的《平凡的世界》、陈忠实的《白鹿原》、贾平凹的《秦腔》、孙浩晖的《大秦帝国》、杨焕亭的《汉武大帝》《武则天》等一本本扛鼎大作无不默契地体现着总书记讲话中的要求。

　　陕西作家秉承着优良的传统，不但集体坚持了毛泽东在延安文艺座谈会上的讲话精神，而且无一例外地契合了习近平总书记在中国文联十大、中国作协九大开幕式上的讲话主旨。如在纪实文学方面，陕西青年作家杜文娟就一直坚守着用生命写作，来发现大千世界以及社会人生。无论是地震题材、西藏题材，还是公益题材，在她的作品中都有一种时尚气息，或者说现实气息，而她也一直在用文学反映现实社会的广度上做着努力。其作品曾获《解放军文艺》双年度奖、《中国作家》鄂尔多斯文学奖等，还有作品参加国际书展。作为一名相对年轻的陕西省作家协会会员和在文学拉力赛中刚刚起步的选手，能够融入到这样的一个群体并无时无刻地享受到前辈、同辈以及文朋诗友的耳提面命，对我的学习和进步来说，无疑是一种恩赐，一种帮助和一种鞭策。

文以载道。首先要端正思想，用正确的思想指导创作实践，用丰富的创作实践修正指导思想。作为纪实文学作者，就是要强化文艺理论学习，不断从被实践证明了的放之四海皆准的理论中汲取营养，树立正确的人生观、价值观和写作观。没有正确的思想和深厚的文艺理论修养，没有正确的人生观、价值观和写作观，就不可能写出肢体丰满、骨架结实的作品，也不可能使自己的作品内涵丰富、脉络清晰、气韵深厚，更不可能使自己的作品达到感染人、教育人、启迪人的境界。强化文艺理论学习要从翻涌的文艺思潮和千丝万缕的文学流派中辨别真善美和假丑恶，接受精华，放弃糟粕，敢于逼近真谛，善于掌握真理，用精准的理论武装自己的头脑，不断提高自己的认知水平，不断提升创作的指导思想水准和驾驭题材、挖掘题材、升华题材的能力，唯其如此，纪实文学才有可能达到一定的高度，创作才有可能实现新的突破。当前，纪实文学要处理好三个方面的关系：虚与实的关系，真与假的关系，聚与散的关系。纪实文学首先是纪实，细枝末节可以虚构，但时代背景和人物，以及主要的事件、场景、经过和结果必须真实无误。处理好虚与实的关系关系到纪实文学的成败，无虚不成文学，缺实难成纪实，拿捏好两者的比例和关系极其重要。另外还要处理好真与假的关系，哪些是真人真事，哪些是传说演绎，都需要辨别清楚。无真不成纪实，无假不成艺术，真假的合理使用是纪实文学的生命线，但宁可把假的写得像真的，万不能将真的写得像假的。道具可以是假的，但使用道具的人物不能造假，场景的氛围可以假借烘托，但场景不能虚假，这跟纯文学作品有区别，是有条件的假设。还有聚与散的关系，纪实文学

2016年12月13日，参加陕西省文化厅和西北大学共同主办"陕西文学艺术创作人才百人计划"培训

同纯文学、新闻报道和报告文学的最大区别就是同时具备这些体裁的元素，但又力戒任何一种体裁元素的过量或缺失。聚焦是纪实文学必须侧重的要点，散光是纪实文学必不可少的理念。比如西安事变和张学良，如果重点纪实西安事变，就应该聚焦事变，张学良的形象就要散淡；反之，如果重点纪实张学良，就应该紧紧围绕张学良书写，西安事变就应该略写。因此，一篇成功的纪实文学作品总能在里面窥见作者处理聚散关系的独运匠心。

脚踏实地，痴心艺术。任何文艺作品都离不开老老实实地扎根生活、体味生活、感受生活，更离不开对艺术的提炼和创造，纪实文学亦不例外。纪实文学除了具备端正的思想和精深的理论素养之外，还必须充满激情，充满对生活的稔熟，充满对艺术的执着追求和崇高向往。纪实文学作者既要有敬畏感的担当，又要有愉悦感的洒脱，笔由心走，心定神清，不随俗流，不谄媚，拒绝任何格局狭小、情调低迷内容的诱惑，不跟风、不歪曲、不谋私。对于纪实文学作者来说，一要深入生

魏锋采访美国科罗拉多州立大学副校长、教授、斯诺研究专家凯莉·安·朗恩（Kelly Ann Long）（右二）

活，时刻把自己融入最广大的人民群众之中，同呼吸共命运，建立与最广大人民群众深厚的感情；二要选取具有重大意义的题材，并深思熟虑地加以提炼；三要多跑、多听、多看，全方位、多角度地搜集素材和与作品相关的资料；四要多思慎笔，深入思考，冷静谋篇，谨慎下笔，精雕细琢。

山高水长，入木三分。陕西纪实文学虽然还不能独树一帜，但是根植于陕西这块肥沃的文化厚土，有习近平总书记的讲话时时警醒，有陕西文学大家的悉心指导，有文联、作协等有关组织的引领和帮扶，有一大批热衷于纪实文学创作者，相信在不久的将来，陕西定会有海量掷地有声的纪实文学作品。

——2016年12月13日参加陕西省文化厅和西北大学共同主办的"陕西文学艺术创作人才百人计划"研讨培训班时的培训心得，曾载2016年第6期文学双月刊《渭水》、《现代企业文化》杂志以及作者博客和多家网络以及新媒体公众平台。

第六辑

心怀感恩 传递芬芳书香

　　"常怀感恩之心，常念相助之人"。1998年走出校门至今的19年时间里，无论在哪个行业，哪个岗位，我都充满了激动、兴奋、期盼、喜悦，也时常默默地暗下决心："用心做好每一件简单的事情！"

　　人生没有彩排，每天都是现场直播；人生没有闭幕，工作演绎带来乐趣。"追求，永无止境。我只是将自己的全部智慧与力量奉献给文字，激情逐梦，努力做到更好！"每一天都是一个新的起点，我需要做的其实还有很多，即使不能到达胜利的彼岸，我也愿自己留下的足迹闪闪发光。我也期待从明天开始，写出更多更好的文章，那将是我最大的幸福。

# 有您鼓励，寻梦不孤单

纪实文学《春天里放飞梦想》出版

　　实实在在地工作，实实在在地学习，勤于写作，勇于探索，有志者定会收到成功的喜悦。从你的阅历看，可能和我一样，未能受到高等教育，较早地参加工作，而且在基层。对于一个文学爱好者，长于写作的年轻人来说，这是好事；接触社会实际，富有生活来源，这是一个有利条件。我为你的努力和成功而祝贺，更使我受到启发和令我感佩的是你奋斗的故事和精神。勤于写作，勇于探索，我希望、我相信你一定会收到成功和喜悦。

　　——皇甫束玉，先后任教育部办公厅副主任，人民教育出版社副社长，高等教育出版社党委书记、副社长、副总编，是我国著名的教育家、教材出版家、文艺活动家，曾获首届"韬奋出版奖""新中国成立六十年百名优秀出版人"等荣誉称号。

魏锋很勤奋，为生计奔波的同时，依旧怀揣梦想，充满激情，通过实实在在的努力坚守着选择，尽管这种热爱与选择也许距离很大，但他从未放弃。魏锋用真诚启开梦想之门，站在不同的视角，用笔书写，用相机拍摄，以文学的方式真实、点滴地记录生活，为历史留痕，传递梦想，留下了一串巨大的脚印。难能可贵的是，他还坚持做着和春晖行动一样的志愿者工作，生活如此充实精彩，敬佩。

——蔡顺华，笔名东方牧，著名演讲家、演讲活动家、散文作家，中国演讲协会副会长、春晖行动发展基金会副理事长、中国金口才教育中心演讲教授，多所著名高校客座教授，语文特级教师，全国演讲大赛评委，中国当代演讲事业杰出贡献奖获得者，《春晖》杂志执行主编，《演讲与口才》杂志原常务副主编。

作为新闻战线上的一名老兵，我认为"新闻学"从某种意义上谈是一门选择的科学。新闻实践需要作者具有选择新闻的敏锐眼光，需要具备精选新闻要素的各种能力，需要及时迅速地报道新闻的综合素质。对于这些要求，作为一位年轻的新闻工作者，魏锋同志都做到了。他以一个新闻工作者的智慧和勤奋，写了上百万字的新闻作品，文章题材丰富，内容鲜活，涉及面广，且富有深度。这充分表现了作者较高的理论素养、良好的职业道德和厚实的文字功底，也折射出了作者自强不息的成长足迹，展现了当代青年一种奋发向上的拼搏精神。

　　——李遵立，大众日报社高级编辑，曾任大众日报科教部主任、报社编委和山东省教育新闻工作者协会主席，其主要著作有新闻作品集《追潮逐浪》《大潮小记》和业务研讨专著《新闻选择学散论》。

　　认识魏锋，缘自"共筑'中国梦'劳动最光荣——用知识和技能托起中国梦"研讨会上，我认真聆听了作为基层代表魏锋的宣讲报告，使我不由得顿生敬佩之意，并牢记在心中，让我在工作中有了新的动力。新年伊始，我又认真拜读了魏锋的纪实文学作品《春天里放飞梦想》书稿，让我再一次对心中本就觉得非常有理想、勤奋、执着、颇有才华的魏锋更加崇拜。他笔下每一位普普通通追梦人的故事，又给了我一股新的强劲力量，促使我为梦想而坚定不断地去奋斗。我想，这样的作家、作品一定对千千万万个追求美好梦想者有一定的启迪和促进。愿生活中多出这样讲述身边事、凝聚正能量的作品！

　　——巨晓林，党的十八大代表，"全国五一劳动奖章"获得者，知识型新型工人，农民工的楷模，中华全国总工会副主席。先后参加10多条国家重点电气化铁路工程的施工，创新施工方法43项，创造经济效益600多万元。

　　魏锋从爱上文学到钟情于文学，就始终坚定追寻着属于自己的梦想与理想，脚踏实地实现着自身价值，汇聚了强大的勇于寻梦、

敢于追梦、勤于圆梦的青春力量。作为一名作家，魏锋把自己的笔墨毅然投入到弘扬在不同工作岗位，有着闪光人生经历和突出成就的那些为梦想而努力奋斗的人与事，用他犀利的手笔和宽广的视野向读者生动讲述他们富有浓郁时代特色、鲜活生活气息的故事，努力地用实际行动宣传和弘扬"中国梦"。这些寻梦者的故事正是时代的榜样、社会进步的正能量和践行"中国梦"的排头兵。

——周吉灵，陕西省作家协会理事、签约作家，汉中市作家协会副主席，《散文选刊》下半月签约作家，甘肃省文学院签约作家，《秦岭印象》文学期刊主编。

纪实文学《春天里放飞梦想》再版

在这个浮躁扰攘的时代，说起"梦想"这个词，也许会有人不屑。是啊！梦想已经被残酷的生存之境挤到了夹缝里。魏锋与我，可算是同龄人，出生于乡村，成长于乡村，却为了"梦想"两字离开故土，赴异地寻梦。而在寻梦的路上，亦同样经历艰辛，经历痛楚。

对于许多人来说，梦想已经是一场失落的梦境，是无法抵达的目的地，是内心深处不能抹去的疼痛，像一根弦，偶尔无意间拨动，还会震颤，却再也不能发声。魏锋采写的纪实文学主人公的身上，"梦想"是一个无法逾越的关键词，叩开人生崭新的春天，将梦想，在这个春天放飞。

——纳兰泽芸，上海市作家协会会员，《读者》杂志、龙源期刊网签约作家，专栏作家。在国内外数百家媒体发表文章共计200多万字。著有作品集《爱在纸上，静水流深》《悬挂在墙上的骆驼刺》等，作品入选中学语文辅导教材及多省市中考试题，是"中考热点作家"。

骏马腾空，龙人圆梦。作为年轻一代新闻人和作家的魏锋，应该说遇上了一个好时代，他把自己的满腔热血、愿景理想，通过手中的笔、手下的键盘，形成了洋洋洒洒百万字的文学作品，展示了一代甚或几代共和国方方面面建设者的风采，也包括自己的风采。文中人物或官员，或作家，或艺术家，抑或学者，无不充满朝气活力，在各自的领域卓有建树，成为风气的引领者，给人传递一种积极的正能量。"大鹏一日同风起，扶摇直上九万里"。墨韵书香，共弹文化大繁荣之交响；青春理想，齐奏实现中国梦之合唱。感情饱满，文采飞扬，读之品之，如坐春风，如饮佳茗，无限快意。

——田冲，作家、编辑，现为《西安商报》副总编，陕西省作家协会签约作家，西安市新城区作家协会副主席，迄今在《人民日报海外版》《光明日报》《延河》等国内及美国、泰国、瑞典、新西兰等国外

报刊发表作品300余万字，获奖百余次，著有长篇小说《曾经沧海》和《迷局》。

中国劳动关系学院劳模班集体采购《春天里放飞梦想》作为学员课外读物。图为中华技能大奖、全国劳动模范、五一劳动奖章获得者柳祥国正在阅读此书

青年作家魏锋出身古豳州，得先贤遗风，为人豪爽、古道热肠，有君子之风。魏锋善文，眼疾手快，勤奋过人，他兼作家与新闻人于一身，在新闻报道、人物通讯、散文创作等多个领域均取得骄人成绩。尤善人物专访，常文思泉涌，笔下化腐朽为神奇。他的文章大多篇幅较长，内容繁多，但每每能传递正能量，激励人、鼓舞人。今欣闻其人物专访集《春天里放飞梦想》一书即将付梓，特书此语，以表祝贺！

——史飞翔，70后新锐文化学者、散文作家、青年评论家，陕西省散文学会副秘书长，《散文视野》杂志编辑部主任，陕西终南学社副秘书长，《陕西终南文化研究》杂志编辑部主任。

年轻有为的魏锋，是我至今未曾谋面的咸阳乡党。他也是农家子弟出身，小时曾吃过很多苦，但多年来，一直执着地钟情于文学，痴心不改。全凭着个人的勤苦努力，一路走来，如今也终于有了属于自己的一方小天地。他好学上进，心怀梦想，有激情，有魄力，更有行动力，已出版过多部著作，成绩令人羡慕。他的纪实作品，是他倾情文学，关注现实，于近年游走于文坛而留下的一行行印迹，同时，也是为陕西文学保存下的一份独特的个人记录，意义非凡，值得珍重。我期待着它的早日面世，愿它走进更多的读者朋友！

　　——文彦群，中学教师，陕西省散文学会副秘书长，出版有散文集《情谊如酒》。

　　魏锋是个好小伙！他是我们身边的"'中国梦'青年志"陕西（咸阳）好青年、咸阳市"十大杰出青年"。

　　都说"眼睛是心灵的窗户"，这话对魏锋是确然的。这位眼睛活灵活灵大的青年人，心里也是豁亮的敞。他用敞亮的心给自己搭建舞台，唱独角戏也拉人配戏，唱得震天价响；他越过了阻遏北部山区人梦想的永寿梁，把世事闹到咸阳，目光却盯着更远的远方。

　　魏锋是个有梦想的孩子，却不是做白日梦。他为梦想一直奋斗着，无论是校园文学的天真梦，还是文学青年的浪漫梦，他都像唐·吉诃德一样付诸真情去寻梦。有汗水也有泪水，有收获更有故事。

　　微风工作室用真诚服务为众多文化人圆梦，也为魏锋个人的文学梦插上翅膀。

　　魏锋热爱本职，把一份企业报纸办成响亮的内刊，被中国内刊协会授予"'中国梦'优秀文化传播先锋奖"；魏锋情系桑梓，心系公益，关爱农村学子，他站在山外为宣传大美彬县而鼓呼，在"大美豳州"征文中夺得头筹，实至名归。

胆大的心敢做梦。壬辰岁末才说要做人物专访想整大动静，癸巳年就不断有重磅人物的稿件出

魏锋连续多年获陕西省作家协会"优秀信息员"荣誉，与原《延河》杂志编辑部主任胡晓海老师（右）合影

笼，甲午早春，便有纪实文学作品集《春天里放飞梦想》即将出版，这真是春天的风信子！

怀揣梦想朝前奔！愿这个爱做梦并用实际行动去追梦的缪斯孩子怀揣梦想勇往直前，我祈祷，魏锋能飞得更高！

——刘兆华（江枫），陕西省作家协会、散文学会会员，彬县作家协会副主席，文学期刊《豳风》杂志执行主编。

这本书是一个有梦想的人——魏锋，讴歌了一群同样有梦想的人在实现梦想中不断追求的过程。通过本书的讲述我们认识了那些平凡而不平凡的人，他们的事迹感动和激励着每位读者，他们寻梦、追梦、实现梦想的精神正在成为一种正能量在社会上不断传递，也让更多的人在实现梦想的道路上走得更加坚定。

——本组学者、文朋诗友和读者点评部分收录于由陕西旅游出版社出版的《春天里放飞梦想》一书，部分来源于京东、当当、淘宝等网店读者评论。

# 我们一起实现"中国梦"

◆ 文/孙 磊

全国总工会《中国教育》杂志特邀魏锋参加"共筑中国梦·劳动最光荣——用知识和技能托起中国梦"研讨会

"中国梦"是国家富强梦，是民族复兴梦，是人民富裕梦，是个人成功梦，是青春奋斗梦。同心共筑中国梦，成为亿万中国人的美好心愿和共同追求。这一点，在魏锋纪实文学集《春天里放飞梦想》书稿中我真切地领略到了每一位追梦者寻梦、追梦、圆梦的正能量。作者选取的人物，以独特的视角来解读集体或个人实现梦想的根本力量和动力源泉，通篇作品选材丰富，涉猎面广，语言清新，文字精练，情感真挚，催人奋进。确切地说，这部纪实文学作品是广大职工实现"中国梦"最接地气的读本。

魏锋同志作为《中国职工教育》杂志社唯一从基层普通作者中

选拔的特约编辑、专栏撰稿人，勤于笔耕，用丰沛的情感体验和深刻的生命感悟融入到每一篇专访中，用生动的文笔向杂志撰写了大量反映各行各业的优秀作品，书写了一篇篇丰富鲜活、催人奋进和充满时代气息的好作品，宣传社会主义核心价值体系，在平凡的岗位上创造了不平凡的业绩，树立了实现"中国梦"青春榜样的光辉形象。我也经常用魏锋的故事教育杂志社年轻的编辑，让他们学习魏锋同志敢于吃苦，敢于担当，敢于追求的追梦故事。

"用笔书写人生"，魏锋靠的是什么？我认为不仅仅靠的是勤奋和执着、知识和技能，还有对工作的忠诚、敬业和奉献精神。作为年轻的80后一代，魏锋乐观对待人生，向着文学梦想这条坎坷道路，走南闯北，在乡上时从事民办教师的工作，办假期学校、书屋，县上时又从事打字员、文秘工作，并为家乡彬县创办文学杂志，一步一步，生活之路是曲折和艰难的，他每走一步所付出的代价是常人的数倍。

在繁忙的工作岗位上，魏锋怀揣梦想，充满激情，尽心尽力，一直坚守自己的梦想，用勤奋用心把每一件事情做好，奋斗自己的梦想，尽管这种热爱与选择也许距离很大，但一直为了实现的梦想，不懈地努力着。直到今天，他还在漂泊中坚守着梦想，依靠自己的学识和智慧，执着于文学梦，执着向前。

劳动是财富的源泉，也是幸福的源泉。近日，又传来魏锋纪实文学新著《春天里放飞梦想》即将出版的好消息。这部作品每一篇我都细细读过，品味每一个平凡的梦想，无

魏锋向读者介绍《春天里放飞梦想》一书

论是名家还是普通百姓，你都能感觉到那灵魂深处的光芒。"中国梦"，是民族的梦，你的梦，我的梦，他的梦，而这些汇聚起来正是打牢实现"中国梦"的坚实根基。

从作品中，能看出魏锋具有使命意识、责任意识和担当精神。他的笔触关注点不仅仅是他赖以生存的单位、家乡，而且更多的是把关注点放在了关注大众生活和普通人疾苦上来，真人真事真情流露，更多的给人以思想的启迪，一个个翔实的数据、一段段生动的故事都是"中国梦"的缩放。再好的作品都有瑕疵，在这部作品中，也有部分作品在情节和细节上笔墨相对弱了一些，故事性还有待于进一步挖掘等，作为一名业余作者，魏锋还需扬长避短，继续努力，我期待着有更多的惊喜从天而降。

日前，全国亿万职工以"正能量"和"中国梦"为主题，传递着积极向上的精神力量，汇聚点滴正能量，共同铸就属于我们每个人的"中国梦"。魏锋也是如此，在单位负责新闻宣传和内刊编辑，笔耕不辍，发表文章百万字，负责编辑内刊300多期，内刊曾荣获全国优秀企业内刊一等奖，第二届、第三届中国企业传媒奖一等奖，第五届中国优秀企业文化传媒奖，咸阳市首届内刊优秀奖等。他本人多次获"全国优秀企业报编辑记者""最佳编辑记者"及"杰出编辑奖"等荣誉，由衷高兴的是，魏锋还兼职单位团委宣传干事，又是一名关爱农民工子女的项目专员和青年志愿者，他先后为贫困学校捐赠各类学习书籍6000余册，价值5万多元，为农民工子女学校、农村惠农图书室联系组织捐助图书价值10万多元。作为一名为生计奔波的年轻人，令我心里感动的是，他的行动让我深切地感受到有爱就有希望，更引起我心灵震撼的是，魏锋没有停下脚步，在传递温暖的路上他依然坚持着，并倍感温暖和幸福。

《打工世界》杂志将魏锋作为封面人物专题报道

　　可以坦率地说，魏锋在平凡的生活中尽情燃烧着自己的激情和才华，为梦想而努力着。作为工人阶级实现"中国梦"主力军中的一员，他在岗位上"乐其业、负其责、精其术、竭其力"，时刻保持一股爱学习、勤思考的劲头，考取了大学文凭，网络编辑师、经济师、高级文秘等职业资格，出版了《爱的教育》(家教类)、《暗飞的记忆》（合著）、《今古楹联趣话》《我的金叶情怀》等作品集，文章《招聘"隐形监督员"的现实悖论》继《半月谈》《南方法制报》《中国内刊》《企业党建报》等报刊发表后，还入选了2012年国家公务员面试热点分析。他还连续多年在行业新闻宣传等工作中荣获各级各类先进个人。

　　"宝剑锋从磨砺出，梅花香自苦寒来。"魏锋用心把想做的事做好，每走一步，都有新的收获。可喜的是，他的付出得到了回报和认可，还荣获了"中国梦·青年志'陕西好青年''咸阳好青年'"，咸阳市"十大杰出青年""青年岗位能手""青年突击手标兵"等多项荣誉称号。2013年10月30日，在杂志社承办的"共筑中国梦·劳动最光荣——用知识和技能托起中国梦"研讨会上，包括全国劳动模范、党的十八大代表、五一劳动奖章获得者、国家科技进步奖获得者、高级技师、自学成才的杰出青年代表等60多名来自基层一线的职工，一起研讨如何用知识和技能

魏锋应邀参加黄鹤楼第二届零售高峰论坛会议

托起"中国梦"活动中，魏锋作为基层一线入选的普通员工，向与会代表介绍了自己在从事的工作中如何勤奋学习、扎实工作、苦练技艺、自学成才，用自己的信念作为支撑，用自己的行动积极投身到行业各项工作，实现梦想的先进事迹。

实干成就梦想，《春天里放飞梦想》对"中国梦"的诠释，起到了很好的示范作用，一定能够释放出激发活力的正能量，引导更多的人将个人梦想融入"中国梦"，书写光荣与梦想，成就个人梦想。《中国职工教育》杂志会一如既往地利用好发展的有利条件，利用好多年发展积累的经验和资源，继续保持优良传统和作风，为像魏锋一样的职工搭建平台。

让我们一起努力，一起加油，在实现"中国梦"的征程中实现我们的梦想！

——本文是原中华全国总工会宣传教育部副巡视员、全国创争活动办公室副主任、《中国职工教育》杂志社总编孙磊倾情为《春天里放飞梦想》一书撰写的序言，曾载2014年第9期《中国职工教育》杂志，光明日报网、中国作家网、中国报告文学网、陕西宣传网等多家网络以及新媒体公众平台。

链接：----------------------------------------

2015年4月19日，中铁电气化局集团有限公司职员张世永通过

QQ邮箱，给我发来一篇《职工教育事业的播火人——深切缅怀孙磊先生》的文章。"孙磊老师清明节前一天去世，永远地离开了人世……"接收到邮件的第一时间，我不敢相信这是真的，心情无比沉痛！我不相信这是真的，连忙和中国劳动关系学院教授乔东老师、《中国职工教育》杂志胡英军老师联系，证实孙磊老师于4月4日下午1点15分去世。

孙磊老师去世的消息，我不相信。我翻阅和孙磊老师在QQ交流留言、短信、微信等聊天工具上的对话，2015年3月19日晚10点，孙磊老师还在QQ上给我留言："向小魏入围'全国最美青工候选人'表示祝贺！"还留言说："身体不适，从本月2日开始住院治疗，到现在已经19天了，估计还要住院10多天。"3月20日上午11时左右，看到留言信息，我给孙磊老师回复："孙老师精心休养，祝您早日康复！"孙磊老师没有回复消息，我怕影响治疗就没有去打扰他。

连续几天，我无法面对这个事实，翻着一本本散发着油墨香的《中国职工教育》杂志，整理着孙磊老师3月给我快递来的一箱文学书籍，我无法控制自己的情绪，陷入一种非常沉重的悲痛之中。

此时此刻，我艰难地坐在电脑前，心在流泪，想着一桩桩往事，孙磊老师和蔼可亲的笑貌就浮现在我的眼前。4月，由于工作忙加之去山东参加了一周的学习培训，我本打算20日上班后和孙磊老师叙旧，同时汇报一下最近的学习、工作和生活情况……

"好好干，小魏，不要辜负孙主编对你的期望！"乔东教授关切地给我发来信息。一个星期已经过去了4天，但回忆起关于孙磊老师与我这个来自基层一线普通员工的往事，历历在目，言犹在耳。

# 追梦协奏，战鼓催春

◆ 文/柏 青

著名作家、内蒙古作家协会全委委员柏青

魏锋将他最新结集的纪实文学作品集《春天里放飞梦想》PDF版发给了我，我用了3个白天的时间仔细地读了一遍。

收入本集的35篇纪实文学（专访、采访）基本上都是他从2013年撰写发表的几十万字作品中选择出来的，其中6篇写的是集体，29篇是人物专访。本部报告文学以饱满的创作激情将目光投向身边的人和事，主人公们的追梦奋斗事迹令人感佩、尊敬、震撼，荡涤人心，鼓舞斗志。从原高等教育出版社党委书记到拾荒的作家；从小店店主到行业专家；从残疾盲人到书画大师……都是在用大爱书写人生，用奋斗创造奇迹，用劳动描绘未来，用奉献实现梦想！尽管他们的出身、背景、遇际、环境各不相同，但他们的人生追求是相同的，他们的崇高的精神风标是一致的，他们报效国家、家乡的愿望是重合的。

展卷读情。读者面对这样一本文字，就像面对无际无涯的大海，使你看到广阔，看到一滴水的本源；读者面对这样一颗颗高尚的心灵，就像面对一片熊熊燃烧的篝火，使心底的几斑荫翳因烤焦而疼痛，进而懂得什么是心肠柔软和纯善；读者面对这样一出出人生悲喜故事，就像面对一道流血不止的伤口，哭着别人的遭遇，恨着自己的无为……

诚然，我们必须感谢80后邹韬奋式的作者魏锋。这是他一年四季跋山涉水、走村串户、访贤问圣的艰辛劳动成果。他的本职是一家企业的内刊编辑，做这些大量的采访工作都是靠业余时间，所以，有人说，"人的差别在业余"。也正如《中国职工教育》杂志孙磊主编所评价的那样：在繁忙的工作岗位上，他怀揣梦想，充满激情，一直坚守自己的梦想。他勤于笔耕，宣传社会主义核心价值体系，树立了实现"中国梦"青春榜样的光辉形象。

是的，当魏锋和他笔下的众多人物从书页中向读者迎面走来时，我们所见的是一幅实现"中国梦"的大型浮雕，每个人以他特有的追梦姿态铭刻于读者心间，传播着中华复兴的正能量。人们将在彬县日新月异的变化中，在咸阳烟草为地方经济贡献中，

纪实文学《春天里放飞梦想》连续3次入选"农家书屋"
重点出版物推荐目录，为全国多省的"农家书屋"配送

西北大学外国语学院院长助理，英籍专家罗宾·吉尔班克博士（Robin Gilbank）在该书出版前后多次给予鼓励

在陕西经济腾飞的发展中；在诗人大漠刚毅的眼神里，在盲女何丽穹高山流水般的钢琴曲中得到温暖的热量，情操的高洁，灵魂的洗礼，追梦的动力！

如果说2013年作者是初获丰收的话，那么，更大的丰收还在他青春洋溢的路上。魏锋向我透露，2014年他将继续进行他更大的采访——"文学陕西梦，陕西文学梦"的整体写作。陕西是文学大省，人才济济、大腕云集，中国文学走向世界，陕西的举措会起到举足轻重的现实作用。祝愿这个有创意的策划能顺利地得以实施，也能得到陕西文学界乃至中国文学界、社会各界的关注和支持。

作为文学人、文学期刊编辑，我期待着青春激情、才华横溢的魏锋的《春天里放飞梦想》渐入佳境！也愿他勤恳稼穑，春华秋实，梦想成真，以更多的感动与震撼再飨读者。

——本文是国家一级创作、著名作家、南京中山文学院客座教授，内蒙古作家协会全委委员、《西部作家》主编柏青老师倾情为《春天里放飞梦想》一书撰写的评论。曾载2014年2月27日《内蒙古晨报》，陕西作家网、陕西市政网等多家网络以及新媒体公众平台。

链接：------------------------------------

这位有着非凡勇气与才华的作家，10多年来在与病魔顽强抗争中以非常执拗的韧劲笔耕不辍，他对文字的执着也鼓励着和我一样喜欢文字的文学爱好者。2016年8月中旬，我通过电话连线采访了柏青老师，该访谈《柏青：用心灵写作见证生命奇迹》首刊2016年8月26日《图书馆报》，2016年第10期《老年世界》杂志转载。9月6日，柏青老师还用QQ给我留言："闻您一直业余从事图书公益活动，让我很感动，等我月末出院后，和你一起来做……"

然天有不测风云，柏青老师因病于2016年9月11日11时59分去世，享年63岁。愿天堂没有病痛，柏青老师一路走好！

# 魏锋纪实文学写作的个性特征

◆ 文 / 杨焕亭

多年来，杨焕亭对魏锋的文学创作给予大力支持

　　在咸阳这座古老的城市里，魏锋更像一位独行侠：既不大关注各种形式大于内容的喧嚣，也不大热心在某个专业文艺社团中为自己谋取一个什么职位。他只是按照对自己的清醒定位，对文学生态的理性把握，对自己实力的知性评估，选定纪实文学——准确地说应该是非虚构的报告文学作为自己实现对生活审美表达的工具，且一上手就高山流水，波澜起伏，轰轰烈烈。他的思维方式和写作方式是不是能够构成一种文学现象，可以讨论。然而，他走出属于文学，也属于自己的个性化创作道路却是一个无可否认的现实存在。

选择，从来就是一种主体的行为。它不仅见证作家对自身资源分配的文化自觉，更见证作家生活解读的智慧视角，这当然也与社会给予作家的非自致性角色有关。著名作家、第九届茅盾文学奖得主金宇澄在说到非虚构文学近几十年崛起的原因时认为："它们更有现场魅力，不那么慢，那么断，那么文学腔，那么一成不变地讲故事。"对此，茅盾文学奖的另一位得主迟子建认为："非虚构最大的优势在于它不贫血。"所谓不贫血，就是说它深深植根于生活的沃土之中。魏锋走进城市的第一个选择，或者说生活赐予他的第一个机遇并不在文学，而是与新闻有关的编辑出版工作。而新闻所能够带给作者的重要帮助就是它的前沿性、时效性和在场性。这一切，都与报告文学有着共同的属性，从某种意义上说，报告文学就是新闻的一种深度写作体裁。这使得魏锋转向报告文学写作成为一种必然。正所谓"机遇属于有准备的头脑"，魏锋的敏锐正在于牢牢地把握了这种必然，并且很自觉地实现了从观察视角到审美表达的转换。

然而，在中国历史上报告文学并不自今日始。早在20世纪初，就涌现出夏衍《包身工》、瞿秋白《饿乡纪程》这样杰出的报告文学名篇。要紧的是从作家笔下流出来的赋予它的审美价值取向、审美对象定位、审美语言特色的文字。魏锋在报告文学写作初期，曾经将笔触伸向普通人，撰写过不少反映底层群众命运历程的作品，这些作品，表现了一个青年作者强烈的使命意识和人文情怀。然而，真正能够代表他作品个性特色的还是在他将主要精力转向关注文学作家与作品、作家与生活、作家与社会之后。

一是以一种集合的大视角介入文学生态。从用自己的作品铺垫奠定陕西文学大省地位的柳青、路遥、陈忠实、贾平凹，到曾经为陕西文学繁荣和发展默默耕耘、壅土溉泉的著名编辑和著名评论家；从把握陕西文学大局的领导到漂泊在城市街巷、耕耘在田间地头的业余作者；从皓首穷经，用生命编织文学神圣的老作家到初涉文学芳园的年轻文学爱好者，作家笔下呈现的是一个富于时代气息，激荡时代旋律，坚守时代精神的文学生态，一种和谐、发展，生机葳蕤的文学生态，所传播的乃是闪耀着社会主义核心价值观时代光彩的正能量。因此，一部《春天里放飞梦想》，其对于文学的价值远远超出了作者的文本本身。那里，每一个人的"历时态"存在汇集成"共时态"的精神高塔和艺术高原。如果说，陕西文学大省的地位是一代一代作家用自己的作品浇铸起来的，那么，魏锋的这些短歌长吟，则描绘了一幅波澜壮阔、起伏跌宕的文学画卷。正是在这一报告文学界关注不够的土地上，魏锋开辟了新的境域，新的书写，新的耕耘。

二是以一种前沿的姿态走进文学生态。作为一位有着十几年新闻工作经验的作家，魏锋十分注重把最新的、最具新闻价值的事实带给读者。他对于陕西省作协主席贾平凹的采访不是从他早年的文学生涯切入，也没有从他获得茅盾文学奖的作品《秦腔》进入，而是把最新作品《极花》作为走进贾平凹文学世界的钥匙，渐次地展开对他生活观、文学观、艺术观的追踪。这样的写作，无疑提高了报告文学作品的时效含量和文本锐角。而他对《路遥传》的作者厚夫的采访则带有浓郁的在场性质，从而使得作家笔下那个随着岁月推移而渐行渐远的作家路遥"复活"在这个反思与沉淀的文学时代。

当把作家作为审美对象去解读的时候，他关注的焦点，往往在于内心世界的开掘。这是因为"心灵作为精神世界，是一个多样统一的整体"，它最能够为审美主体提供反映作家与作品关系的资源。对于贾平凹的作品，国内外

杨焕亭听说魏锋女儿魏佳喜欢画画，现场示范指点

读者大概都不会陌生，然而，深入到他丰富的内心世界，这是魏锋写作的一个特点。他关于贾平凹"一是作家本身起码要对这个时代关注、了解，不能和这个社会脱节。……二是手中的笔和纸的感觉有一种新鲜感的"的经验之谈和"潜心创作不可能当好一个好丈夫和一个好父亲"的内心矛盾的披露，把一个质感的、情感丰富的、血肉丰满的、与泥土很贴近的，具有普通人一样情感的作家心灵奉献给读者，这无论对于至今仍然在文学道路上跋涉的老作家还是对于准备走进"文学沼泽"的青春生命来说，都不啻为一种有益的人生启迪。而他纪实文学作品对文坛"父女兵"高鸿和高一宜的反映，更是把文学寻路者那种执着与寂寞、分享与求索、快乐与惆怅、精神与情感跃然纸上。作者要向广大读者传达的是："真正的文学作品，大抵都是以朴素的情感与精神而屹立在文坛的。""同一宇之深邃，致寒暑于阴阳。"笔锋只是工具，它们很共通又可贵的一点，便是不加任何说教即引发读者诸多深思与联想。这种对人格三观不动声色的影响，完成了一个作品的文学使命。至于写什么，那便是听从自己内心的召唤，发

出真实的声音——愿写什么便写什么。我以为，只有完成了厚重的阅读积蕴，才能在输出时，让字句化为机锋，鞭及事物的内核。"作者笔下的高鸿父女，同时恋上文学，不仅仅是一种天赋的基因遗传，更多的是对文学与人生关系的理性认知，是对人生尊严和生存价值的大爱，是汗水和泪水浇灌的文学精神，是心理濯洗之后诉诸文字的那一份惬意。然而，魏锋丝毫没有刻意拔高的意思，他十分注重将作家父女还原成一个普通的人的状态，发生在他们身上的故事，只不过是被涂上文学之光的普通人的日日夜夜。他们很亲近，并不遥远；他们很真实，并不神秘；他们很勤奋，但也有烦恼。他们是站在魏锋作品中的触手可摸的人的生命影像。所有这一切，都使得魏锋的报告文学作品具有一种沉甸甸的"灵魂"载荷。

三是以一种细节的贴近刻画人物。报告文学的一个显著特点就是具有新闻性，然而，从根本属性上说，它是一种具有新闻性的文学作品，归根到底是要以形象感化读者，而细节的刻画是让人物形象立起来的重要环节。如果没有对日常生活的陌生，甚至走路都碰到电线杆这样的细节，徐迟笔下的陈景润就显得平面和单调。魏锋的报告文学作品，对

杨焕亭创作的两部长篇历史小说，受到了全国各地藏书友的喜爱，他们经常委托魏锋向杨焕亭索求签名作品。杨焕亭最多一次签了200多套书。

于细节的采访和刻画是深入和细致的。《春天里放飞梦想》中的许多人物专访，其对人物性格的把握，借助于对话的情结推进，都充分表现了作者观察的细致和笔墨的朴实无华。这种刻画往往是笔随境迁的，在一些专访的篇章中，他常常会把主人公对生活或者局势的看法原汁原味地呈现在读者面前，读来有一种如临其境的感觉。例如作者在描写贾平凹的年节生活时就是这样落笔的："除逢年过节和外事活动外，每天早晨八点准时让老婆把我送到书房，一直到晚上十二点以后才回去……"

诚如著名作家孙犁所说："古代史家，写一个人物，并不只记述他的成败两方面的大节，也记述他日常生活的细节。也指文学艺术作品中的细小情节的描写。"

魏锋的报告文学创作已经走出了一条个性化的道路。个性化与个人化是完全不同性质的文学概念，个性化是遵循文学创作规律，践行文学真谛的自觉。真诚地希望作者能时刻把握时代脉搏，细心锻造精品力作，书写绚丽的文学时代篇章。

——本文是著名作家、文艺评论家，原咸阳市作家协会主席杨焕亭为《春天里放飞梦想》一书及作者博客上的纪实文学作品撰写的评论，曾载2016年7月1日《图书馆报》、第4期《陕西文学界》、第4期《杨凌文苑》等报刊，搜狐网、网易网、凤凰手机新闻、中国作家网、陕西作家网、天天快报网、人物网、陕西市政网等多家网络以及新媒体公众平台。

# 生活之山下的赤子之心

◆ 文 / 纳兰泽芸

魏锋与青年作家纳兰泽芸（左）合影

一年多前，当魏锋将这本《春天里放飞梦想》的电子书稿发给我时，他谦逊地说："烦请纳兰老师帮忙指正书稿中的不妥之处。"

我记得那时我真的比较忙碌，孩子又小。我花了近两个礼拜的深夜时间，逐字逐句阅读完这部电子书稿。

要说"指正"，真的没有多少不妥之处，只是几处较明显的笔误我指出来，让他改正了过来。

一年之后的今天，我就收到了魏锋特意寄给我的厚厚一本《春天里放飞梦想》。摩挲着封面，回想一年前阅读电子版的那些深夜，体悟着梦想成真的感动。

虽然电子版早已阅过，然而捧着纸质书阅读的过程中，我依然非常感动并感慨。感慨于魏锋的坚韧与执着，更感慨于他笔下各行各业人们那种鲜活的追梦精神。

正如著名作家陈忠实的题词所说："美丽梦想，成就美丽人生！"

果真是不错的。

这是一本纪实文学集。正是因为纪实，它没有虚构、没有浮夸、没有矫饰，它原原本本地袒呈了那些追梦人生命不息，追梦不止的执着情怀——"新中国优秀出版人物"、已96岁的皇甫束玉老先生，将毕生致力于中国的出版事业，虽年已耄耋仍壮心不已。他说："春蚕丝尽何曾死，化作飞蛾育后昆。蚕之为物，很小很小，但春蚕不仅抽尽生命之丝，为人间增添锦绣，还要忍痛化蛾育后昆，其精神很大很大。"他说："春蚕精神自古伴随那些甘于奉献、不知老之将至的人们的旅程，今日又激励着我们不仅要活到老，学到老，还要奉献到老，把更多的精神和物质财富留在人间。"

清华大学管理学博士后，中国首位哈佛大学企业职工文化访问学者乔东，1986年初中毕业，因家庭困难，放弃了重点高中的录取，以所在中学第一名的成绩，考取了全国人大原委员长万里的母校——山东省曲阜师范学校就读。然而那个大学梦一直在他心底深藏。为了这个梦想，他仍然刻苦努力，几年后他如愿以偿考取了山东师范大学，终圆大学梦。此后，他在梦想的路上一路追逐，先后考取山东大学硕士、清华大学博士、博士后，成为知名企业管理学者，访问哈佛。

出生农家，从小喜欢音乐与歌唱的徐静，因为家庭原因，长大却只能成为一名普通的中学教师。然而，梦想像个不死鸟一样，从未泯灭于心。在2013年，梦想引领她闯过层层海选、复试，在上千人中突围而出，走上了《星光大道》的舞台，在2013年10月26日，她面对如林的竞争对手，征服评委与观众，获得星光大道月赛亚军的好成绩。她说："当一名歌唱家是我多年来的梦想，从未放弃过，不管以后遇到多少挫折，将一往直前，为梦想继续拼搏。"

这样平凡而又不平凡的人们，一次次打动我的内心。

尤其是乔东，让我想到我自己。那一年，也是因为家中贫寒，除了我还有两个哥哥都在读书，家中经济不堪重负。原本中考成绩高出重点高中许多的我，只能含泪选择师范学校，只因为师范学校学费低，补助多，毕业出来就可以挣工资，为家中减忧。

同样是那样一个大学梦，让我心里无法安宁。

读师范的时候，我努力通过自学考试考上了安徽师范大学专科。

到上海之后，利用业余时间又通过自学考试考上华东师范大学本科。

白天上班，晚上复习，没有辅导老师，只能自己一门一门啃。10多门科目，一门一门啃下来，考出来。这期间经历的五味，心中铭记。

只有初中毕业英语水平的我，"大学英语"里的许多单词像天书一样。白天上班不能明目张胆拿着厚厚的《大学英语》书背，就"假公济私"悄悄把书上单词在公司复印机上复印下来，藏在口袋里，趁着上司不注意，赶紧背上几个。就用这样的"老鼠偷米"办法，一点点背熟了所有生词。

只是后来，我没有再像乔东那样继续努力，成为硕士、博士、博士后。

一篙子荡远，再荡回来。

比起魏锋采写的那些人们，更打动我内心的，是这部厚书的写作者——魏锋本人的坚韧与顽强。

说他坚韧，说他顽强，事实上已不足以表达内心对他的钦佩。要知道，他是一个80后年轻人，出生于普通农家，现在是一名普通的公司职工，有妻有儿，身上背负着养家糊口的重担。他没有背景，没有后台，更不能拼爹，不能比财。

那年，年轻的魏锋踏入社会这座围城，有了一份聊以维生的工作。他完全可以白天上上班，晚上看看电视打打小牌吆五喝六推杯换盏。

然而，在俗世浮躁的时间长河里，在庸常寡淡的现实面前，他常常莫名就会有一种紧迫感与无力感。他心底的那个有关于文字或者文学的梦想，常常在午夜梦回之时，从心的深处跳出来，拥抱他。

他常常眼睁睁地看着时光从眼前飞逝，总有一种泪盈于眶的感受。那种灵魂的煎熬，煎熬得他很辛苦，很狼狈。

于是，似乎是很自然地，他的身体听从了灵魂的指引，他拿起了笔，写下了自己想写的。

而且因了某种机缘，他开始关注身边或者远方那些促人向上、令人感动的人或者事。从此，无论酷暑寒冬，他从三点一线的职工生活中挣扎出来，从延伸的射线出发，背起照相机，拿上录音笔和采访本，挤上公交车或搭乘出租车，记录别人的梦想，同时也追寻并延续自己的梦想。

他在别人的故事里走过，同时回味着自己的人生。

他基本白天上班，晚上写作。

多少个深夜，这个背负着养家重担的男子，翩飞的思绪在灯影里追逐着那个渐行渐远的背影。那个背影叫"梦想"。

人们不会无视于他的努力与执着，他发表作品百余万字，成为共青团中央励志故事人物、"中国梦·青年志"——我们身边的陕西好青年、咸阳市第十八届"十大杰出青年"青年突击手标兵等。

这些称号虽是表象，但它们承载的是他的汗与泪。

他挖开沉重的生活之山，练就一颗赤子之心。

他知道，梦想就像蜡烛在水上漂浮，不点燃，永远不会有一丝光和热。点燃了，也许它会覆灭，但同时它也有一路光焰摇曳的可能啊！

在浮华的时代，人们更加执着于功利的大小和物质的充裕。一晃多年过去，有多少人，从年少怀抱"天不怕、地不怕"的凌云壮志，跌至"怕天、怕地、更怕人"的现实生活中。在脆弱而孤独的灵魂里，我们渐渐成了一个屡弱而懵懂的人。

读至这本书的第8页时，我看到了一年多前，我为这本书写下的几行字："在这个浮躁扰攘的时代，说起'梦想'这个词，也许会有人不屑。是啊！梦想已经被残酷的生存之境挤到了夹缝里。魏锋与我，可算是同龄人，出生于乡村，成长于乡村，却为了'梦想'二字离开故土，赴异地寻梦。而在寻梦的路上，亦同样经历艰辛，经历痛楚。

如果，我们不再做梦，或者梦里全是现实主义，那是否说明，我们的想象力与生命力正在日渐枯竭？

对于许多人来说，梦想已经是一场失落的梦境，是无法抵达的彼岸，是内心深处不能抹去的疼痛。像一根弦，偶尔无意间拨动，还会震颤，却再也不能发声。"

我清晰地记得作家蒋方舟说过的一句话："只要是坚持了一件没有人理解，没有人支持，没有人看好，甚至注定会失败的事情，就是热血的青春。"

是的，没有哭过笑过痛过唱过的青春，还算什么真正的青春呢？

温吞水一样的平淡时光，在多年后回忆起来也会有丝丝遗憾。遗憾自己那一年、那一月、那一天我为什么没有不顾一切去做那件我最想做的事情？！

医院里，医生在抢救危重病人时，最怕看到的，是仪器上的那条线变直了。

事实上，人生何尝不是如此。人生就像心电图，一帆风顺就说明真的挂了。

起起伏伏，有梦可追的人生，才是真正值得珍惜的人生。

魏锋的这本书，"梦想"，是一个无法逾越的关键词。

让我们以坚韧为弓，以勤勉为弦，弹起春天里崭新的序曲。将梦想，在这个春天放飞……


——本文是著名青年作家、演说家（上海）、"全国中高考热点作家"纳兰泽芸为《春天里放飞梦想》一书撰写的评论，曾载2014年9月5日《济宁日报》、第10期《中国职工教育》，第9期《仙女湖》等报刊和光明网、中国作家网、陕西作家网等多家网络以及新媒体公众平台。

# 仰首看天，俯首看路

◆ 文/林　颐

全国道德模范、记者、编辑、作家陈若星（右一）鼓励
魏锋坚守梦想，把专访做下去

窗明几净。一张书桌，就是一方天地。埋首工作，偶尔抬头，望望窗外，歇息片刻。这样的生活，辛劳中蕴快乐，清寂中溢欢喜。繁华喧嚣的当下，很高兴，看到还有些人愿意守着这一隅小小的天地，一行一行，在文字的足迹中铺展自己的人生梦想。

阅读陕西作家魏锋的纪实文学《春天里放飞梦想》，身处浙东南的我，仿佛插上了双翼，来到了陕西，来到了彬县。在这里，我看到了一大批热爱生活的可爱的人。

魏锋是我的博友，常常访问我的博客，悄悄地来，悄悄点赞，悄悄地走。不声不响，只有鼓励，暖心暖情。我是疏懒的人，很少回访，这一次才从书中介绍了解到他的经历。魏锋原先是一名乡上的民办教师，办过假期学校，开过书屋，县里干过打字员，做过文秘，办过文学杂志，现在他已经成为一名出色的编辑和记者。生活让他饱尝了艰辛，同时也不断给予他奋发的能量，让他在文学的天空里越飞越高。

　　魏锋走南闯北，但他最爱的始终是家乡彬县，这本《春天里放飞梦想》可以说是他对家乡的献礼。魏锋以一杆劲笔，"让大美彬县告诉你千年古豳梦"，一个国家级贫困县是如何跃为陕西经济十强县的呢？历史画卷徐徐展开，这一片土地，自古是兵家必争之地，恶劣的自然环境更是让这里人们的生活极为艰辛。一座建在泾河沿线滩涂地上的县城，治水防洪是几十万彬县人的梦想……当时间进入21世纪，泾河彬县城区防洪工程，齐民心之力，聚发展之势，终于成就建设之伟业。彬县的华丽转身，不是旦夕之功，而是凝聚着彬县人殷切的期盼和长久的努力。魏锋欣喜地描述今天的彬县，称它是花园风情、旅游胜地。"美丽的花园，我爱你！"当魏锋喊出这一句时，漂泊归来的游子，这一刻，必定泪盈于眶。

　　如今魏锋扎根陕西，身兼作家与新闻人于一身，他以他的勤劳和才华继续书写他的人生梦想。他负责的内刊多次荣获全国优秀内刊一等奖，他本人也多次荣获"全国优秀企业报编辑记者"等荣誉。陈忠实题词"美丽梦想成就美丽人生"，贾平凹祝愿"前程似锦"，魏锋的作品受到了陕西作家们的广泛肯定和赞扬。陕地出英杰，文坛多人才，魏锋书中自然不会缺少他们的身影。我经常在报刊上读到史飞翔老师、胡忠伟老师的文章，很欣喜这一次能在书中默默倾听他们的心灵话语。史老师多年来致力于对终南山及其隐士文化的系统研究，他要"在终南山做心灵的'隐士'"。胡老师已出版《纸月亮》等多部散文集，这一次，我通过魏锋的报告了解到文字背后的许多故事，让我对胡老师的作品有了更深的认识。

最感动，韩晓英说："把文学往死里爱"。这一句，铿锵有力，透着秦腔秦韵，陕北人的豪迈气冲斗牛！这个倔犟的女子，小小的打工妹，偏要挥毫泼墨画一幅壮丽人生。由最初咸阳日报副刊上的"豆腐块"起步，紧接着是散文集《襟袖微风》等的出版，她的业余时间分分秒秒投入写作，终于用笔挣出了锦绣前程，凭借发表的文学作品进入了报社；她的最新作品、长篇小说《都市挣扎》得到了包括著名作家陈忠实、阎安等的肯定，陕西省作家协会专门召开了读书会、研讨会。透过魏锋的文章，我能深深体会韩晓英的骄傲。"相濡以沫，文学路上的夫妻档"，这样的幸福并非唾手可得。女人的幸福不仅要靠把握，更重要的是要靠自己去创造。女人可以甘当这个家的配角，同时应该找到自己的位置，最好的爱是两个人一起成长。韩晓英做到了，这样的幸福更充实、更丰盈、更完美！

纪实文学《春天里放飞梦想》连续3次入选"职工书屋"

大概因为魏锋的工作关系，30来篇纪实文学，春天里放飞的梦想很多都是文学梦。不过除此之外，镜头也捕捉住了各行各业最具有代表性的个人，烟草行业、水利行业、当代农民、青年志愿者、大学生村官……一个

内蒙古赤峰市敖汉旗丰收乡凤凰岭小学师生2016年1月21日收到微风书公益赠送的上千册爱心图书

个人物浮现眼前，通过他们的个人经历，渐渐拼拢的是追梦人的群像，追梦人的热血，追梦人的精神。这就是纪实文学的力量，它讴歌这个时代的真与美，批判这个时代的丑与恶，它释放出激发动力的正能量，召唤人类的光荣与梦想。仰首看天，俯首看路，在俯仰之间，我们都需要为自己留下一些值得回味的东西。

——本文是独立书评人林颐老师（浙江温岭）为《春天里放飞梦想》一书撰写的评论，曾载2015年6月11日《西部开发报》、5月1日《图书馆报》、第5期《现代企业文化》等报刊和多家网络以及新媒体公众平台。

# 放飞梦想，绽放人生

◆ 文 / 任 文

我们每个人都有梦想，时刻在追求着梦想，并为之而奋斗。因为，梦想是人生的希望，给人带来力量；梦想是人生的航标，给人指明方向。

此刻，读青年作家魏锋的纪实文学作品集《春天里放飞梦想》，我的脑海里翻腾的尽是梦想的浪花，一朵浪花一个梦想，让我又想起追梦时的自己，每每读到一篇激扬人生奋斗之花的人物专访，好多天脑海里都离不开那个人物、

著名作家、书法家方英文为《春天里放飞梦想》题写书名

那件事。犹记得20世纪80年代文坛异常活跃，文学创作热潮高涨，文学新人辈出，报纸频频报道文学新人。就我所知的陕西文学界而言，那时的陕西文坛，路遥、陈忠实、贾平凹、和谷……每有新作刊发，众多文学青年争相传阅，街头巷尾都有文学的话题，报纸时有文学新人报道，洋溢着激情的文字推介，让像我一样的文学爱好者为之关注，激情勃发！正是这一种无形的力量促使我爱上了文学，并为之而努力不懈！感谢那些像邹韬奋式的新闻工作者，他们用生动的笔触采访时代楷模，报道人物事迹，激发无数青年

的不断进取之心，让不同时代的人物展风采，并铭刻于读者心中，传递正能量，描绘人生梦。

读《春天里放飞梦想》，让我仿佛看到了一幅幅色彩纷呈、绚丽多姿的画面，一个个激励人奋发向上的追梦历程。本书用爱书写人生，用奋斗创造人生，用坚持不懈实现梦想，追求卓越，事迹感人，给人印象深刻。诸如，新中国教育出版的开创者和奠基人皇甫束玉，行走在文学原野上的雷涛，"文学陕军"挥师再征的蒋惠莉，怀揣梦想往前冲的杨焕亭，一位百年传奇的绥德汉子王治成，为"中国梦"传播正能量的乔东，用心缝制美丽"嫁衣"的张艳茜，"把文学往死里爱"的韩晓英，在终南山做心灵"隐士"的史飞翔，从大美彬县走向《星光大道》的徐静，把健康真正送到农民身边的杨艳月，用文学绽放生命激情的田建国，从拾荒者到作家实现人生跨越的大漠，"冷面包公"传递爱的火把者陈争利，中铁电化追梦人张世永，翰墨清香写春秋的何新定，用激情承载希望的鱼宏发，演绎笔尖上的幸福的胡忠伟……

作为当代青年人，魏锋勤奋笔耕，不仅用生动的文笔撰写了大量反映各行各业的优秀人物、弘扬正气的文章，而且他自己也"在平凡的岗位上创造了不平凡的业绩，树立了实现'中国梦'青春榜样的光辉形象"。他本人先后被授予"陕西好青年""咸阳好青年"，咸阳市"十大杰出青年""青年岗位能手""青年突击手标兵"等荣誉称号。他以自己的梦想为航标，用实际的行动投身于平凡的工作中，成就了他的人生的梦想。

——本文是"孙犁散文奖"获得者、青年作家任文（陕西）为《春天里放飞梦想》一书撰写的评论，曾载2014年3月21日《咸阳日报》，中国作家网等多家网络以及新媒体公众平台。

# 在梦想的星空下

◆ 文 / 毛本栋

2016年9月，魏锋受邀参加"两个斯诺的中国情结"国际研讨会，与西北大学外国语学院教授、院长胡宗锋（左）和英籍专家罗宾·吉尔班克博士（Robin Gilbank）（中）。

读完魏锋这本新出的纪实文学作品集《春天里放飞梦想》，我分明听到27颗追梦的心在每一个字节下强劲地跳动着，晨星般闪耀在西北高原辽远深邃的星空上，与这妩媚浩荡的春光相互辉映。从皇甫束玉到孙健仓，他们将追梦的足迹延伸到不同的时空维度，共同书写对梦想孜孜以求的执着情怀，共同谱写一曲生命不止、奋斗不息的人生赞歌。读完他们的追梦故事，我的心里春潮涌动，心弦为之震颤不已。

年近百岁的皇甫束玉先生，一生苦苦追逐教育兴国之梦，1937年起一直从事教育和教材编辑出版工作，1961年出任人民教育出版社副社长、副总编，此后21年，为高等教育出版事业挥洒血汗，高校学生手中的教材见证着他所做的贡献。1987年，皇甫束玉先生获得中国出版界最高荣誉奖——"中国韬奋出版奖"（首届）。作为与老人有着13年交往的魏锋，透过这些人生辉煌，将笔触深入老人丰富的感情世界和高尚的心灵世界中，用淳朴亲切的语言呈现那些真挚感人的生活细节：出版《诗画情缘——束玉淑贞的六十年》一书寄托对老伴的深情；作为出版社社长，他却自费出自己的书，不弄特权；为繁荣家乡的文化教育事业，他慷慨捐书捐画捐物……老一辈出版家的高贵人格，尽在点滴生活中闪烁不朽辉光。

"把文学往死里爱"的韩晓英是个奇女子，以柔弱之躯穿越生活苦难，走出县城辗转都市，一路执着文学梦想，从柔情散文到励志小说。坚持文学创作20载，最终以自身经历创作出长篇小说《都市挣扎》。首次再现一代文化打工者的命运、心灵映照和生存状态，以女性的敏锐视角和细腻笔法，揭示文化打工者追求梦想的强烈愿望与现实环境的残酷无情之间的矛盾。小说出版后引起强烈反响，被誉为中国当代都市版的《大长今》。在坚守文学梦的路途上，韩晓英"痛并快乐着"，曾经的心酸、苦闷、无奈在她的不懈努力下开出了绚丽之花。但在个人奋斗的耀眼光环背后，魏锋着力挖掘的是家庭、社会、友人给予她前进动力的感人细节，使纪实文字更显得醇厚温情。

拥有一个洋溢着美好诗意的名字的盲人按摩师何丽穹，却命运多舛，后天因祸失明。但她身残志坚，自强不息，凭借顽强毅力从痛苦绝望的泥潭中挣扎出来，走出人生阴影，走上一条自食其力之路，谱写出一曲坚强不屈的生命赞歌。魏锋对她的采访也充满艰辛坎坷，采访当天电闪雷鸣，下起倾盆大雨，辗转3个多小时，方采访到何丽穹。何丽穹向魏锋一次次地描述她心中的美丽梦想："我很想拥有一份较为固定的工作，用自己的双手和学来的技能，回报社会，回报好心人，想让社会知道，盲人不是废人……"字字句句闪烁着真善美的光芒。不言而喻，作为残疾人，何丽穹每一个小小成功的取得都要比正常人付出更多的努力，这让我想起毕飞宇《推拿》中的一句话："后天的盲人没有童年、少年、青年、中年和老年，在涅槃之后，他们直接抵达了沧桑。"在寻找生存意义和实现自我价值的道路上，父母给了何丽穹博大而深刻的爱，帮助她学习获取生存技能，重建自信，引领她一步步走上光明的人生路。因此，她一直坚信"'梦想'始终没有离开我"。我觉得，这篇人物专访最能代表魏锋纪实作品的特质，用细腻真诚的笔触深入挖掘普通人身上最感人、最闪光的追梦故事，展示他们心灵中的真善美，从而抚慰我们日常中的焦虑、惶惑与冷漠，激发我们内心对真诚、善良与美好的坚守。

在这27个梦想故事中，浸透着魏锋奔走不息的艰辛和笔耕不辍的勤苦，而在记录别人的追梦故事的同时，他也在追逐着自己"用笔书写人生"的梦想。书中他虽是以采访者的姿态隐于故事主角身后，但他内心潜藏的梦想之火却在熊熊燃烧，他要"努力把自己融入到这个时代，更加充满激情地坚守与奋斗"。在读这本纪实作品集的过程中，我始终被魏锋朴实、细腻、真诚的文字感动着，他那精心呵护和坚持守望一个个梦想的身影已牢牢定格在我的记忆中。他的不懈努力和付出，一定会使梦想的星空更加璀璨。


——本文作者是湖北省文艺评论家协会会员、书评人毛本栋老师（湖北）为《春天里放飞梦想》一书撰写的评论，曾载2014年6月1日《今日彬县》，2016年第9期《现代企业文化》等报刊和等多家网络以及新媒体公众平台。

# 超越自己，向梦进军

◆ 文/路 平

魏锋与作家路平（右）合影

魏锋《春天里放飞梦想》已经在案多日，看过之后，总想说点什么，但话到嘴边，却又说不出来，说好了，舒服，皆大欢喜，说漏了嘴，冲出一条胡同，骨鲠在喉。不是有句俗话说得好么，不会烧香气死神，不会说话得罪人，但不说，憋在肚子里难受，如此，只好巷子里赶猪——直来直去，说偏了，见谅。

评价一位作者，必须从作者所处的环境和他本身的追求去体察，评价一部著作，就要考量这部著作的时代背景和所表达的真实诉求，如果无视或忽略这个问题，即便提出怎样高明的观点，即便陈述怎样深刻的道理，显而易见，既不是实事求是的做法，也不是立足现实的客观态度。

新时期的报告文学已经从原来比较单一的针砭时弊文本范式中脱臼出来，形成一种题材、体裁多样化的具有自己相对独立模式的文学种类。探索和创新一直是报告文学作者乐此不疲的艰苦劳动，尽管这项劳动艰涩困苦，甚至出力不讨好，但仍然有一批坚守信念甘于淡泊的作家在努力地奉献着一篇篇脍炙人口的佳作。

这里，我主要谈谈魏锋的《春天里放飞梦想》这部作品。

魏锋是一位敢于创新的报告文学作家，这种创新令2014年的报告文学界耳目一新。纵观色彩纷呈的本年度报告文学现状，其传统的老套路依然占据整个江山，不论从架构的主题还是从选取的题材来看，作品大都一事一议，作家把主要精力放在题材的挖掘和内容的开拓上，这些作品一个共同的特点就是一个主题，一个事件，一种脉络，叙述和结构的方式均为传统文本范式，内容充实，思考深刻，表达完美。与之相较，魏锋《春天里放飞梦想》颇有颠覆传统的勇气，作者善于把不同时间的不同事件、不同人物整合在一起，然后冠以总线，我以为，魏锋《春天里放飞梦想》在具备报告文学固有的传统特点上，大胆而又成功地进行了可贵的探索和实践，这种探索和实践可以从三个方面加以佐证。一是文本范式的布局，《春天里放飞梦想》是由35篇独立的故事组合起来的整部故事，但却不同于编集，毫不勾连的故事结织成一部完整的篇章，这个整体有着显而易见的核心和主题，这个核心和主题就是春天里放飞的梦想。春天在这里有两层含意，其一是指这部书和书中人物所处的时代背景，也就是指党的十八大后的这个时期；其二是指作者和他的主人公心灵上的复苏，春暖花开，万物萌动。谈到梦想，很显然，这是和习总书记的"中国梦"紧密相连的构想。文学作品力戒与政治气候的亲密接触，所以通常以象征和暗指说明情况。对于作家来说，不仅需要承载

历史考量的风险，还
需要付出突破固有模
式的代价，这一点，
在当代作家中显然不
多，在报告文学作家
里面也不是很多。文
学和政治历来水乳交
融眉来眼去却又羞羞

2015年8月10日，陕西旅游出版社总编辑李晓娟为
魏锋颁发荣誉证书

答答，魏锋《春天里放飞梦想》却恰如其分地做出了突破，没有
理由不为之击掌。二是书写人物的选取角度奇葩，看似杂乱无章
互不粘连，实则密不可分。全书用于穿缀不同年龄、不同职业、
不同地位主人公主线的就是文学，既有文学前辈和导师，又有文
学界的领导和粉丝，还有文学事业上功名显赫的文坛大家，所有
这些各色人等均被一条叫作文学的大绳结结实实地捆在一起，被
一个叫作魏锋的作家安置在一处叫作《春天里放飞的梦想》的地
方，这真是匠心独运。且慢，这么多人被安置在一起，在春风融
融的美好季节里也不能闲着，做什么，做梦，放什么，放飞梦
想，鬼斧神工般的编排和缜密的架构，不能不佩服作者的智慧，
如果不静下心来细心阅读和思考，作者的良苦用心就不能体悟。
三是重视细节，贯穿全书的脉络和主线既已清晰如水，那么彰显
每位主人公形象特点的方法就要从细节入手，在这点上，作者既
传承了报告文学叙述事实刻画人物的手法，又大胆嫁接引进新闻
报道可用的方式，独立成章的篇幅虽小，但呈现的立体感非常强
烈，这一点，在报告文学作品里面并不多见。也就是说，作者在
这部著述里面有意识地削弱了文学的成分，而加大了新闻报道元

素，这种创新，我以为是成功的，也是积极可行的。

魏锋坚实而又执着地在报告文学创作道路上迈出了难能可贵的一步。尽管《春天里放飞梦想》具有诸多亮点，但存在的瑕疵依然值得商榷，虽然瑕不掩瑜，但管窥全豹，以己之言，抛砖引玉。一是个别篇章仍然存有挖掘的空间，适当增添一些概括和思考的笔墨，可以加大文章的重量和厚度；二是校对失误偏多，一件完整的作品，绝对不能忽视任何一处错误，虽然任何作品都是遗憾的成果，不能消除，但做到极致未尝不可。

中国报告文学事业在蓬勃向前发展。2014年已经过去，2015年已经到来，有理由相信中国报告文学在新的一年里收获更多更好的作品，相信魏锋在新的目标面前，一定会在报告文学的园地里开出更加娇艳、更加妖娆的黄果兰。我们守候着，我们期待着，我们注视着。


——本文是《中国报告文学》杂志特约作家路平（陕西籍）为《春天里放飞梦想》一书撰写的评论。该文部分内容被收录于著名作家李云雷撰写的新观察·年度综述《2014年理论批评：构建"说真话、讲道理"的文学生态》一文（见2015年第10期《浙江作家》）。曾载中国作家网、陕西市政网等多家网络读书平台。

# 带着梦想航行

◆ 文 / 范墩子

《春天里放飞梦想》一书走进陕西乡音文学社。图为青年作家于国良（左）、刘兆华（右）和魏锋合影

近日，上网读博文，在"魏锋，用笔书写人生"的博客，看到纪实作品《春天里放飞梦想》出版的消息，读书如饥似渴的我通过QQ告知想阅读此书的愿望。毫不吝啬的他给我发来了这本书的电子版。

打开了这本书，初读题目《春天里放飞梦想》，我便有点激动，因为我一直觉得自己也是一个有梦想的人，具体点说，是一个跋涉在旅途之中并且怀有梦想却又有点迷茫的年轻人，所以，我想这本书对我应该会有很大的启示。也正是怀着这样一份心情，我用了一上午的时间一口气从头到尾读完了这本书。

《春天里放飞梦想》这本书很适合年轻人看，尤其是那些此刻正陷于困境中或者即将走进困境中的年轻人。这是一本富有浓郁励志色彩的报告文集，不管是那些在文学路上艰难跋涉的追梦人，还是那些默默地坚守在自己岗位上的底层工作者，他们都有一个共同的特点，那便是他们都怀有一颗梦想的心。也正是由于梦想，在人生的路上，他们用自己的方式活出了自己的精彩人生。

认识魏锋老师有一段时间了，虽然还未见过他，可从我经常去他博客里所读到的文学作品、人物专访中，可以看出他是一位怀有梦想、也一直在坚守着自己梦想

《春天里放飞梦想》书签

的人。这本集子精选了他专访的部分作品，个个真实可亲，尤其是读到开小店的农家作家姜兰芳、盲人何丽穹、靠收废品为生的大漠等主人公心酸的生活，不由得也落下了泪水，最感动的是被主人公那种锲而不舍的追梦精神而感动。

他，作为一名草根作者，用开阔的视野，将对故土的爱，扩大为对文化与人民的关切，积极对外宣传家乡的文化与经济。比如《行走在文化的春天里》一文，作为一篇宏伟的大作品，让读者感受和聆听到了彬县不断前行的脚步声！

他，作为一名草根作者，披一身阳光，怀一腔梦想，经常深入挖掘和发现普通人身上最感人、最闪光的故事，用朴素亲切的语言，将那些为梦想而挣扎在生活中的各层人们展现在了读者面前，乐观中渗透着忧伤，真实中弥漫着柔情。他笔下的何丽穹、

路平、孙健仓等最普通的人，也都有着可赞的善良、可贵的真诚和可敬的坚持，都有着足以照亮心灵的精神之光。

《春天里放飞梦想》平中见奇，以小见大。在行文中，他有时将悲悯的箭心指向人性最柔软的地方，有时又用铿锵有力的文字写出追梦人执着于梦想的决心。事实上，魏锋老师本身就是一个梦想的追寻者，加上书中这些活生生的追梦事例，以及磁性的书写语言，便将这本书从一般的励志书目之中脱颖了出来。《春天里放飞梦想》倾注着魏锋老师的心血。

魏锋老师在后记中有这样一句话："站在马年的门槛，望眼追梦走过的路，在接触众多为执着梦想的采访对象身上，我感触最多的是追梦人生命档案里存放的感动，收获颇丰的是，每个人为梦想努力追逐的激情。"是的，正如本书的名字一样，春天里放飞梦想，读完此书，我又回想起了自己追梦路上所遇到的酸甜苦辣，同时，我也更加坚定了自己的梦想。我想，也许对多数人而言，收获不仅仅是这些，或许更多，更多……

——本文作者是90后青年作家范增利，笔名范墩子，读《春天里放飞梦想》一书后撰写的评论。该文曾载多家网络以及新媒体公众平台。

# 坚持"梦想"就能成功

◆ 文 / 魏欣玥

咸阳中华小记者与青年作家魏锋的读书座谈会

有这样一个人，他长得不是很帅气，反而有些太平凡了，他没能出生在富贵人家，而是农村长大的孩子，但是他一直在为自己的梦想而努力，最终取得了成功。他就是《春天里放飞梦想》的作者——魏锋。

"啊！不会吧！怎么了?当然我们都不相信作家能长成这样，黑黑的皮肤，胖胖的身躯，眼睛也不大，简直就是太平凡朴实了。"8月28日，咸阳中华小记者站来了一位特殊的客人，青年作家魏锋围绕"如何坚持执着的追求和不变的信念，实现自己的人生价值和梦想"为主题，现场与小记者互动交流，一起畅谈梦想，分享读书乐趣。

但谁又能想到正是这么一位平凡的人却做了许多不平凡的事

呢？他是一位打工的作家，不但是中国报告文学会、陕西省作家协会、陕西省散文学会纪实文学委员会常务委员，咸阳市作家协会会员，而且曾在报纸上发表过很多文章。他还曾给贫困山区捐书6000余册，价值不菲；他为农村书屋等联系捐赠图书10万余元；更高兴的是，近期陕西旅游出版社还出版了他创作的纪实文学《春天里放飞梦想》一书。这本书以魏老师身边不同领域、不同行业、不同岗位的普通人和事为主要线索，以独特的视角来解读集体或个人实现梦想的根本力量和动力源泉，记录了追梦人怀揣"梦想"寻梦、追梦、圆梦的动人故事，采访了上百名追梦者，将他们敢于有梦、勇于追梦、勤于圆梦的故事集结成册，大约40万字。

我们都很好奇，魏老师每天那么忙，怎么会有时间写作品呢？小记者们一个个举手和他互动交流。他告诉我们，素材来源于生活，"讲述百姓故事，传递梦想能量"都是空闲时间来完成的。多次下班后，他利用业余时间联系好采访对象，再抽空去采访。有一次，他去西安开会，报到的当天下午去采访了一位书画家，路线不熟，花了100元包了一辆出租车，采访回来时都晚上12点了。可是当他刚走到宾馆门口时却发现自己的钱包丢了，钱包里有身份证等贵重物品，当时他不知所措，一个人站在宾馆门口流下了泪水……这样的故事还很多，他没有被困难吓倒，一直为梦想而努力。我听后不由得感动起来，魏老师真了不起呀！

魏老师并没有显赫的家世，而是一个实实在在从农村走出来的人。他曾说过，他从小就有一个当作家的梦想，所以他坚持不懈地奋斗，先是凭借毅力走出了大山，来到了县城工作，凭着优异的工作能力，又来到咸阳发展，努力实现自己的梦想。通过业余时间坚持不懈的写作，《春天里放飞梦想》终于诞生了，他又一个梦想实现了！

当我们问他为什么要取这个名字时，他高兴又认真地说道："我原本取名为《星期八》，因为在星期一到星期日之间，整本书的内容都是忙里偷闲来写的，七天正常工作之外的时间就是我的星期八。但在采访中，追梦人的故事一次次感动着我，还有一年之计在于春，一个人的一生就像春天，春天来了，就代表不光是我的梦想放飞了，我采访的人他们的梦想也放飞了。"听完后我更加佩服魏老师了。魏老师还举了很多他身边的例子，最后给我们详细地讲了写作技巧，并说了一句对我深有启发的话："读好书，做好人，磨好笔，写好文。"我一定会用这句话时时刻刻激励自己朝梦想前进！

通过半天的学习和现场采访，我学到不少知识。无论什么样的困难都打不败我们的梦想，所以我要坚持自己的梦想，我相信，只要坚持就能取得成功！


——本文是2014年8月28日，"讲述百姓故事，传递梦想能量——中华小记者与青年作家魏锋读书座谈会"后，咸阳中华小记者（纺机学校五年级学生）魏欣玥写的读书笔记。该文曾载多家网络以及新媒体公众平台。

# 山不碍路路自通

◆ 文 / 李遵立

魏锋同志是咸阳市烟草专卖局（公司）的一名普通职工，从事新闻宣传工作。他的一部30多万字的新闻作品集《我的金叶情怀》即将出版之际，嘱我写篇文章放在前面。对此，我深感力不从心，难以写好。但是，出于对一位在烟草工作一线的新闻通讯员的敬佩，还是欣然答应下来。

魏锋新闻作品选《我的金叶情怀》一书，2009年4月由华夏出版社出版发行

作为《东方烟草报》社考评室的一名编辑，我曾有机会见过魏锋的一些新闻作品，那优美的句子、流畅的文字，都给我留下了深刻的印象。去年9月，在为陕西省烟草专卖局（公司）举办的新闻写作培训班讲课时，又和魏锋有过一次长谈，对他经历的风风雨雨和对新闻事业的执着追求，有了更深的了解。

魏锋出生在陕西省彬县炭店乡（今新民镇）一个小山村，父亲是一名教师，母亲是一位农民。他从小学到初中，学习成绩一直名列前茅。可是，高考前夕，突然患病，一张误诊单让他错过了高考。面对一贫如洗的家庭，看着满头白发的父母，他便开始了外出打工的生活。他在工地上当过小工，出版社干过校对，当过民办教师，办过假期学校，还办过书屋……10年间，魏锋为自己新闻写作的梦想不辞辛劳地奋斗着，坚持笔耕不辍。更难能可贵的是，作为一名打工者，魏锋和妻子把大量的心血放在了为贫困学生捐赠图书上，先后为县图书馆、农村学校捐赠图书5000余册，为山区教育事业的发展献出了他们的一份爱心。2003年初，魏锋应聘到烟草系统工作，他从安全员干起，到现在担任《咸阳烟草报》的执行编辑，同时负责对外宣传报道工作。

作为新闻战线上的一名老兵，我认为"新闻学"从某种意义上谈是一门选择的科学。新闻实践需要作者具有选择新闻的敏锐眼光，需要具备精选新闻要素的各种能力，需要及时迅速地报道新闻的综合素质。对于这些要求，作为一位年轻的新闻工作者，魏锋同志都做到了。短短5年时间里，他以一个新闻工作者的智慧和勤奋，写了上百万字的新闻作品，真实而生动地记录了咸阳烟草战线改革发展的动人事迹，文章题材丰富，内容鲜活，涉及面广，且富有深度。这充分表现了作者较高的理论素养、良好的职业道德和厚实的文字功底，也折射出了作者自强不息的成长足迹，展现了当代青年奋发向上的拼搏精神。《东方烟草报》也曾于2007年4月18日

2014年6月，西安外事学院新闻系学生刘忠波采访魏锋

以《魏锋：走在文学的大道上》为题报道了其事迹。年轻的魏锋用新知识滋润着自己的事业，又用文学充实着自己的精神生活，著书亦编书，写稿亦编稿，硕果累累，先后著有《暗飞的记忆》《爱的教育》《古今楹联趣话》等作品集5本。

魏锋同志从山间小道上走来，历经风雨，踏遍坎坷，迈着坚实的步伐一路奋斗着，探索着，前进着，终于拥有了一个能够展示自己才华的宽广平台，取得了令人瞩目的成绩。这正如古人所言："山不碍路，路自通山。"既然崇山峻岭都没能阻挡住前进的脚步，那么，有志者的脚板就会理所当然地要登上巍巍的高山之巅。

作为魏锋这本新闻作品选集的一名读者，祝愿年轻的魏锋同志能继续在生活的磨炼中，摄取更丰富的营养，写出更精彩的作品，取得更骄人的成绩，向着更高的目标前进。这权作序言，并为其新书面世之贺。

——本文是《大众日报》社高级编辑，原山东省教育新闻工作者协会主席李遵立为作者《我的金叶情怀》一书撰写的序言。该文收录于2010年山东电子音像出版社出版的《大风短唱》一书中。

# 翰墨清香飘自溢

◆ 文 / 周宏伟

魏锋经常受邀到行业兄弟单位进行新闻摄影讲座

初见魏锋的《我的金叶情怀》是在一个朋友处，他是魏锋的同事。在和朋友闲聊的时候，信手翻了翻魏锋的书，不知不觉中，竟然读了好几篇。后来陆陆续续到朋友家，几乎翻完了全书。魏锋的书合着墨香散发出淡淡清香。

清香发自于一个个真实的故事。魏锋的书像一幅慢慢打开的工笔画，叙说着一个个朴实的故事。这里面，有单位领导、市场管理员工、送货员工的工作经历，还有商店老板的故事。他们是那么的普通，普通的就如邻家的大叔、大妈、小弟、小妹一样，然而他们却用平凡和普通的故事感动着我。经历了太多日复一日的重复生活，几乎磨掉了我感动的触觉，从魏锋叙述的故事里，我才猛然发现，原来生活还是这样美妙，感人的故事就在身边。魏锋的书为我点燃一盏明灯，一盏学会感动、探寻感动、储存感动的明灯。

清香来源于淡淡的浓情。《情缘》一文，叙说了魏锋和他妻子小华的恋爱故事，没有看到轰轰烈烈的爱情，却看到了相知、相恋、相濡以沫的淡淡浓情，如朱自清的《背影》一样淡然，如鲁迅的《故乡》那样深厚。淡是人生的真滋味。如果你还是一个激情澎湃的少年、还在天空上飞扬，你尽可以去读莎士比亚的戏剧，听贝多芬的《英雄交响曲》，看托尔斯泰的《战争与和平》；如果你已经站在了坚实的土地上，感受到生活的真滋味，你不妨多看看中国的山水画，多听听二胡独奏《二泉映月》、多读读林肯在葛登斯堡的演讲。当然也不妨信手翻翻魏锋之类作者的书，品味那初读淡然、继而含蓄、深厚、厚重的感情。

清香源自于蓬勃的活力。魏锋的书记述着他奋进的历程，每一篇文章都是他前进的脚印。从书中，可以清楚地看到一个文学青年矢志于文学，爱好文学，甘愿忍受寂寞和清贫，不断地写作并日渐成熟的过程。从书中，可以体会到一个文学青年在工作中不停地学习，把学习融入工作当中，把学习的成效充分展示在工作中的奋斗进程。从书中，可以感受到一个文学青年在寻梦的路上不停地行进，不停地追寻，不停地攀登所散发出来的超脱一切的活力。

码字的人是辛苦的，成功是喜悦的。把辛苦淡化，把喜悦浓缩，魏锋的辛苦劳作化作了《我的金叶情怀》的甘甜。懂得辛苦和甘甜幻化过程的魏锋是幸福的，幸福的人是快乐的。如果能从魏锋的文章中找到工作辛苦和快乐之间的直线距离，也许是这本书给码字的人最好的启迪。

——本文是周宏伟为《我的金叶情怀》一书撰写的评论，曾载2009年8月12日《经理日报》。

# 营造一方精神净土

◆ 文 / 王永杰

2003年，魏锋和王应涛共同创办了彬县第一份文化类杂志《彬县文化》

一个偶尔的机会，收到了寄来的一本小小的刊物——《彬县文化》。当看完这本试刊号的刊物时，我几乎抑制不住激动的心情，当即就给寄给我刊物的魏锋和王应涛打了电话，谈了我读完刊物的感受，

同时也表达了我的欣喜。

毫不夸张地说，这是一份很有品位的刊物，它的形式也许是小的，但它的内容却一点也不小。

记得20年前，有一份在全国亿万青年中非常有影响的刊物——《辽宁青年》，因其文章高雅、文字优美、内容丰富而深受欢迎，其开本似乎也就是现在《彬县文化》的样子。我曾自费订阅了许多年的《辽宁青年》，因此，对于这样开本的刊物，我内心有一种说不出的亲切感。

前些时候，又收到了它的第二期，仍然是那种淡淡雅雅不张扬的样子，但里边的每一篇文章却都经得起咀嚼。读过两期后，发觉这份由魏锋和王应涛一起创办，挂靠彬县文体事业局的刊物，实在是并不像它的外表给人的印象那般小。一是它的内容丰富，既有文化动态，又有文学作品；既有书画，又有史料；既有地方风情，又有民间传说，说的当然都是彬州这块古老土地上的事情。一些文章具有很好的史料价值，如试刊号上的《彬县文化事业发展概览》，第二期上的《抢救民间文化遗产，留住古豳文化血脉》等文章，读这些文章，可以让人了解彬州文化发展的脉搏。二是文章的语言都很优美。由于长期从事编辑工作，便很在意文章的语言，所谓言而无文，行之不远。一篇语言上疙里疙瘩的文章，无论如何是不能算作好文章的，只有在文字通顺的前提下，才能谈得上思想。而刊登在《彬县文化》上的文章，无论是何种体裁，语言都优雅，这就决定了整个刊物是雅致的，而不是粗俗的。三是校对尚不错。现在的刊物，差错屡见不鲜，有时很倒胃口。编辑拿到报纸或刊物，有一个职业性的习惯，就是先看有没有错别字，若是很容易就发现了错别字，则往下看的兴致就会大打折扣。读《彬县文化》，不能说没有错别字，但比较少，这是很不容易的。

现在社会，人心躁动不安，忙忙碌碌、蝇营狗苟，人们越来越看重的是物质的东西，但人毕竟又是需要精神生活的。其实又何止是人，听说给奶牛听音乐，奶牛都能多产奶；给植物听音乐，植物都生长得快。所以，当人们衣食无忧之后，更加看重的恐怕还是精神生活，这些年来，出书成风潮，就是一种明证。这些出书的人，很少有想借此成名发财的，有的可能还要垫钱，但为什么还有那么多的人要出书，就是因为他们有话要说，有感情要表达。我将此现象曾有一比，好比陕北放养娃，放羊时高兴了就唱几句信天游，并不是想当歌唱家，又好比关中农民，犁地时高兴了吼几声秦腔，也不是要当秦腔演员，他们只是以这种方式抒发自己的内心感情。

《彬县文化》给那些有精神追求的人构建了一个平台，相信在大家的努力下，这块田地一定会摇曳多姿、山花烂漫！

**链接**: ......................................................

想起《彬县文化》杂志从创刊到出版，心中的欢欣一浪高过一浪。刚步入社会的我，年少气盛，曾跑到县委宣传部立誓办县报，找时任县委书记……

而后的日子，我经历了生活的风风雨雨，从家乡跑到南方，从南方跑回家乡，放弃了原本认为比较有出息的"代理教师"岗位，开始创业，办学校、开书店，生活异常艰难，再次跑到县城开始拓荒……

在彬县，白天忙活着赖以生存的工作；晚上跑到文化局编织着梦想。与王应涛老师策划创办《彬县文化》杂志，挂靠单位、资金等一系列问题如座座大山，在经济条件不宽裕的情况下，垫支印刷费，一本小小的文化册子随之诞生。2004年8月，《咸阳日报》主任记者、中国散文学会会员、陕西省作家协会会员王永杰老师百忙之中为我主办的刊物撰写了《营造一方精神净土》刊首文章。后几经波折，《彬县文化》正式交付彬县文体事业局。由于工作、生活等原因，再也没有去关注、关心这本小册子的命运……

# 文学的希望在明天

◆ 文／陈 旭

2001年10月，魏锋创办校园内部刊物《新校园文学报》

　　在物欲横流，社会愈来愈显出功利化，人们也越来越世俗化的今天，我还要如是奢谈文学，会被一些人笑掉大牙的。然而，反过来说，当生活正在进行时，总有一部分人在满足于物质生活之后，还需要有精神生活方面的追求。就像大部分人还离不开电视机，沉迷于武打言情剧的曲折离奇的情节，就像一些时髦女郎喜欢拿一本《时尚》杂志附庸风雅一样，文学也是文学发烧友的一种痴情，一种恋情，一种精神的伊甸园。有生活就应该有文学，有文学就应该有文学追求者。

　　彬县的文学创作活动，谈不上欣欣向荣，也不能说是一蹶不振。彬县的文学创作由于有一部分拓荒牛的开垦，使这片曾经产生过《诗经·豳风》的热土，从20世纪70年代开始，时起时伏，几经辉煌，可以说，在咸阳地区还是名列前茅。就我县的著书情况而言，在陕西省的所有县区，也是遥遥领先。有多少作者曾为立言而呕心沥血，书写华章。公正地说，这大都是一种个人努力的结果，除过极少数官方出版的书籍外，个人著书都是作者自己久经劳苦、奔波，甚至筋疲力尽才得以付梓。

文学和所有行业一样，同样需要关爱，需要它的主管部门和上级给予人文关爱，需要精神上的鼓励，更需要行动上的支持。在一些文学相对繁荣的地方，文学作者的成就之所以突出的一个重要原因，除过作者的天赋，作者的自身努力以外，重要的一点，在作者的身后，还有着一个强有力的支撑。这就是文学领导和组织的力量，是一股不容忽视的力量。我县现在活跃的作者群中，其中就有一部分人属于20世纪70年代县上培养的那批骨干分子。20世纪70年代的《彬县文艺》，无论编校质量，还是装帧设计，都不能和其他杂志相比，但它却为那个时期的那批骨干提供了发

魏锋经常深入农村学校参与志愿者活动

表作品的园地，给了他们亮相的机会，那时县上每年一到两次的创作培训班，至今想起，还是令人难以忘怀。

文学创作就像石缝里的

野草，能够顶着坚硬的土壳生根发芽，蓬勃生长，如山涧的清泉，能在寂寞空旷的山野，发出淙淙的响声，向世人证明自己的存在，给生活带去些生机。我们的业余文学事业就是这样艰难的生存并发展着，令人欣喜的是，彬县文学爱好者王应涛，魏锋自筹经费创办了这份综合性的文化刊物《彬县文化》，终于让一些对文学情有独钟的发烧友有了发表自己作品的园地，这无疑是文学事业的一个新的起点，在行将干涸的文学土壤里注入了几滴甘霖，是为可贺。

2003年，魏锋与妻子创办了微风文化艺术工作室，为文学爱好者编辑策划文学作品10余部

近年来，我们的文学事业又有了新的契机，孕育着新的希望。这个希望寄托在为其努力的人们的身上，这个希望就在明天。面对着诸位文朋诗友，面对着肩负起培养文学新人的刊物，我想把自己或许已经过时的观点推销给大家，对否，请批评指正。

文学是愚人的事业，这是先哲们的至理名言。文学要远离功利和浮躁，需要沉在生活的深处，用对社会和个人负责的态度，像苦行僧那样，将其当作自己的人生追求去干好。人类的理想和生活，本是丰富多彩的，作为反映社会生活的文学作品也应该是异彩纷呈的。但是文学应该是美的，这是毋庸置疑的。文学艺术作品在描绘真、善、美的同时，不可避免地要涉及生活中庸俗的东西和粗野的东西，但一定要掌握分寸，力戒自然主义，以免污染读者耳目，千万不可毒害青少年的心灵。格调要高雅，情趣要健康，搞文学创作，一定要牢记这一点。不要贪图一时的功利，去写一些格调低下，俗不可耐的东西。

文学的希望在明天，明天需要我们共同去努力，去耕耘。这个耕耘不是说说而已，也不是胡乱写上一些东西就称之为作品，"文章千古事，得失寸心知。"只有自己才知道所付出的血泪和汗水。没有终南捷径可走，没有不劳而获的收成。既然爱上了文学这个"情侣"，就别无选择了，靠你自己的劳作，使它成为你的人生知己，和你陪伴终生，白头偕老。作者能如是坚持不懈，明天的文学就能充满希望，充满希望的文学也就一定能够在我们的明天。

**链接：** ------------------------------------------------------------

在彬县工作期间，与县文体事业局王应涛老师创办了《彬县文化》杂志，一波三折，办刊挂靠单位、经费等问题接踵而来。继续，还是停刊；停刊，还是继续；这个问题困扰着我们。稿件要自己录入，费用要自己掏腰包……最终，因负担不起经费，杂志迫于无奈交由彬县文化局承办。这是我当时向陈旭老师为刊物卷首所约的稿子，名为"文学的希望在明天"，由于种种原因无奈停刊，这篇卷首约稿至今仍保存在我的电脑中。

# 激情追梦的青春更闪亮

◆ 文 / 兰增干

"我从小就喜欢读书，偶尔写点诗歌，工作后写得最多的主要还是公文材料和新闻报道，从去年开始，我发现身边那些普通人身上的故事更能感动和吸引自己，于是就决定为他们做专访，记录他们的经历。"这位怀揣文学

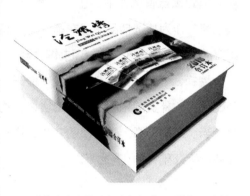

魏锋负责主编的内刊杂志《泾渭情》，从创刊至今已出版229期

梦想的青年叫魏锋，是咸阳市烟草专卖局（公司）一名普通职工，内刊《泾渭情》杂志执行编辑，还是共青团咸阳市关爱农民工子女项目专员。

"《春天里放飞梦想》精选作者创作的纪实文学作品40万字，以独特的视角解读集体或个人实现梦想的根本力量和动力源泉，记录了追梦人怀揣梦想寻梦、追梦、圆梦的动人故事，选材丰富，语言清新，是一部接地气的纪实文学读本。"2013年5月，由陈忠实、贾平凹、方英文、陈长吟等著名作家挥毫泼墨、倾情

推荐，《中国职工教育》杂志社主编孙磊撰写序言，魏锋著的《春天里放飞梦想》一书由陕西新华出版传媒集团所属陕西旅游出版社出版发行，受到广大读者欢迎，成为全国总工会"职工书屋"指定重点备选图书，出

魏锋倡议发起的"微风书公益"标识

版社将其作为社选精品图书在第二十四届全国书博会展示，还被国家图书馆和百家大专院校图书馆收藏。

魏锋，笔名"微风"，他没有惊天动地的事迹，没有感人肺腑的作为，朴实的相貌，谦虚的言谈，扎进人堆里很不显眼。但是，当"微风"系上了文学的梦想，执着的追求、不变的信念，让魏锋的青春变得闪亮起来。

### 怀揣梦想"敢于有梦"

2002年4月，学校送来锦旗感谢图书捐赠。

1982年10月，魏锋出生于陕西省彬县炭店乡（今新民镇）的一个小山村，父亲是一位民办小学教师。一家五口人全靠父亲那点微薄的收入维持生活，虽然贫困，但是日子还算过得去。

也许是受父亲的影响，魏锋对文学从热爱到深爱，小学至高中，他的

语文成绩在班里一直名列前茅。不幸的是，命运跟他开了一个玩笑，一张误诊单使他错过了高考，他的人生从此拐了一个弯。

魏锋参与编纂的《咸阳市烟草志》正式出版

"考大学并不是唯一的出路，条条大道通罗马。只要你有一颗勤奋上进的心，只要你肯努力，自学也会有出息！"魏锋在日记里，记录了他的心路历程。为了实现自己的文学梦，他付出了多于他人数倍的努力。

工作之初，他寄希望于找一份可以展现自己才华的工作。然而仅有高中文凭，想找一份满意的工作谈何容易！他处处碰壁，后来总算在彬县炭店初级中学谋到了一份工作。他珍惜得来不易的工作机会，一边努力自学，一边研究教学方法。2000年2月，他写的论文《试谈"素质教育"实施的误区》，在"树人杯"全国优秀教师论文大赛中获优秀奖；2000年4月，论文《初中作文教学法初探》在湖南徐特立教育研究所"兴华杯"中小学教师论文大赛中获优秀奖。面对荣誉，魏锋时常告诫自己：要不懈努力，争取走得更远。

2000年9月，学校任命魏锋为校团委书记。魏锋明白，这是对他工作的最大肯定。他感觉自己身上的担子重了。接手校团委工作后，他发现学生们缺少交流的阵地，于是创办了全县初级中学第一个文学社——蒲谷文学社，吸收了许多爱好文学的学生入社。

同年，魏锋的诗文集《暗飞的记忆》出版，这让他感到，梦想的脚步越来越清晰。

2001年年底，他开始着手创办彬县第一份由个人出资的校园内部刊物——《新校园文学报》。筹集经费、挂靠单位、拟定名称、征集稿件等一系列问题——而来。为了心中的梦想，他宁愿四处碰壁，到处求人。功夫不负有心人，第一期《新校园文学报》终于在两个月后艰难面世了。

报纸初刊在彬县引起了较大反响，许多读者写信表示称赞，越来越多的学生开始向《新校园文学报》投稿。魏锋白天上班，晚上加班加点选稿、校对、排版。尽管忙得焦头烂额，但是他还是一门心思要把报纸办好。

## 执手相携"勇于追梦"

过了近一年，魏锋结婚了，妻子张小华和他一样钟爱文学。在妻子的支持下，2002年7月，魏锋夫妻俩怀着对未来的憧憬，双双辞去了工作，决心开创一份崭新的事业。

几经周折，两人创办了微风假期学校，免费为158名文学爱好者讲授文学创作知识。有人问他，你这样做图啥？魏锋的回答坚定有力：为了实现大家共同的文学梦想！坚持梦想，让夫妻两人生活得有些拮据，家里一度入不敷出。

2002年10月，魏锋和妻子下海经商。在事业刚起步、资金紧张的情况下，妻子全力支持着丈夫的事业，报纸也没有停刊。他们创办的刊物先后得到多位专家、名人的题词，魏锋本人也获得"全国百家文学社优秀指导老师"荣誉称号。

此后，魏锋的文学梦想像火山一样喷发了。他把对文学事业的挚爱融进了生活，不停地写，不停地向外投寄，除了诗歌、散文，报告文学、通讯报道也逐步涉猎，其作品开始频频见诸报端。

魏锋负责编辑的《咸阳烟草报》获中国梦·优秀文化传播"金号奖"

随后，魏锋夫妇在工作之余创办了微风文化艺术工作室，编撰出版《未带走的嫁妆》《落泪的梧桐》等10余部作品，魏锋还被彬县电视台邀请担任"精彩的彬县"诗歌朗诵会评委，并常常出现在彬县文学座谈会、作品首发式等场合，与其他文学爱好者携手追寻文学梦想。

## 砥砺前行"勤于圆梦"

2003年，魏锋来到彬县烟草专卖局（公司）工作。在这里，魏锋干过门卫，当过打字员、文秘，不管多苦多累，他都兢兢业业，并一直坚持写作。

2006年，他被调到咸阳市烟草专卖局（公司）工作，任内刊执行编辑。在烟草行业中，他以文学的方式传递正能量，又热衷于志愿者工作，彰显了一个青年作家回报社会的炽热情怀。

尽管是一份内刊，但是魏锋仍坚持按正规报纸的编排、校对等程序进行，自己一个人，既是编辑，还是记者，更是排版员。尽管累，但是他依然努力地工作，先后主编策划内刊300余期，制作宣传橱窗及展板200多块，公司大型活动几乎都参与其中，发表行业新闻作品700余篇，内刊多次荣获中国企业传媒、全国优秀企业内刊、中国优秀企业文化传媒奖和咸阳市首届内刊优秀奖等。

在自己的博客里，魏锋写下了这样的心声："微风虽弱，却能平息最汹涌的海浪。我要把感恩化作行动，将自己的全部智慧与力量奉献给文字，激情追梦，努力做到更好！"

魏锋既没有放弃之前自己所创的事业，也没有耽误企业内刊的编纂工作，还要努力给其他报刊写稿。新闻采访线索从不过夜、当天成文。在他办公室里有11本每本接近5厘米厚的作品剪贴本，每一本剪贴本都记载着他的心血和汗水。

新闻采写是一份苦差事，无论酷暑寒冬，魏锋从三点一线的生活中挣扎出来，背起照相机，拿上录音笔和采访本，自掏腰包挤上公交或搭乘出租车，走进这些为生活和梦想奔波的人们，在周末闲暇开始了他的专访之旅。

15本《我的金叶情怀》发表作品剪贴本，珍藏着魏锋在单位工作的点点滴滴

"随着采访的深入，我发现身边那些普通人物身上的故事更感动着和吸引着我，于是将目光和笔触伸向普通人物，为他们做专访，记录他们

的经历，记录追梦人怀揣'梦想'寻梦、追梦、圆梦的动人故事。"魏锋的计划是写一本《文学陕西梦》这样的作品，主要介绍陕西的一些名作家。作为《中国报告文学》《中国职

2015年5月4日，魏锋荣获咸阳市"最美青工"榜样荣誉，接受咸阳市电视台采访

工教育》《秦岭印象》等刊物的特约作家、记者、撰稿、主笔，他先后采访过陕西省政协常委、科教文卫主任雷涛，原陕西省作家协会党组书记蒋惠莉，咸阳市作协主席杨焕亭等名家。"每一次采访，既是采访更是学习……"魏锋这样说道。

## 著书立说"放飞梦想"

"回首过去的365天，撕掉的日历我们可以重新挂上，但逝去的时光再也无法倒回。奔入马年，我们在旭日冉冉的2014年，还需要继续八仙过海各显神通，在迈上成功的路上执着奋进。岁末年初，诸多朋友通过QQ或博客留言，建议出本集子，把追梦人的故事分享给更多的人。于是，我利用下班后闲暇遴选了部分故事，决定整理出版这本为梦想启程的作品。以《春天里放飞梦想》作为书名，也算是自己奔向梦想的一种寄托。"魏锋介绍说，专访作品将近百万字，《春天里放飞梦想》这本集子精选了

其中40万字，结集出版一本小小的册子，也算是一种收获和展望。

"在这部作品中，最大的愿望是想把追梦人的故事分享给更多的人。不管梦想走了多远，我都要在此衷心地祝福所有坚持梦想的人，早日实现自己的梦。"魏锋介绍说，身边偶尔的发现，那些感动他的追梦人都成了他约访的对象。

在追寻梦想的过程中，他始终热心于公益事业，还把大量的心血放在了为贫困学生捐赠图书上。作为共青团咸阳市委组织关爱农民工子女志愿服务行动项目专员，他先后为彬县图书馆、农村学校捐赠各类学习书籍6000余册，为山区教育事业的发展贡献着一分力量。他创办的微风假期学校，免费辅导学生600余人次，免费发放其创办的校报《新校园文学》《文学爱好者》等学习资料5000余份。

迄今为止，他已为贫困学校、农民工子女学校、图书馆捐赠各类学习图书价值13万元。去年，他还联系为农民工子弟学校、农村书屋等援助捐赠图书10万元。今年在西安市第九十中学开展的"作家学生联手共建书香校园"活动中，他捐赠了150册图书，价值5522.7元。2014年12月9日，魏锋为咸阳市图书馆捐赠个人著作、主编及藏书等多种类别图书2349册，价值80480.1元，所有图书由咸阳市图书馆统一配送至全市各区县的11家图书馆。

"桃李不言，下自成蹊。"魏锋先后荣获全国企业报刊优秀编辑，中国梦·优秀文化传播先锋奖；"中国梦·青年志"我们身边的陕西（咸阳）好青年、咸阳市第十一届"十大杰出青年""青年突击手标兵""青年岗位能手""咸阳十大公务人员微博最具影响力"奖、优秀共青团干部等荣誉。

《陕西工人报》记者兰增干（右）与魏锋合影

他的事迹相继被《工人日报》《图书馆报》《东方烟草报》《中国职工教育》《陕西日报》《陕西农村报》《咸阳日报》等媒体报道，共青团中央主办的青春励志故事官方网站将他的个人事迹作为"励志故事"收录，他个人成为共青团中央"最美青工"第二季候选人之一。

面对众多荣誉，魏锋淡淡地说："追求，永无止境。我只是将自己的全部智慧与力量奉献给文字，激情逐梦，努力做到更好！"

他用一颗真心做着自己的慈善事业，用一颗善心发现和采写了大量的人物，在他所采写的这些人物里，他们既有典型性又具备普遍性，他们代表着一种向上的力量，一种积极的正能量！

——本文是《陕西工人报》记者兰增干不辞辛苦，采访撰写的文章。该文首发2014年第7期《中国职工教育》，第8期《陕西青年工作》转载刊发，多家报刊和网站转载刊发。2015年，在由国家烟草专卖局中国烟草杂志社有限公司与浙江中烟工业有限责任公司联合举办的2015年"利群公益榜样"征集活动中，魏锋荣获全国烟草行业"利群公益榜样"提名奖。

# 微风徐来，爱意荡漾

◆ 文 / 李改凌

"伴一窗月影，品一壶清茶，在茶香和书香的氤氲中，手指在飘着油墨淡淡香气的书页上滑过，随书穿越，洗涤心灵的尘埃。有书读，方能心安勿躁；有书

2014年12月9日，魏锋为咸阳市图书馆捐赠了价值8万余元的图书

读，在繁忙的工作之余才能彻底放松……"随着这段清雅的文字，我们进入"微风轩书香"，了解新书新作，阅览名家名著，分享读书心得，感悟书海人生。

"微风轩书香"是咸阳市烟草专卖局（公司）职工，青年作家、志愿者魏锋依托"互联网+"，在原博客、微博的基础上开通的公众号。他利用业余时间，用自媒体"魏锋播报"第一时间多途径为作家、文学爱好者推介著作、专访及读书有关的内容，先后推送500多篇（条），实名博客阅读已达到54万人次，微博粉丝2300多人，微信公众号订阅用户500多人次，已经成为具有一定反响的读书品牌，更是一个以书凝聚爱心的公益品牌。

魏锋是咸阳市烟草专卖局（公司）一名普通的青年员工，一直从事企业内刊的编辑工作。尽管是一份内刊，但是魏锋仍坚持按正规报纸的编排、校对等程序进行，自己一个人，既是编辑，还是记者，更是排版员。尽管累，但是他依然努力地工作，先后主编策划内刊228期，公司大型活动几乎都参与其中。新闻采访线索他从不过夜、当天成文，发表行业新闻作品800余篇，内刊多次荣获中国企业传媒、全国优秀企业内刊、中国优秀企业文化传媒奖和咸阳市首届内刊优秀奖等。在他办公室里有15本每本接近5厘米厚的发表作品剪贴本，每一本剪贴本都记载着他的心血和汗水。但他在单位干部职工心目中，却是一个不平凡的人。他还是中国报告文学学会、陕西省作家协会、散文学会、职工作协会员，入选了"陕西文学艺术创作人才百人计划"；出版著作多部，其中纪实文学《春天里放飞梦想》连续三次入选全国"职工书屋"和"农家书屋"指定重点备选图书目录，评论文章曾入选国家公务员面试热点分析。

魏锋喜欢读书和写作，书是开启他梦想的阳光之窗，也正是基于这点，他希望有更多的人，特别是贫困地区的孩子，能够通过读书点燃心中

2016年1月1日，微风书公益爱心图书从咸阳启程，将爱心带给内蒙古赤峰市的孩子们。图为魏锋（左）、杨波海（中）和物流师傅（右）合影

的梦想。于是，他长期坚持投身公益事业，10多年先后为贫困学校、农民工子女学校、图书馆、特殊教育学校、大中专院校捐赠万册图书，价值30万元以上。

2015年12月，魏锋从"烟草笔杆子"微信公众号推送的"东方公益微心愿"栏目中了解到，内蒙古自治区赤峰市敖汉旗丰收乡凤凰岭小学的15个孩子全是留守儿童，缺乏课外读物。为了满足孩子们想要课外书的心愿，魏锋萌发了倡导书公益的想法，他一边积极与报社联系认领，一边呼吁爱心人士参与。2016年1月1日，魏锋、杨波海（咸阳市楹联家协会主席）、张振桐（山东省淄博市淄川区龙泉镇国税分局职工）三人为内蒙古自治区赤峰市小学生准备的价值22194.82元的1051册图书和价值500元的文具从咸阳启程，送到了孩子们手中，凤凰岭小学为此还专门开设了阅览室。

"上学时喜欢读书，家庭经济不是很好，没有更多的书阅读，这让我更加珍惜每一本书。参加工作后，每年坚持把自己的书送给需要的人。一个人的力量很微薄，也很艰辛，就呼吁发起这项爱心图书捐赠公益项目。"魏锋用简短的语言讲出自己的初衷。而多年来，他一直在公益的道路上倾心奔走。

"我愿意成为一名光荣的金叶青年志愿者，尽己所能，帮助他人，服务社会……"2010年5月4日，咸阳市烟草专卖局（公司）成立了金叶志愿者服务队，魏锋作为其中的一员，面队鲜红的队旗庄严宣誓。他和队友们一次次走进敬老院、特殊教育学校、农村寄宿留守学生学校、农民工子女学校等，一本本书传递到老人、孩子们手中，一颗颗爱心也温暖着那一双双冰凉的手。特别是在咸阳特殊教育学校，看到那些残障孩子捧着书的欢颜，魏锋的心里却越发沉重。虽然从2005年开始他就开始公益捐书活动，但是总感觉力不从心，应该做的还有很多。

2014年12月9日，魏锋与咸阳图书馆携手，向图书

2016年2月3日，微风书公益活动启动仪式在咸阳启动

馆捐赠多种类别图书2349册，价值8万多元。该批图书被统一配送到全市各区县的11家图书馆。参加捐赠活动的咸阳市烟草专卖局（公司）办公室主任姚刚说："魏锋捐赠图书，传播的是知识，传递的是爱心，弘扬的是正能量。"的确，作为一名烟草员工，魏锋践行着"报效国家，回报社会"的烟草责任理念，他也就此开始了新的公益里程。

他利用自己在文学界的影响力，呼吁更多的人参与爱心书公益。2016年2月23日，微风书公益"情系特殊教育，作家图书募捐"启动仪式在咸阳举行，活动当日，陕西省内及省外的知名作家募捐图书1500册，价值超过30000元。随后，活动得到了上海、北京、河南、甘肃等地的近百名作家、书画家、摄影的积极参与和支持，共募捐各类图书5000多册，价值16万元。

"微风书公益"感染着越来越多的人，

著名作家、书法家方英文为"微风书公益"题词

魏锋每周抽出时间整理来自全国各地爱心人士捐赠的图书

国内许多著名、知名作家通过邮寄、上门送书等形式传递着温暖书香。国家新闻出版署（今国家新闻出版总局）原副署长梁衡，著名演员六小龄童，著名文学评论家李星，著名演讲家蔡顺华，著名作家孙浩晖、雪小禅、杨焕亭等20多位爱心人士都给予了大力支持，挥毫泼墨题词，真情捐赠个人著作，千里之外传递着书香大爱。

2017年1月19日，"微风书公益"作为咸阳市首例以个人名义发起的爱心读书公益项目，正式落户咸阳图书馆。图书馆成立了"微风书公益"项目中心，专门负责书公益活动日常工作，为"微风书公益"注入了更加强劲的力量。

微风徐来，爱意荡漾。"微风书公益"也成为咸阳烟草志愿者服务活动的一个平台，不仅各基层单位都建立

2017年1月19日，"微风书公益"作为咸阳市首例以个人名义发起的爱心读书公益项目，正式落户咸阳图书馆。图为咸阳市图书馆副馆长郭旭晔（右）与魏锋（左）合影

起了职工书屋，让每个职工享受阅读的乐趣，而且各金叶志愿者分队都发起了图书募捐活动，让"微风书公益"的习习微风温暖又一个春天！

链接：-------------------------------------------------

一个人的成长如果没有书籍相伴，那人生将是一片荒漠。书籍，是点亮人生的明灯。我们正处在"中国梦"这样一个历久弥新的变革时代，需要更多更好的图书开阔视野，需要更多更好的图书丰富人生，在阅读中增长才干，在阅读中汲取力量，在阅读中享受生活。"知识改变命运"，一本书，可以点燃一个人的希望；一本书，可以改变一个人的一生。作为一名读者、作者，能借助与图书馆共同搭建的平台把自己倾注了心血的劳动产品，把散发着油墨芳香的个人著作及藏书送给需要的读者，心中充满了感恩与骄傲。

立志不随俗流转，留心学到古人难。在今后的工作生活当中，我会以此为契机，不断地向生活学习，不断地提高学养、涵养、修养，不断加强思想积累、知识储备、文化修养、艺术训练，工作中求一流，创作中求精品，把爱心图书传递这项事业进行到底，努力努力再努力，让自己的生命变得更宽、更深、更有力量，做一个无愧于时代、无愧于良知、无愧于读者的公民。

——曾载《工人日报》《阳光报》和《现代企业文化》《中国烟草》《咸阳女性》等报刊，搜狐网、新浪网、天天快报网等网络媒体转载。

## 书香里最美的故事，莫过于遇见更好的自己

著名作家、文艺评论家白描老师为魏锋题写书斋名

　　时间煮雨，岁月无痕。转眼间已从学校半途融入社会整整20年。在一路奔走的这20年，我行走于城市的辅道，看过太多异乡过客，他们每天都过着被鞭子抽赶的生活。远离城市的浮躁与喧嚣，我的世界、我的生活始终都与书相伴。因为源自对书香的渴望和热爱，所以自己的内心一直从容淡定和丰盈，而冥冥中我又从事了与书与文字有关的工作。

　　20年中，虽然有时在物质方面很是"龌龊"，甚至有些捉襟

见肘，但是在精神方面，因有了与文字、与书和爱书的人的相伴，使我活得充实、富足。读书、教书、编书、卖书、写书、捐书……那一幕幕我仍深深记得……

2016年12月，陕西旅游出版社编辑打电话过来和我约一部和读书有关的书稿，前段时间又再次打电话过来，告知我这部书要在2017年正式出版。我内心忐忑，生怕自己用生命体验而书写的文字不够分量。同时，我才惊愕地发现，在我不注意它的时候，它已从我手心偷走了无数日子，这个季度又悄然从身边滑过。在编辑的催促下，这部《微风轩书话》——关于读书的那些事的书即将正式出版。

我最早著的书是编选有关家庭教育和楹联趣事方面的图书，之后也写过新闻作品选和纪实文学，但此书是我的第一部读书随笔类图书。这部书

暗飞的记忆
天马图书有限公司出版

爱的教育
吉林文史出版社

古今烟草逸事趣闻
中国国际文化出版社

今古楹联趣话
华泰出版社

我的金叶情怀
华夏出版社

春天里放飞梦想
陕西旅游出版社

魏锋著作书影

时间跨度20年，由69篇文章、190幅图片构成。全书分为6个部分，共计21.8万字。这些文字都是我怀揣梦想、领悟生命并通过读书邂逅灵魂的感悟。这里面随意性的文章可以说占据了半壁江山，有穿越时空，致敬尊贵灵魂的情感类文章；有聆听足音，邂逅大师，追寻信念真谛的研究性文章；有静闻墨香，源自书缘阅读的感性读书笔记；有潜下心来，阅读身边文朋诗友赠阅著作的学习笔记；也有书香相伴，以文字温暖心路历程的感恩文章。还有一部分，是老师和文朋诗友赠予我个人的一些文章。这部书中的大部分文章曾不止一次地刊发或转载在报纸、杂志上。

在浅薄的生命历练中，因为书缘，所以我自认为活得很幸福，很温暖，也从不孤独。在生活的夹缝中品一缕书香，让我们在温暖中走进的最美故事，莫过于在读书或者写作中遇见更好的自己。

我手写我心，用稚嫩的文字表达自己的所思所想是每个人的权利。《微风轩书话》一书更多的是我个人的阅读体验。虽然在读书、"码字"中有人对我进行了嘲笑、讽刺，还有人曾在我的新浪博客留言攻击，但是这一切的行为我从不在乎。为什么要写这部书？我也曾数次与朋友讨论过这部书的价值。其实，我最想表达的一个问题就是希望更多的人能捧起书，读书。我见过硕士毕业的年轻人，参加工作多年后简单的一篇个人总结都要求助于别人；我见过很有钱、父母为他创造了一切优越条件，但在他的精神世界里却瞧不起"码字"人，活得只有躯壳的年轻人……其实，他们表面看似风光，心中却无比空虚，生活得并不愉悦，甚至非常痛苦，也总想着逃离现实。

幸福和安逸的生活，需要精神享受。当然，幸福的生活更离不开物质的支撑。能在追求物质的夹缝中，选择读书这种精神享受应该是一种良性的生活方式。

在我20年的生活中，我从最初参加工作，选择与书打交道，到选择与文字结伴，再到现在的"码字"，我知道这条路很长，也永远没有尽头，但我无悔于自己的选择。20年生活中，经常加班加点忙于文字工作，最紧张忙碌的一次是七八天时间没有跨出办公楼半步……我很欣慰，也很感动，爱妻默默地承担起了一切家务，莫大的支持给了我巨大的力量。就在书稿整理好进行校对的一个周末，我和女儿一起阅读了这本书。读完之后，女儿的反应是："想不到身边的榜样就是爸爸。"她告诉我，这本书出版后要送给她一本，她要认真阅读。说到女儿，我很惭愧，从幼儿园到现在，周末和寒暑假都是她自己一个人在家度过。我自私地整天沉浸在工作和"码字"之中，以至于忽视了对她的关心和呵护。白纸黑字，写于后记中，也是督促我从现在开始需要纠正这一个重要问题。

我很感动，在这本书的编写过程中，得到了许多老师和朋友的支持。特别是多年的书友，山西著名画家盛万鸿老师，听说我的读书随笔集要出版，不辞辛苦，夜以继日地根据报纸、杂志对我读书故事的采访，精心绘制了40幅连环画，取名《微风徐来 爱意荡漾》。盛万鸿老师这一切的所为让我感动不已，铭记于心，感念一生。

时下，牵着岁月的衣襟，我依然奔跑在城市的辅道。20年的生活中，经历了时间，经历了风雨，经历了冷暖……时光荏苒，年轮上又多了个圈圈，人生的路也渐行渐远。与书结缘，虽然不能使物质生活变得充裕，但是有了书就会使我活得有了一点尊严。我可以输给任何人，但不能输给自己，不能迷失心灵。

书香里最美的故事，莫过于遇见更好的自己！与书结缘，让我学会了倍加珍惜生命中遇到的每一个人；与书结缘，让我学会了接纳生活中的苦难；与书结缘，做一个乐观的自己，温暖自己的同时也温暖了他人。

读书是一个永远的话题，这部书稿的出版也算是对自己的一个小结。

在这个"乱花渐欲迷人眼"的纷繁社会，也许，当下和来年的忙碌仍是常态，读书对我来说仍是一种奢侈的休闲，但我还会继续选择在城市的辅道，一步一个脚印地把握自己，耐心和专注于一些事——忙碌是一份责任，更是一种担当。

魏 锋

二〇一七年五月